Nadia Wassef

La libraire du Caire

récit

Traduit de l'anglais par Sylvie Schneiter

Stock

TITRE ORIGINAL

Chronicles of a Cairo Bookseller

Maquette de couverture : © Le Petit Atelier
Illustration de couverture : © Julia Bourdet

ISBN : 978-2-234-09055-2

À Ramzi et Faiza, grâce à qui tout a été possible.
À Hind, qui entend chaque battement de cœur.
À Zein et Layla. J'ai fait de mon mieux.

NOTE DE L'AUTRICE

Ceci est une histoire vraie,
même si certains noms ont été changés.

« Tu ne jouis pas d'une ville à cause de ses sept
ou soixante-dix-sept merveilles, mais de la réponse
qu'elle apporte à l'une de tes questions. »

Italo Calvino, *Les Villes invisibles*

« Si tu suis ton cœur,
tu ne perdras jamais ton chemin. »

Proverbe égyptien

Préface

En 1981, lorsque des membres des Frères musulmans ont assassiné Anouar el-Sadate et que son vice-président Hosni Moubarak a pris le pouvoir, j'avais sept ans. En 2011, lorsque Moubarak a été destitué, j'avais dix librairies, cent cinquante employés, deux masters, un ex-mari (Numéro Un), un second mari (Numéro Deux), deux filles et trente-sept ans.

Notre histoire commence toutefois longtemps avant la révolution égyptienne, avant la succession de soulèvements que l'on appelle Printemps arabe. J'ai passé la plus grande partie de ma vie à Zamalek, une île fluviale entourée d'un désert : coordonnées 30 ° Nord, 31 ° Est. Zamalek, un quartier de l'ouest du Caire, s'étire au milieu du Nil. D'après la légende, la planète Mars, Al-Najm Al-Qahir, qui apparut dans le ciel le jour de la fondation du Caire, aurait inspiré son nom. On la baptisa al-Qahira, le féminin de « vainqueur ».

Dans la rue du 26-Juillet, le principal axe routier et piétonnier de Zamalek, s'élèvent deux bâtiments jumeaux, les immeubles Baehler. Leurs hauts plafonds, leurs cours, leurs décorations en stuc évoquent un passé prestigieux. Des climatiseurs s'accrochent avec ténacité aux balustrades des balcons ; des câbles détachés ramassent saletés et bouts de papier ; du linge pend dans la chaleur. Une enfilade de magasins borde l'artère : l'antiquaire Nouby, le café Cilantro, la pizzeria Thomas, la banque d'Alexandrie et un magasin d'angle doté de vitrines, Diwan, la librairie que ma sœur Hind et moi avons créée en mars 2002. Au fil des années, Hind et moi avons ouvert seize succursales dans toute l'Égypte (et en avons fermé six), chacune rivalisant avec l'apparence et l'ambiance de notre première-née, notre fleuron.

L'idée de Diwan nous était venue, à Hind et moi, un soir de 2001, lors d'un dîner avec nos vieux amis Ziad, Nihal et son mari d'alors, Ali. L'un d'entre nous posa la question : « Que feriez-vous s'il n'y avait aucun obstacle à vos envies ? » Hind et moi avions eu la même réponse : « Nous ouvririons une librairie, la première du genre au Caire. » Notre père venait de mourir d'une maladie neurovégétative impitoyable. Lectrices depuis toujours, nous avions cherché du réconfort dans les livres, mais les librairies modernes n'existaient pas dans notre ville. En Égypte, au tournant du XXIe siècle, la publication, la distribution et la vente d'ouvrages avaient été laminées par des décennies d'un socialisme qui avait mal tourné. D'abord sous Gamal Abdel Nasser, le deuxième président, puis sous Anouar el-Sadate (le troisième) et sous Hosni Moubarak (le quatrième), l'incapacité de l'État à faire face à l'explosion démographique avait conduit à l'analphabétisme, à la corruption et à la dégradation des infrastructures. Dans un effort pour juguler le mécontentement, chaque régime politique avait pris le contrôle de la production culturelle. Les écrivains devinrent des fonctionnaires ; la littérature succomba à plusieurs reprises, de mort lente et bureaucratique. Peu d'Égyptiens semblaient concernés par la lecture ou l'écriture. Le lancement d'une librairie en un tel moment d'atrophie intellectuelle semblait impossible – et absolument nécessaire. À notre grande surprise, nos compagnons de table furent tout aussi intéressés ; ce soir-là, Ziad, Ali, Nihal, Hind et moi sommes devenus cinq associés. Au cours des mois suivants, nous avons discuté, développé notre réseau, planifié à tout-va, puis Hind, Nihal et moi nous sommes attelées à la tâche. Ce travail effectué ensemble fit de nous des sœurs par choix, les trois femmes de Diwan.

Hind, Nihal et moi n'aurions pu être plus différentes. Hind est réservée et d'une extrême loyauté, Nihal, généreuse et d'une grande spiritualité, tandis que je suis une femme d'action. En tant qu'associées, nous nous efforcions de nous surpasser, souvent sans y parvenir. Nous nous sommes partagé le travail en fonction de nos préférences et de nos passions : Hind et moi avions une prédilection pour les livres, Nihal pour les gens. Des champs d'action jamais totalement distincts. La langue était notre point commun. Nous consacrions notre attention et notre travail aux mots. Nous étions fières de la culture égyptienne et désireuses de la partager. Nous n'avions ni business plan, ni entrepôt, ni appréhension. Notre absence de qualifications nous rendait libres, et nous ignorions tous les défis que nous aurions à relever. Nous étions jeunes – j'avais vingt-sept ans, Hind trente et Nihal quarante. Au cours des deux décennies suivantes, nous nous épaulerions au fil de nos mariages, de nos divorces, des naissances et des décès auxquels nous serions confrontées. Nous ferions face aux difficultés inhérentes à la gestion d'une entreprise dans une société patriarcale. Nous naviguerions entre harcèlement et discrimination, amadouerions des bureaucrates despotiques et, ce faisant, maîtriserions les règles de la censure égyptienne.

Dès le départ, nous savions que notre librairie ne serait pas une relique du passé. Il fallait qu'elle ait un objectif bien défini, que le moindre détail réponde à une intention, à commencer par son nom. Un après-midi, Faiza, notre mère, prêta une oreille polie à Hind et moi qui débattions du problème. Plus ou moins atterrée par nos suggestions et impatiente de finir son déjeuner, elle nous proposa Diwan en énumérant tous les sens de ce mot : un recueil de poèmes en persan et en arabe ; un lieu de réunion ; une maison d'hôtes ; un divan ; un titre pour les hauts fonctionnaires. En outre, le *diwani* est un style de calligraphie de l'alphabet arabe cursif. Elle s'interrompit avant d'ajouter que le mot fonctionnait phonétiquement en arabe, en anglais, en français. Sur ce, elle retourna à l'assiette posée devant elle. Nous étions congédiées.

Fortes de ce nom, nous nous sommes adressées à Nermine Hammam, une graphiste également connue sous le nom de Minou, pour qu'elle nous aide à construire notre image de marque. Son humour était vif et mordant, son sourire entendu découvrait ses gencives. Minou nous demanda de décrire Diwan comme s'il s'agissait d'une personne. Nous lui avons répondu qu'elle *était* une personne et voici l'histoire qu'elle racontait :

C'est en réaction à un monde qui a cessé de se soucier de l'écrit que la librairie Diwan a été fondée. Elle est née le 8 mars 2002 – qui est aussi, par coïncidence, la Journée internationale des droits des femmes. Elle est plus grande que l'espace qu'elle occupe. Elle accueille et respecte les autres avec toutes leurs différences. En parfaite hôtesse, elle invite les clients à s'attarder dans son Café. Non fumeuse par principe, contrairement à la plupart des établissements de son pays, elle est résolue à défendre ses convictions jusqu'au bout. Ses idéaux sont plus nobles que ceux de son environnement. Elle est honnête mais refuse de punir les voleurs. Sincère, elle tient à éliminer ceux qui ne le sont pas. Elle n'aime pas les chiffres ni le monde binaire qui l'entoure, et elle compte le changer, livre après livre.

Comme elle trouve que le Nord et le Sud, l'Est et l'Ouest sont des termes trop restrictifs, elle offre une sélection de livres en arabe, anglais, français et allemand. Elle rassemble les gens et les idées.

Minou traduisit notre description en logo. Elle écrivit D-I-W-A dans une police noire excentrique, calligraphiant le N en arabe. Cette dernière lettre est un clin d'œil à *nuun al-niswa* et *nuun al-inath* – la marque du féminin pour les adjectifs, verbes, substantifs. Minou entoura le mot de *tashkeel*, des signes diacritiques.

Minou ne conçut pas seulement un logo, elle créa une image de marque susceptible de se développer et d'évoluer. Elle inventa des produits dérivés : sacs, marque-pages, cartes, bougies, papier cadeau, stylos, crayons et papier peint. Le sac Diwan devint un symbole de statut culturel dans les rues du Caire. Plus tard, quand j'en apercevrais un dans une rue à Londres ou dans le métro à New York, la sensation serait galvanisante.

Au cours des deux années qui suivirent la révolution, tandis que les Frères musulmans s'emparaient du pouvoir, Le Caire devint presque méconnaissable – et je commençai à envisager de partir. Une perspective extrêmement douloureuse, mais, après des années à la tête de Diwan dans le chaos post-révolutionnaire, j'étais à bout de souffle. Je prenais peu à peu conscience que, tant que je resterais au Caire, je n'existerais que par rapport à mes librairies. Je ne pourrais jamais m'en détacher. J'avais donné quatorze ans de ma vie à la librairie, il fallait que je fixe des limites, aussi renonçai-je à ma fonction de directrice de Diwan. Après un bref passage à Dubaï avec Numéro Deux, Zein (seize ans), Layla (quatorze ans) et moi, nous nous sommes installés à Londres. Si je ne dirige plus Diwan – Nihal a pris la relève –, je ne cesse de penser à cette époque avec un mélange de nostalgie et de soulagement.

Hind, mon âme sœur et ma sauveuse, n'en parle jamais ; elle a préféré le silence à la réminiscence.

Diwan était ma lettre d'amour à l'Égypte. Elle a fait partie de ma quête de moi-même, du Caire, de mon pays, et l'a alimentée. Et ce livre est ma lettre d'amour à Diwan. Chaque chapitre décrit une partie de la librairie, du Café jusqu'au rayon de développement personnel, et les personnes qui les ont fréquentées : les collègues, les habitués, les vagabonds, les voleurs, les amis et les membres de la famille qui considéraient Diwan comme leur maison. Ceux d'entre nous qui écrivent des lettres d'amour savent que leur but est inaccessible. Nous tentons, en vain, de concrétiser l'insaisissable. Nous luttons contre la fin inéluctable, sachant que tout est éphémère. Nous choisissons d'être reconnaissants du temps qui nous est imparti, aussi bref soit-il.

1

Le Café

Pour le passant non initié, Diwan n'était que l'un des magasins situés derrière la façade décorée des immeubles Baehler avec la traditionnelle plaque bleu roi sur laquelle était écrit : *Shari'26 Yulyu*, rue du 26-Juillet. Notre logo, en lettres noires impressionnantes, s'étalait en devanture ; un jacaranda pleureur s'inclinait au-dessus de l'entrée. Donnant sur le coin de la rue, la porte vitrée, dotée d'une longue poignée chromée, était ornée de motifs arabo-islamiques modernes.

L'intérieur était une oasis par rapport à la rue suffocante, encombrée de véhicules. Des morceaux de jazz arabe, de George Gershwin, des airs de Oum Kalthoum étaient accompagnés du vacarme des climatiseurs. Devant un imposant mur où rivalisaient des panneaux signalant les coups de cœur, les best-sellers et les nouveautés, romans et essais en anglais et en arabe s'accumulaient sur des étagères mobiles. Une fois la porte franchie, les visiteurs pouvaient soit se diriger à droite vers la librairie en passant devant la caisse et la papeterie, soit à gauche vers le rayon Multimédia – une sélection de films et de musiques à la croisée des genres : expérimentaux et classiques, tant de l'Orient que de l'Occident.

Pendant la phase de recherches pour la création de Diwan, j'avais lu un article mentionnant que la plupart des clients tournent à droite lorsqu'ils entrent dans une librairie. Fortes de cette constatation, nous avons installé la partie Livres à droite, la plus calme du magasin, car les fenêtres donnaient sur la cour voisine et non sur la rue principale. Les luminaires sur rail des hauts plafonds éclairaient des rayonnages en acajou avec finition en acier mat – un mariage d'ancien et de moderne. Les livres étaient divisés en deux sections. À gauche, ceux en arabe dont s'occupait Hind, à droite, les titres en anglais : mon domaine. Notre modeste sélection d'ouvrages en français et en allemand se trouvait dans le rayon Multimédia. Une entrée contiguë menait au Café, le cœur de l'établissement.

Circulant parmi les rayons, les employés portaient l'uniforme Diwan : polo bleu marine avec notre logo en beige sur la poitrine côté gauche, et pantalon beige. Ils prodiguaient leurs conseils, essayant d'avoir la bonne distance entre empressement et distance professionnelle. Leur travail était plus exigeant que celui des autres libraires, surtout au début, alors que la plupart des clients n'avaient aucune idée de la stratégie de Diwan. Je comprenais leur confusion.

Avant Diwan, il existait trois sortes de librairie égyptiennes : les mal gérées par le gouvernement, les affiliées à des maisons d'édition et les petits établissements locaux vendant surtout des journaux et de la papeterie. Les librairies gouvernementales m'avaient laissé la plus forte impression. Étudiante, je me rendais en taxi au centre du Caire où autrefois les Arméniens administraient des guildes, les Italiens possédaient des grands magasins et les Grecs des épiceries. J'empruntais les principales artères de ma ville dont les noms avaient tous une portée historique. La rue du 26-Juillet s'était d'abord appelée Fouad-Ier, en l'honneur du premier roi de l'Égypte moderne. On l'avait renommée en référence à la date du départ précipité de Farouk, le fils de Fouad, à bord de son yacht royal au moment de la révolution de 1952 menée par Nasser (le fils d'un employé de la poste) et par Mohamed Naguib, qui deviendrait le premier président du pays.

Au centre-ville, j'entrais dans des boutiques aux allures de tombeaux, remplies d'étagères avec très peu d'indications et tapissées de livres incrustés de poussière. Dans chacun de ces magasins, il ne semblait y avoir que l'un homme à la réception qui sirotait du thé ou lisait son journal en somnolant. Quand je demandais un titre, il glissait à moitié son pied nu dans une sandale, appuyant son talon craquelé sur le sol. Sans baisser le volume de la radio, il se levait avec effort, dérangeant les particules accumulées sur le plancher, qui grinçait sous ses pas.

Pourquoi ces librairies étaient-elles à ce point délabrées ? La réponse est en partie historique. En Égypte, le passé perdure dans le présent ; il le revisite fréquemment sous une forme déguisée et ne disparaît jamais. Le lancement de Diwan nous obligea à tenir compte de l'histoire de l'édition et de la vente des livres, laquelle continue de régenter l'industrie contemporaine. En 1798, l'expédition napoléonienne offrit à l'Égypte ses deux premières presses typographiques, l'une en arabe, l'autre en français. En 1820, Méhémet Ali, vice-roi ottoman albanais et fondateur de l'Égypte moderne, fit installer une presse à imprimerie industrielle dans le quartier de Boulaq (un nom inspiré du français « beau lac »). Sous son règne, l'édition devint un instrument de propagande.

Dans la deuxième moitié du XIXe siècle, le gouvernement assouplit son monopole sur l'édition puis sur la censure, notamment sous l'occupation britannique à partir de 1882. Les hautes sphères de la société s'intéressaient à la presse écrite et avaient les moyens d'investir dans ce média. En 1900, un déluge de publications – politiques, sociales, féministes – fit son apparition avec l'objectif de réveiller les consciences, de faire du profit, ou les deux. Les journaux et les périodiques publiaient des discours, des manifestes et des romans, d'abord sous forme de feuilletons, puis de livres. Plusieurs décennies d'écrits percutants, œuvres des maîtres de la littérature égyptienne, s'ensuivirent.

Tout changea après la révolution de 1952. Une fois président en 1956, Nasser (seul candidat aux élections) prit une série de mesures politiques qui métamorphosèrent le paysage de l'Égypte, améliorant de manière exponentielle l'accès au logement, à l'éducation, aux soins médicaux. Mais retirant aussi à de nombreux étrangers la citoyenneté égyptienne avant de les expulser en nombre; mettant en place une bureaucratie imitant celle des Britanniques; restreignant les libertés civiles; instaurant un contrôle militaire pour les décennies à venir. Dès le début des années soixante, il avait poussé l'industrie du livre à publier des titres promouvant la nouvelle idéologie socialiste égyptienne et, objectif plus vaste, du nationalisme arabe. Mais son régime manquait d'infrastructures pour concrétiser sa vision. Dès 1966, les éditeurs avaient accumulé des déficits colossaux et, du fait de la devise de l'État – « un livre toutes les six heures » –, leurs entrepôts débordaient d'invendus. Les livres étaient imprimés sur du papier de qualité médiocre; les minces couvertures se déchiraient fréquemment; les agents littéraires, les listes des meilleures ventes et les services marketing n'existaient pas. Il n'y avait ni séances de dédicaces ni lancement des livres. On les livrait en ballots fermés par de la ficelle qui laissait des marques sur les couvertures, ou dans des cartons recyclés ayant contenu des cartouches de cigarettes. Voilà l'environnement où Hind, Nihal et moi nous étions aventurées. Sans nous décourager, nous nous sommes mises à travailler dans ce chaos, et contre lui.

Avant même l'ouverture de la libraire de Zamalek, la pragmatique Hind s'était attaquée à un obstacle après l'autre de manière systématique. Un vent d'optimisme réformiste balayait le paysage. Des nouvelles lois sur les investissements avaient redynamisé la Bourse. Nombre d'Égyptiens qui avaient fait leurs études à l'étranger revenaient, désireux de participer à l'avenir de leur pays. Nous étions à l'orée d'une renaissance artistique et culturelle – malgré l'absence de structures modernes. Telles les librairies.

Hind nous aida à surfer sur la vague en résolvant souvent des problèmes en amont. Elle alla voir d'autres libraires ainsi que des éditeurs, prenant note de ce qu'ils offraient et posant des questions. Pendant ces missions de reconnaissance, elle se faisait petite, discrète, conciliante. Les entrepreneurs réagissaient à ses questions avec scepticisme et parfois condescendance ; elle ne bronchait pas. À l'occasion d'une discussion avec un directeur de maison d'édition, elle découvrit que peu de livres imprimés avaient un numéro ISBN[1]. En Égypte, ils étaient générés un par un par les bibliothèques nationales, qui les attribuaient à condition

1. Pour *International Standard Book Number.* En français : Numéro international normalisé du livre. Créée en 1970, cette série de chiffres identifie chaque livre publié dans le monde entier. (*Toutes les notes sont de la traductrice.*)

que le texte ne s'oppose pas au gouvernement en place. Les éditeurs indépendants avaient une façon créative d'échapper à la censure en renonçant au numéro ISBN ou en « empruntant » celui de titres déjà publiés. Certains auteurs se faisaient parfois éditer dans d'autres pays. En raison de l'absence de ce code, la facturation, l'expédition et le suivi d'ouvrages étaient sujets à de graves marges d'erreur. On ne pouvait dresser de liste des meilleures ventes nationales. De retour à la librairie Diwan, Hind réagit à cette découverte atterrante avec sa patience caractéristique. Elle créa dans notre système informatique de langue anglaise une méthode qui couvrait toutes les combinaisons possibles pour la translitération d'auteurs et de titres, indépendamment de la prononciation. L'adoption de ce système phonétique nous permit de générer des codes maison pour nos livres en arabe.

Ensuite, elle se risqua en terre inconnue : les chiffres de vente. Traditionnellement, les librairies égyptiennes utilisaient des registres ou des reçus manuscrits. Personne n'avait une idée précise de ses ventes, si bien que personne ne savait comment gérer son stock d'une façon efficace. Ceux qui notaient les chiffres de vente les gardaient secrets. Défiant les conventions, Hind publia la liste des meilleures ventes de Diwan, instaurant ainsi une concurrence entre éditeurs et auteurs, et faisant découvrir de nouveaux ouvrages aux lecteurs. Ce n'était que le début. Je ne connaissais jamais les projets de Hind avant qu'elle ne les concrétise. Nous étions toutes les deux convaincues que l'action devait précéder la parole.

L'industrie en déshérence de la vente de livres au Caire avait favorisé l'émergence de deux principaux types de lecteurs : les résignés au système en faillite et ceux qui, à l'instar de Hind, de Nihal et de moi-même, voulaient du changement. Les clients de Diwan nourrissaient une série d'opinions et de préjugés vis-à-vis des librairies, aussi nous efforcions-nous de les détecter et, parfois, de les dissiper. Diwan était un havre pour les grands lecteurs : ils y achetaient de nouveaux livres, en revendaient d'occasion, recommandaient de nouveaux titres, participaient à la conversation générale. Ils nous sollicitaient pour discuter des erreurs dans le service clients et partager leurs doléances. La réussite de Diwan leur importait ainsi que le maintien de son niveau. Je reçois encore aujourd'hui sur les réseaux sociaux des mails et des messages de clients, mécontents des retards de livraison ou faisant part d'autres problèmes. Certains réclament encore que l'une des associées s'occupe personnellement d'une vente.

D'autres avaient des intentions moins louables.

Un dialogue typique commençait ainsi : « J'exige de parler au propriétaire, claironnait un client en s'approchant de l'une de nous trois.

– Je suis l'une d'elles, déclarait Nihal ou Hind, tandis que je tentais systématiquement de me défiler, m'attelant à une tâche soudain urgente.

– Je veux rendre ce livre.

– J'en suis désolée, qu'est-ce qui ne va pas ?

– Je l'ai acheté. Je l'ai lu. Il ne me plaît pas. Remboursez-moi. »

La teneur de l'échange dépendait alors de l'interlocutrice. Nihal acquiesçait de façon que le client se sente écouté. Elle lui expliquait gentiment que Diwan n'était pas une bibliothèque. Le client répondait souvent que c'était dommage, la culture n'était-elle pas un bien commun ? C'était le moment où, incapable de me contrôler, je m'interposais et décrétais que si nous en étions là en Égypte, c'était à cause de ces idées rétrogrades – jusqu'à ce que j'apprenne à tenir ma langue après nombre d'interventions de cet acabit. Nihal indiquait aimablement à ce genre de clients les multiples bibliothèques publiques susceptibles de leur convenir, tout en déplorant que Diwan ne suive pas le même modèle. Quant à Hind, poussée par son goût de l'absurde, elle engageait d'interminables discussions pour tester les limites de la logique des mécontents. Sur un ton poli empreint d'une fausse *naïveté**[1], elle réfutait leurs arguments avec la virtuosité d'une oratrice. Si la conversation devenait lassante, elle consultait sa montre et prenait poliment congé. Hind est la personne la moins ponctuelle que je connaisse. Comme ma mère, elle a un caractère assumé et une aptitude à éconduire courtoisement quelqu'un si elle juge qu'il lui fait perdre son temps.

1. Les mots en italique suivis d'un astérisque sont en français dans le texte original.

D'autres clients étaient plus aimables, en dépit de leur difficulté à naviguer en terre étrangère. Ils admiraient la propreté, l'attention méticuleuse au détail, le décor, le personnel, avant d'aborder le point fâcheux : pourquoi était-ce un magasin et non une bibliothèque ? Hind, Nihal et moi – toujours présentes sur les lieux – précisions que l'une bibliothèque ne pourrait assumer les frais d'un loyer, de salaires, d'uniformes, d'impôts, sans compter la multitude de dépenses auxquelles les petites sociétés doivent faire face. Quand ils nous demandaient – c'était inévitable – si nous faisions partie de l'initiative en faveur de l'alphabétisation voulue par Mme Moubarak, nous répondions que cela n'avait rien à voir avec la Première dame, qu'il s'agissait d'une affaire privée. Ils ne manquaient pas de s'étonner : quelle personne saine d'esprit investirait de l'argent dans l'entreprise hasardeuse que représente une librairie ?

Avant même l'ouverture de Diwan, notre projet avait été accueilli avec incrédulité. Au cours de notre phase de recherches, Ali, mari de Nihal et l'un des cofondateurs, avait suggéré que nous interrogions des écrivains sur la manière dont ils se procuraient leurs livres. Ali, ancien élève de la Deutsche Evangelische Ober Schule, l'une des écoles allemandes du Caire, était un lecteur insatiable et une personne sociable, au rire contagieux. Sa faculté à créer et à entretenir des liens amicaux par-delà les générations, les continents et les idéologies m'émerveillait. Un après-midi, Hind et moi l'avons accompagné à un rendez-vous avec un éminent journaliste égyptien. Ce dernier écouta notre présentation en nous toisant, avant d'assener son verdict : nous n'étions que des femmes au foyer bourgeoises qui perdions notre temps et notre argent. Depuis la disparition de la classe moyenne, les Égyptiens ne lisaient plus.

« Les choses doivent-elles être financièrement viables pour exister ? objectai-je. Les gouvernements entretiennent des espaces publics tels les jardins, les musées, les bibliothèques pour améliorer la santé culturelle des nations. Pourquoi condamnez-vous à l'échec des individus qui se lancent dans une mission analogue ?

– Vous êtes des jeunes femmes sans expérience. Je vous parle comme je le ferais à mes enfants et j'essaie de vous épargner une déception. Vous n'avez pas conscience des défis posés par la création d'une entreprise, surtout si son objet est la lecture. Vos fournisseurs et vos clients vous dévoreront tout cru. »

Peu importe ma déception, pensai-je dans mon for intérieur, mais celle de l'Égypte ? Qu'arrive-t-il aux pays qui favorisent les barrages et les autoroutes au détriment de la culture ? La réponse était sous nos yeux. Nos musées s'étaient mués en cimetières, des espaces morts consacrés aux triomphes de quelques hommes forts. Nos manuels scolaires se faisaient l'écho de ces mensonges et de ces omissions. Le journaliste était convaincu que seule l'élite se préoccupait désormais de la culture et que les livres étaient superflus pour les gens qui luttaient pour se maintenir au-dessus du seuil de pauvreté. Il n'avait pas tort. Nous n'en avions pas moins le devoir de nous accrocher à notre entreprise et de croire en nos livres. Si nous, Égyptiens, devenions étrangers à ce que nous étions, nous ne saurions jamais qui nous pourrions devenir.

Diwan émergea dans ce contexte culturel, se plaçant directement à la croisée entre le présent et le passé. Nihal en tint compte lorsqu'elle conçut le Café, s'inspirant de la quiétude des salons de thé de Quiberon où elle passait ses étés et l'adaptant à l'effervescence du Caire. En matière esthétique, elle fit preuve de sa mesure caractéristique en associant tables à plateau de marbre et chaises de bois et chrome. Ces sièges étaient un compromis – elle les aurait souhaités plus confortables, mais Hind estima que cela nuirait à la rotation de la clientèle. Une sélection de cappuccinos, cafés turcs, d'infusions à la camomille, hibiscus, cardamome ou menthe figurait sur un côté de la carte, tandis que l'autre proposait des chaussons au fromage, des pizzas à la pâte épaisse, des tranches de gâteau à la carotte et des cookies aux pépites de chocolat. Couteaux et fourchettes, enveloppés dans des serviettes au logo de Diwan, étaient prêts à l'emploi. Le principal serveur, Hassan, un réfugié soudanais bègue, s'emportait souvent contre les clients qui ne le comprenaient pas. Nihal appréciait autant son sourire que sa rigueur en matière d'hygiène et, grâce aux bons soins dont elle entoura aussi bien Hassan que la clientèle, cette dernière s'habitua à Hassan, et Hassan améliora, lui, sa prononciation.

Le rôle de charmante médiatrice revenait naturellement à Nihal, la plus jeune de trois sœurs, et pourtant la plus maternelle. J'étais à l'affût d'une situation dont Nihal ne se tirerait pas – j'attends toujours. Elle est la seule personne que je connaisse qui fasse le jeûne tout le mois du ramadan sans se plaindre une seule fois. Nous nous sommes disputées pendant deux décennies et réconciliées pendant deux décennies.

Grâce à son caractère, Nihal était préparée à la diversité des comportements et des personnages qui se croisaient dans notre Café où, en apparence, régnait la sobriété. Comme la plupart des lieux, il avait sa personnalité propre, quel que soit le nom qu'on lui donnait. Je me souviens qu'à l'occasion de ma demande de licence j'avais précisé au fonctionnaire municipal que nous vendrions des livres, des films, de la musique, de la papeterie, et qu'il y aurait aussi un café. Il m'avait jeté un regard vide avant de décréter sans lever sa tête penchée au-dessus du formulaire devant lui : « Ce n'est pas possible.

– Pourquoi ça ? l'interrogeai-je, d'un ton mêlant le défi à la naïveté, dans l'espoir de susciter une véritable réaction chez lui.

– On n'accorde de licence que pour une activité. Vous ne pouvez pas être une banque et une école. Vous devez choisir.

– Je ne peux pas être professeure le jour et danseuse du ventre le soir ? »

Il esquissa un demi-sourire : « Celui qui a une double personnalité est un menteur, rétorqua-t-il, citant un dicton populaire pour clore la discussion.

– Nous sommes une librairie… » commençai-je.

Il soupira, remplit la dernière ligne du formulaire, le tamponna à l'encre bleu délavé et me le rendit, la tête toujours baissée sur le document suivant. Si bien que je ne terminai pas ma phrase : nous sommes une librairie où les gens ne dépenseront pas seulement de l'argent, ils y passeront du temps.

Par une cruelle ironie du sort, c'est dans la seconde moitié du XXe siècle, au moment où les gens commençaient à avoir davantage de temps libre en Égypte, que les lieux conçus pour les loisirs commencèrent à se réduire. Le développement urbain se mit à empiéter sur les parcs de la ville. Les promenades et les cafés le long des rives du Nil devinrent des clubs privés réservés aux officiers de l'armée et aux membres du gouvernement. La « sphère publique », un concept théorique de l'espace inventé par le philosophe allemand Jürgen Habermas, était en pleine évolution. Selon Habermas, la sphère publique décrit les environnements sociaux où les gens se réunissent pour échanger des idées, où les individus forment une collectivité. Le terme correspond à la notion de « tiers lieu » du sociologue Ray Oldenburg (la maison étant le premier lieu, le travail, le deuxième). Il s'agit de lieux de renforcement communautaire, ce qui, par définition, comprend les cafés, comme le nôtre. En Égypte, les hommes ont la mosquée, le barbier et l'*ahwa*, le café, où ils fument la chicha, jouent au backgammon et aux dominos, écoutent la radio, regardent la télévision et le monde passer. Les jeunes gens ont leurs clubs de sport et les femmes leur maison, dont elles sont rarement propriétaires.

Les hommes sont définis par leur activité, les femmes par leurs relations personnelles. Prenez Ada Lovelace : même si c'était une mathématicienne de renom et l'inventrice de l'algorithme, elle est surtout connue comme étant la fille de Lord Byron. Quelques années après l'ouverture de la librairie, les clients, amis et connaissances m'appelaient « Mme Diwan ». Je passais tout mon temps à Diwan. Je rêvais de Diwan. Généralement, j'étais à mon bureau à 8 heures et j'en partais tard le soir. Je tenais à empiéter sur les horaires du matin et de l'après-midi pour m'assurer que le personnel du bureau avait conscience de ma présence tant à leur arrivée qu'à leur départ. Quand j'étais absente, je pensais à Diwan. Peu à peu, mon identité devint réellement indissociable de l'établissement, au point de fragiliser ma relation avec Numéro Un – je reviendrai là-dessus plus tard. Il n'empêche que j'étais exaspérée par l'idée qu'au sein même de mon surnom Diwan occupe la place de « l'homme », ce qui faisait de moi la subordonnée de l'entreprise que j'avais moi-même créée.

Les librairies sont à la fois des lieux privés et publics, où nous nous évadons du monde tout en y participant plus pleinement. Notre Café en particulier illustrait cette contradiction : des amis s'y retrouvaient, des gens y passaient des heures (en dépit des chaises), j'y amenais souvent mes filles le week-end. Le Café ressemblait à un foyer sans en être un. Avant de devenir Diwan, le magasin avait été une salle de gym, le Sports Palace, saturée de testostérone. Notre librairie, détenue et gérée par des femmes, avait remplacé ce temple de la virilité. Cette ironie m'enchantait.

Hind et moi avions grandi dans un monde qui nous excluait constamment. Il ne nous appartenait pas et ne nous permettait pas d'acquérir le moindre sentiment d'appartenance. Enfants, nous partions presque tous les matins à 7 h 30 et empruntions le couloir dallé de marbre austère jusqu'aux ascenseurs. J'appuyais encore et encore sur le bouton – par impatience, faute de croire qu'il avait enregistré ma demande. Je détestais le cube en acier éclairé au néon qui avait détrôné l'original, un compartiment en bois de Schindler, avec sa banquette miniature repliable et son plafonnier en forme de dôme en cristal et bronze, mais descendre quatre étages de marches sur lesquelles l'agent d'entretien avait balancé de l'eau savonneuse semblait peu judicieux. Une tonalité digne de celle d'un hôpital annonçait l'arrivée de l'ascenseur. Le panneau gauche coulissait vers la droite, et la plupart du temps, l'un de nos voisins de l'étage supérieur apparaissait : un monsieur d'un certain âge, une cigarette allumée et fichée entre les lèvres. Nous entrions dans la cage argentée, regardions les volutes de fumée, retenant notre respiration en signe de protestation. Aurait-il écrasé son mégot par terre si nous avions été des garçons ? L'ascenseur arrivait au rez-de-chaussée. À peine la porte s'ouvrait-elle qu'on se précipitait dehors, prenant la fuite devant une nouvelle bouffée.

Je me rappelle une conversation déterminante que j'avais eue, adolescente, avec mon père. À la suite d'une infraction oubliée depuis longtemps, je m'étais plainte de ce monde, celui où, commençais-je à comprendre, les femmes devaient rester à leur place. Il avait attiré mon attention sur le monde suivant : le paradis promis aux musulmans où les *houris*, de superbes vierges, sont offertes en récompense aux hommes pieux.

« C'est un monde d'hommes. Change-le à ton rythme, mais apprends à faire avec pendant ce temps-là, avait suggéré mon père avec un pragmatisme un peu bougon.

– Comment une telle exclusion peut-elle exister au paradis ? m'étais-je indignée. Pourquoi même essayer d'être vertueuse si tout ce que j'y gagne, c'est un tas de vierges ?

– Tu ne fais pas partie du public cible, avait plaisanté mon père, riant de l'univers qu'il entrevoyait par mes yeux.

– Le best-seller écrit par Dieu a la moitié du monde comme lectorat captif, c'est ça le problème.

– Comme d'habitude, tu fais un mauvais diagnostic. » Il avait mis ses lunettes à monture rectangulaire sur le bord du nez, pris son journal et s'était replongé dans sa lecture après une dernière remarque : « Peut-être réussiras-tu à promouvoir d'autres best-sellers un jour. »

Nous avons décidé de faire de Diwan un lieu qui répondrait à nos besoins, et non l'inverse. D'autres femmes ne tardèrent pas à y trouver également refuge – une maison libérée des responsabilités de la leur, un lieu public moins chargé des contraintes qu'impose le fait d'être une femme à l'extérieur, où notre non-existence ne cesse de nous être renvoyée au visage. En Égypte, les toilettes publiques étaient d'ordinaire rattachées aux mosquées ou aux églises. L'État offrait peu d'alternatives. Les hommes avaient le droit d'uriner sous des viaducs ou contre les murs d'immeuble. Les toilettes pour femmes étaient des trous dans le sol nauséabonds, inondés par les robinets mal fermés, où le manque systématique de savon et de papier hygiénique n'étonnait personne. Cette réalité avait attiré à Diwan un échantillon représentatif de femmes qui, à défaut d'être lectrices, pouvaient se soulager au bout de l'un de ses couloirs sinueux. Cela devint leurs toilettes dans la rue du 26-Juillet. Peu de magasins en avaient et, si c'était le cas, ils ne les mettaient pas à disposition des clientes. Diwan faisait preuve de plus d'amabilité. En outre, avec ses murs tapissés de livres, le Café formait une barrière de fortune entre les femmes et leurs harceleurs, des hommes qui savaient que nous, les femmes de Diwan, ne tolérerions pas leur hostilité.

Le Café remplissait plusieurs objectifs et était fréquenté par une clientèle diversifiée. Lecteurs passionnés qui y feuilletaient une pile de livres qu'ils avaient sélectionnés avant de faire leur choix définitif. Des visiteurs venaient y passer une partie de leur journée, tandis que d'autres en faisaient leur lieu de réunion pour revoir de vieux amis ou des connaissances qu'ils ne tenaient pas à recevoir chez eux. Une économie souterraine se déployait autour du plateau de marbre des tables : des gens se faisaient lire leur thème astrologique ou leur avenir, des professeurs donnaient des cours particuliers à des élèves récalcitrants.

« Elle est de nouveau à la même table. En quatre heures, elle a consommé un café turc et une bouteille d'eau, constata un jour Nihal, non sans un soupçon d'irritation.

– Elle a acheté des livres ? demanda Hind.

– Non, elle n'est ici que pour donner un cours particulier. Des clientes de ce genre prennent la place de nos habitués.

– Les employés suggèrent d'imposer une dépense minimale, dis-je, tâtant le terrain.

– Il n'en est pas question ! On ne va pas faire payer les gens qui s'assoient dans un endroit que nous avons conçu pour leur bien-être, protesta Nihal, les yeux écarquillés par le choc.

– On ne peut pas non plus réclamer une commission sur les leçons ! Qu'est-ce que tu proposes ? lançai-je.

– C'est ta création. Les clients sont là ! Augmente le prix des boissons, rends les sièges moins confortables ou la musique plus gênante : bref, trouve un moyen de faire triompher ton modèle économique sur le leur », assena Hind, avant de se diriger vers la section des livres arabes.

J'évitai le regard suppliant de Nihal. Moi qui aimais tout régenter, je la comprenais : comment adapter un espace qui répondait à des fins précises sans en exclure certains occupants ?

Presque tous les soirs, une jeune femme s'installait dans le café. Elle lisait rarement nos livres, en revanche elle griffonnait dans un carnet relié en cuir. Que faisait-elle pendant la journée ? En mon for intérieur, je l'appelais Pavlova à cause de son allure ingénue de ballerine. Elle lâchait parfois ses cheveux le plus souvent tirés en chignon ; une expression lointaine se reflétait dans ses yeux, celle d'une âme séparée du corps qu'elle habitait. Nous échangions des hochements de tête polis.

« Tu vois la femme qui fréquente ton établissement, ta ballerine ? » lança Shahira, les lèvres pincées.

Shahira, l'une des plus anciennes et plus expérimentées de nos gérantes, était une jeune femme fougueuse dont les capacités dépassaient de beaucoup sa gracilité trompeuse. Nombre de personnes à ce poste avant elle avaient démissionné au bout de quelques semaines, submergées par l'équilibre à maintenir entre les besoins du personnel, des clients et des *flâneurs** du Caire. Pas Shahira.

« Oui, bien sûr. Qui l'a importunée ? demandai-je, posant mes lunettes et me préparant à lui présenter mes excuses.

– Personne. L'un des préposés au nettoyage s'est plaint qu'elle ne porte pas de culotte, ce qui l'oblige à voir ce qu'il n'a aucune envie de voir. Elle travaille apparemment dans toute la rue du 26-Juillet, Diwan est son nouveau terrain de chasse.

– Sûrement pas ! m'exclamai-je, malgré tout saisie d'un léger doute au vu de la ribambelle d'excentriques à qui le café tenait lieu de salon.

– Je vais la surveiller de près. Si c'est vrai, on va devoir y mettre un terme », conclut Shahira.

Je ne voulais pas que ce soit vrai. Si ça l'était, je refusais de m'en occuper.

Pavlova continua de fréquenter Diwan, mais nos salutations se firent plus brèves. Ses visites provoquaient des messes basses entre employés. Cette semaine-là, Shahira but le thé et papota avec les commerçants du voisinage, glanant des informations sur les activités de la jeune femme. Ils confirmèrent ses soupçons. Après avoir appris la nouvelle, je pris mon temps, attendis une soirée calme où tout tournait au ralenti, avec un public restreint. Je finis par m'approcher de la table de Pavlova. Elle leva les yeux. J'ouvris la bouche, sans trop savoir comment formuler ce que j'avais appris.

« Il paraît que vous n'aimez pas notre café. Puis-je vous suggérer l'un des établissements proches du nôtre ? commençai-je avec un sourire poli.

– On vous a mal renseignée, je me plais beaucoup ici », répondit-elle, sans sourire.

J'hésitai puis trouvai mes mots : « Je ne veux pas vous offenser, nous travaillons tous pour gagner notre vie et tout travail mérite respect. Mais auriez-vous la gentillesse d'exercer votre activité ailleurs ? Vous n'êtes plus la bienvenue ici, ne revenez pas, s'il vous plaît. »

Sur ce, je battis en retraite pour éviter de voir l'impact de mes paroles. Le lendemain matin, Shahira me demanda comment cela s'était passé. Je lui rétorquai que le personnel cancanait trop. Shahira ne se laissa pas démonter, aussi lui racontai-je mon échange avec Pavlova.

« Pourquoi te sentir coupable ? C'est elle qui nous exploite. »

Lorsque Pavlova était enfant, je suis sûre qu'elle ne regardait pas le ciel en rêvant de faire le trottoir rue du 26-Juillet quand elle serait grande. Nous autorisions nos habitués à offrir leurs services dans notre café – comme le soutien scolaire –, mais parce que le travail de Pavlova était sexuel, nous avions réagi en pharisiennes. Avions-nous raison d'être des parangons de vertu ? Je pensai au tiers lieu que nous avions créé, un espace public se prêtant à d'intenses échanges privés. Ce que nous cherchions dans les livres, les signes, le marc de café et les feuilles de thé, c'était nous-mêmes, les autres et des moyens de survivre. Quelques jours plus tard, en rentrant à pied chez moi, j'aperçus Pavlova à la fenêtre de l'étage d'un café du quartier. Vêtue d'une ample jupe à volants, elle balançait ses jambes.

Le Café Diwan nous servit de bureau avant que nous n'ayons les moyens d'en avoir un. Quand Hind, Nihal et moi n'étouffions pas à tour de rôle dans l'arrière-boutique (autrefois le sauna du Sports Palace), où nous ajoutions prix et étiquettes antivol sur les livres, nous restions dans les allées du magasin pour superviser les employés, nous assurer que les mises en place étaient attrayantes, éviter que de petits tracas deviennent de gros ennuis. Je crois que la plupart de nos clients appréciaient que nous nous montrions au lieu de nous cacher derrière des portes closes. Sauf certains qui, habitués à être ignorés dans les librairies, se méprenaient sur l'empressement de nos vendeurs. Des clients trop zélés tenaient à remettre les livres sur les étagères, les plaçant souvent au mauvais endroit. Quand nos libraires leur demandaient de les laisser s'en charger, ils avaient l'impression qu'on les croyait incapables de le faire correctement ou qu'ils étaient l'objet de soupçons injustes. Le fait de m'asseoir dans le Café me permettait d'observer ces échanges (jusqu'à ce que je découvre les joies de la webcam et des capteurs de mouvements) et d'intervenir parfois, avant que ne dégénèrent les malentendus. Sans oublier les ennuis qui passaient la porte d'entrée : agents de recouvrement prétendant – à tort – être déjà venus plusieurs fois, dans le but de pouvoir nous infliger une amende, ou client qui, grâce à un policier de sa connaissance, avait déposé une plainte montée de toutes pièces faute d'avoir eu le droit de rendre un livre. Nous nous réunissions par intermittence autour de notre table pour boire un café, discuter, répondre à des mails. Chaque fois que ma mère s'estimait en manque de nouvelles de ses filles, elle passait au Café, sûre de trouver soit l'une des siennes, soit Nihal, sa fille de cœur.

Avec le temps, un travail acharné – si acharné que, rétrospectivement, je me demande d'où nous tirions cette énergie – et un essor des ventes, notre situation évolua aussi bien dans notre librairie qu'en dehors de celle-ci. Beaucoup de choses se produisirent très rapidement. La deuxième année de Diwan correspondit à mes trente ans. Pour la première fois de ma vie, au bout de sept ans de vie commune, je proposai à Numéro Un d'avoir un enfant. Il accepta. Zein naquit en 2004, Layla en 2006, juste avant le quatrième anniversaire de Diwan. En 2005, Hind accoucha d'un fils à qui elle donna le nom de notre père, Ramzi. Comment parvenions-nous à tout mener de front ? C'était constamment éprouvant ; je me sentais tiraillée dans des directions opposées.

Les petites joies ne manquaient pas, ni les endroits où nous trouvions du répit. Nous avons fini par avoir les moyens de nous offrir un bureau séparé et d'embaucher du personnel dédié aux multiples tâches que nous nous étions réparties selon nos compétences. Un appartement se libéra au rez-de-chaussée de l'immeuble Baehler. Par miracle (car l'obtention d'une licence était un cauchemar), ce local pouvait déjà officiellement être utilisé comme bureau. L'entrée se trouvait dans la cour, derrière la grande rue. Sur un banc de bois installé sur un côté, les gardiens de l'immeuble tenaient salon, observaient et commentaient les allées et venues des visiteurs. Ces pipelettes jouaient un rôle polyvalent : agents de sécurité accommodants, hommes à tout faire, assistants personnels pour les achats et, de temps à autre, agents immobiliers. Nous avions entendu parler du local professionnel par le gardien en chef, 'Am Ibrahim, avec qui j'échangeais des salutations chaque matin. Il s'exprimait dans un dialecte nubien haché. Je ne comprenais jamais vraiment grand-chose à ce qu'il disait, mais nous conversions avec des sourires et des rires. À la fin de chaque mois, vêtu de sa *galabeya*[1] blanche immaculée, coiffé d'une calotte assortie, il venait encaisser le loyer afin de le remettre au propriétaire de l'immeuble. Lorsque nous avons emménagé dans notre nouveau bureau, il changea simplement d'itinéraire pour sa tâche. À sa mort, son fils prit la relève. Dans notre monde, les métiers se transmettaient, les gens vous connaissaient même s'ils ignoraient votre nom. Les rapports humains régissaient bien

1. Longue tunique, très ample, portée par les Soudanais et les Égyptiens.

davantage le cours de nos vies que des systèmes en vigueur ou des textes de lois.

Nous embauchâmes un certain Mohyy comme *mukhalasati*, un poste qui n'a pas d'équivalent occidental et qu'on peut traduire par intermédiaire ou manutentionnaire. Agent de ménage au début, il ne tarda pas à servir des rafraîchissements aux visiteurs, faire des courses, régler des factures et remettre des documents aux administrations publiques. Sa légèreté formait un contrepoint bienvenu à la bureaucratie démoralisante. Tout le monde, des autres employés du magasin aux fonctionnaires, le trouvait immédiatement sympathique. Il entretenait ses relations en échangeant numéros de téléphone ou en distribuant des marques d'attention, afin de pouvoir en temps utile demander un service. Il faisait partie des exploités, aussi comprenait-il l'intérêt de la réciprocité. Il évitait les directeurs et les chefs de service, conscient que c'étaient ceux en bas de l'échelle qui bossaient vraiment.

Comme pour tout à Diwan, notre nouvel espace de travail n'avait rien de conventionnel : une grande pièce à haut plafond meublée de trois bureaux pour les associées, Hind, Nihal et moi. L'un des murs était tapissé d'étagères où s'empilaient des manuscrits signés par les auteurs préférés de Diwan, des futures publications, des jouets destinés à nos enfants quand ils venaient nous voir et des piles de catalogues. Des coupures de presse encadrées et des photos des événements marquants de notre entreprise – articles de journaux égyptiens sur nos meilleures ventes, brèves dans des magazines étrangers comme *Monocle*, clichés de l'inauguration de la librairie de Zamalek – étaient fixées aux murs. Derrière mon bureau, sur un tableau d'affichage, des autocollants qui me rappelaient de viser toujours plus haut et d'être moi-même côtoyaient une photo de moi avec mes filles, de vieilles listes de choses à accomplir. Un ticket de caisse d'un mètre et demi de longueur représentant la plus grosse transaction effectuée par un employé – un achat d'ouvrages d'une valeur de quatorze mille livres égyptiennes – pendillait jusqu'au sol.

Une table ronde trônait au milieu de la pièce et, à l'heure du déjeuner, elle servait de buffet : chacune déballait un plat fait maison, des couverts, de la vaisselle, et nous partagions nos plats avec des employés ou des visiteurs. Au début, Nihal préparait chez elle des gâteaux au chocolat et des cookies aux pépites de chocolat qu'elle vendait au Café. Avec l'augmentation de la demande, la charge de travail devint ingérable pour Nihal. Elle chercha à sous-traiter. Certaines femmes qui fréquentaient le Café manifestèrent leur intérêt. On testa leurs capacités à faire des pâtisseries et à fixer les prix. L'une d'entre elles, Miriam, en vint à être notre principale pâtissière pendant une dizaine d'années, on la surnomma « la dame aux gâteaux ». Plus tard, j'appris que, mère de quatre enfants, ce revenu supplémentaire lui permettait de financer leur éducation. Sa petite entreprise se développa au même rythme que Diwan. Elle passa de la pâtisserie à domicile à la création d'une compagnie qui pourvoyait aussi aux besoins d'autres sociétés.

Au bureau, nous nous confiions, trop, nos problèmes, nous nous entendions parler au téléphone, nous nous traitions avec égard. Notre comptable externe nous voyait comme trois femmes ayant une relation tendue avec les chiffres, aussi nous encouragea-t-il à recruter un comptable avec quelques années d'expérience. Ce fut Maged, qu'on installa à une extrémité de notre quartier général. Si la plupart des employés de la librairie étaient des hommes, nous embauchions surtout des femmes pour le bureau. Elles participaient au marketing, aux ressources humaines, à l'événementiel, au traitement des données, à l'entreposage. Avec Amir, l'adjoint de Hind chargé des livres en arabe, Maged était l'un des rares hommes du bureau. Au bout de neuf mois, il suggéra de prendre le titre plus prestigieux de directeur financier. Soucieux de faire son chemin dans la vie, il expliqua qu'il considérait les titres aussi importants que les chiffres. Cela nous était égal du moment qu'il gérait la crise de croissance de Diwan. Il insista pour qu'on lui attribue une pièce spacieuse qu'il refusa de partager, invoquant la « nature sensible » de son travail. Au fil de deux décennies, d'innombrables krachs économiques, de dévaluations et de révolutions, nous avons dû réduire la surface du siège de notre entreprise – sauf pour celle du bureau de Maged – pour faire face aux contraintes financières.

L'aversion qu'éprouvait Minou pour les réunions était à la mesure de son goût prononcé pour le décaféiné de Diwan. Chaque fois que nous devions nous retrouver, nous le faisions au Café. Car elle voulait aussi voir en direct l'évolution de son travail, observer la façon dont les gens réagissaient à ses créations. Le logo de Diwan avait été son triomphe, et son sac, conçu dans la foulée, gratuit pour chaque achat, un succès marketing inattendu. Juste avant l'ouverture de la libraire, alors qu'il ne restait presque rien du capital de départ, Minou m'avait montré ses esquisses pour un sac magnifiquement conçu. Notre logo audacieux ressortait dans une typographie et sur des motifs arabo-islamiques modernisés dans une couleur terracotta. Papier couché. Colle importée d'Allemagne. Poignées noires solides. Aucune dépense n'était épargnée. Minou avait réussi à capter mon intérêt. Je lui demandai un tirage initial de dix mille exemplaires. Hind et Nihal m'avaient dévisagée, bouche bée. Nous n'avions pas dix mille ouvrages en magasin ! Combien de temps faudrait-il pour écouler ces sacs ? Où les stocker ? Et comment allions-nous les payer ? Ma culpabilité avait été tellement évidente qu'elles cessèrent de me réprimander davantage. Ce fut la meilleure erreur de ma vie. Nous avions lancé une mode, celle du marketing direct, ce qui était inédit dans notre industrie. Nous ne dépensâmes jamais un centime pour la publicité dans un magazine ou sur un panneau d'affichage, faisant confiance aux sacs pour parler en notre nom. Dès que notre stock diminuait, Minou et moi nous retrouvions pour discuter d'un nouveau tirage ou de la création d'un nouveau style.

« Tu sais, c'est moi, l'artiste, et toi, la libraire, lançait Minou avant que je ne puisse terminer une phrase.

– Je n'ai donc pas le droit d'avoir un avis ?

– Je crée. Tu fais la maquerelle. Tu colportes la merde des autres et tu en profites. Je n'en reviens pas de certaines nullités que tu vends.

– Ça paie les factures, contrairement à Schopenhauer.

– Très bien. Vends les nullités des débiles dans du plastique, pas dans mes sacs, décréta-t-elle, le sourire toujours aux lèvres.

– Qu'est-il arrivé à l'adage « le client est roi » ? insistai-je, feignant d'être choquée.

– Tu ne me paies pas assez pour te dire des conneries, rétorqua-t-elle du tac au tac.

– Je suis contente que tes autres clients le fassent, comme ça, tu peux garder Diwan comme passion.

– On a tous besoin d'extras. »

Scandalisés par ce qu'ils entendaient, les clients des tables voisines nous jetaient des regards désapprobateurs, tandis que les nouveaux employés étaient terrifiés. Lorsque Minou engagea un chef de bureau et moi, enfin, un responsable marketing, je perçus que ceux deux-là redoutaient le jour où ils devraient négocier seuls avec l'une d'entre nous. Nous adorions nous balancer des grossièretés et des insultes qui représentaient pour nous ce qu'elles étaient : une source précieuse de créativité et d'amusement. À chaque nouvelle initiative ou anniversaire, nous nous retrouvions au Café, échangions des propos injurieux et des idées, inventions un autre style de sac, chacun étant une œuvre d'art. Minou avait cependant des règles bien à elle.

« N'envoie pas la sorcière blanche, je ne peux pas travailler avec elle, m'intima-t-elle un jour, d'un ton d'abord menaçant puis méfiant.

– Tu parles de Nihal ? Vraiment ? Merde, c'est quoi ton problème ? m'énervai-je.

– Impossible de traiter avec cette femme. Elle est trop gentille. Elle met des putains de gouttes homéopathiques dans mon eau, elle me désarme avant de me baiser tellement elle est futée. On ne la voit jamais venir. C'est sa force.

– D'accord, et Hind ?

– En aucun cas je ne suis dupe de son calme. Celle-là, elle manœuvre dans l'ombre. Les vêtements monochromes, les souliers plats, les efforts pour passer inaperçue. Si ton arme est l'éloquence, la sienne est le silence. Elle m'effraie bien plus. Tu veux mes sacs, alors respecte mes règles, ma salope. »

Et j'obtempérai, car je n'étais pas la seule à les convoiter, des clients s'étaient carrément mis à les collectionner.

En 2007, à l'occasion du cinquième anniversaire de Diwan, on lança une nouvelle ligne de sacs arborant la Main de Fatima – dont les cinq doigts sont censés protéger du mal – d'un turquoise éclatant. Nous contactâmes les responsables du musée d'Art moderne égyptien, situé dans l'enceinte de l'Opéra, pour y fêter cet anniversaire. Impossible de recevoir dans notre établissement une fraction des amis et fans que Diwan avait réunis au cours de cette première moitié de décennie. Ils refusèrent ; les musées n'étaient pas conçus pour des réceptions, ce serait manquer de respect envers l'art que de s'en servir comme toile de fond. On opta alors pour un compromis : l'auditorium principal en plein air devant l'Opéra, séparé du musée d'Art moderne par une cour avec fontaine. Clients et amis s'y entassèrent, les uns assis, les autres accroupis à même le sol ou adossés aux arcades autour de la place. Je me souvins d'avoir levé les yeux au ciel, étreinte de gratitude pour les forces à l'origine des cinq années précédentes. Nous avions invité cinq auteurs parmi les préférés de Diwan – Robert Fisk, Bahaa Taher, Ahdaf Soueif, Galal Amin et Ahmed Al-'Aidy – pour évoquer les cinq ans écoulés et les cinq à venir. Personne n'osait espérer ou prédire l'imminence de la révolution. Ahmed, le jeune écrivain prometteur que Hind avait inclus dans les auteurs plus confirmés, se rappela qu'à l'ouverture de Diwan il avait l'habitude de regarder les listes des meilleures ventes qui tapissaient les murs en imaginant son livre les rejoindre. Je me remémorai l'absence des ISBN sans lesquels ces listes n'auraient pas existé, n'eût été l'obstination de Hind.

Le Café Diwan était censé être un havre original et idyllique au cœur de notre librairie. Il était unique en son genre, tout comme ses clients. Nous avions fait de Sports Palace un lieu à nous après que le Café fut devenu trop petit pour rester notre QG. Nous discutions même d'ouvrir un second bureau. Peu d'établissements accueillaient les femmes, les autorisaient encore moins à se servir de leurs toilettes, alors nous nous étions efforcées de leur ménager une place. En tant que Mme Diwan, j'essayais de réimaginer le rôle de la femme égyptienne, tant pour moi que pour les autres. Lorsque l'une amie posta sur Facebook qu'elle était fière d'être « Mme Untel », je m'aperçus que je ne pourrais jamais être aussi fière d'avoir un mari, du moins au point de sacrifier mon identité. En revanche, je le ferais avec bonheur pour Diwan. La romancière britannique Jeanette Winterson écrit : *Il me semble que d'avoir une taille en accord avec son monde – et savoir que le monde et soi n'ont en aucun cas des dimensions figées – est une précieuse clé dans l'apprentissage de la vie*[1]. Je gardai ses conseils à l'esprit. Je nouai des alliances inattendues et appris à transiger : avec des inconnus de passage, des collègues insensibles et, en fin de compte, moi-même. J'ai essayé de vivre dans les lieux qui m'acceptaient ou d'en créer de nouveaux. Nous le faisons tous.

1. Tiré du roman *Pourquoi être heureux quand on peut être normal ?*, traduit de l'anglais par Céline Leroy, Éditions de l'Olivier, 2012.

« C'est ma sortie quotidienne. J'adore Diwan ! » s'exclama l'un de nos habitués avec un enthousiasme un brin exalté.

– Vous devez être un lecteur assidu, commenta Nihal avec admiration.

– Je viens pour le gâteau à la carotte.

– Bravo ! »

Nihal était d'un incorrigible optimisme.

2

Essentiels d'Égypte

Nous savions dès le départ que Diwan vendrait des ouvrages en arabe, anglais, français et allemand. Nous savions également qu'il s'agissait de catégories poreuses, de sorte que nous avions décidé de créer un rayon intitulé Essentiels d'Égypte pour y accueillir les livres dans ces quatre langues et croiser les genres. À l'instar des auteurs de romans de science-fiction, nous élaborâmes un monde qui n'existait que dans notre imagination. Sur ces étagères fut tissée une mythologie moderne qui nouait les fils de la fiction, de la biographie, de l'histoire, de l'économie et de la photographie. Certains titres retenus devinrent des membres permanents, tandis que d'autres effectuaient un bref séjour avant de retourner dans leur rayonnage initial. Pour moi, le nom de ce rayon évoquait les huiles essentielles vendues en flacons de verre cintré au bazar : leurs origines, enracinées dans un passé mystérieux et lointain, distillaient l'intangible en une goutte, un parfum. Essentiels d'Égypte promettait un accès similaire aux lecteurs, mosaïque de touristes, d'étrangers désireux de devenir des initiés et d'Égyptiens qui n'avaient vu leur pays que par le petit bout de la lorgnette.

Nous avions mis le nom du rayon au pluriel pour une raison précise. Un récit au singulier sur l'Égypte est un mensonge. L'histoire du Caire est avant tout un « conte de deux cités »[1] : les livres égyptiennes ont cours dans l'une, les devises étrangères dans l'autre (comme l'a remarqué l'économiste Gamal Amin). Les gens qui vivent avec la livre égyptienne vont dans les écoles publiques, se déplacent avec les transports en commun et s'efforcent de rester au-dessus du seuil de pauvreté. Leur bien le plus précieux est la carte de subvention qui leur permet d'acheter des produits dans des magasins gérés par le gouvernement. La taille et le prix du pain *baladi* régissent leur existence. Les livres ne sont pas une nécessité pour eux, mais un luxe. D'autres, comme moi, demeurent dans Le Caire protégé où domine le dollar américain, fréquentent les écoles internationales, apprennent souvent à parler l'anglais ou le français mieux que l'arabe, font leurs courses dans des supermarchés et des centres commerciaux, emploient d'autres personnes pour cuisiner, nettoyer, conduire à leur place, tandis que nourriture et médicaments importés sont à leur portée. Si

1. Allusion au roman de Charles Dickens publié en 1859.

Le Caire est leur lieu de résidence, son âme n'habite pas toujours la leur, ils doivent ouvrir grand les yeux pour voir leur ville natale.

Hind et moi étions en concurrence sur ce terrain-là – ses livres arabes d'un côté, mes livres anglais de l'autre. Ces derniers contribuaient davantage au bénéfice net de Diwan, car ils étaient achetés en devises étrangères et convertis en monnaie locale à un taux de change qui les rendait plus onéreux que les ouvrages produits localement, en revanche ceux de Hind se vendaient mieux. Elle ne se privait pas de me le rappeler, notamment à chaque réunion mensuelle du personnel. Je savais que ses livres valaient à Diwan l'admiration de la région et légitimaient notre librairie égyptienne, ce qui nous distinguait des franchises internationales, précaires, essaimant depuis peu dans les États du Golfe.

Notre ancienne rivalité fraternelle perdurait. Nous nous disputions sans arrêt. Hind était stratège, elle voyait la situation dans son ensemble. Moi, je n'avais pratiquement aucun contrôle sur mes impulsions, j'adorais me noyer dans les détails. Nous montions la garde de nos sections concurrentes à la manière de soldats. Nous nous bagarrions sur l'attribution des rayonnages, pour savoir laquelle des deux sections avait le taux de rotation de livres le plus important ou quelle place les nouveautés de l'une et l'autre occuperaient en vitrine. Enfant, je vénérais et admirais tellement Hind que, comme toutes les petites sœurs, je ne cessais de la suivre et de l'importuner. À l'adolescence, notre fureur était réciproque, tout comme notre désir de destruction. Les portes claquaient, ponctuées de promesses d'interdiction de territoire et de mise à mort. Puis nous avions fini par comprendre la valeur de la sororité dans un environnement obstinément misogyne. Nous devînmes amies, jurant de nous soutenir et de nous protéger mutuellement. Pour autant, personne ne savait mieux que nous comment faire chier l'autre.

En classe, nous avions davantage appris les exploits de Guillaume le Conquérant et d'Oliver Cromwell, lord protecteur du Commonwealth, que ceux de Mohamed Ali ou de Nasser. Nous avions découvert les anciens Égyptiens en même temps que les Romains et les Grecs, mais notre pays figurait à peine dans nos cours d'histoire contemporaine, hormis un module sur le conflit israélo-arabe. J'avais lu Shakespeare et les grands textes classiques anglais avant d'entendre parler du poète préislamique Imrou'al Qays ou de la poétesse Al-Khansâ'de la même époque. Sous-financées, les écoles publiques proposaient un enseignement « gratuit » en arabe, mais ceux qui en avaient les moyens mettaient leurs enfants dans des établissements de langue étrangère, vestiges florissants des efforts coloniaux, missionnaires et diplomatiques. Hind et moi avions fréquenté l'École britannique internationale du Caire, mais on aurait dit que nous vivions ailleurs. Pour nous, le week-end était composé du samedi et du dimanche, contrairement à celui des Égyptiens, composé du vendredi et du samedi. Nous n'avions pas le droit de prononcer un mot d'arabe dans l'enceinte de l'établissement. C'était la quintessence de la Grande-Bretagne avec ses crêpes au citron et au sucre pour Mardi gras, sa célébration de Guy Fawkes et ses kermesses en plein air. Les professeurs blancs étaient payés en livres sterling. L'un d'eux, M. Powell, est resté gravé dans ma mémoire d'élève de CE2 : il avait un visage rougeaud et revêche, des yeux bleus à l'expression mesquine, des dents carnassières et des lèvres dont les commissures semblaient être tirées vers le bas. Les mains croisées sur son ventre dans une posture napoléonienne, il sentait l'alcool frelaté. Sa rengaine de prédilection : « Vous êtes sourds, cinglés ou stupides ? »

Comme beaucoup d'Égyptiens qui suivirent la même scolarité que nous, Hind et moi avions appris et lu dans une autre langue que l'arabe. Compliqué et inaccessible, l'arabe nous avait laissées linguistiquement orphelines ; l'anglais nous avait adoptées et nous avions accepté trop volontiers. Mes parents avaient tenu à ce que nous sachions parler et écrire les trois langues de l'histoire coloniale la plus récente d'Égypte : l'arabe, l'anglais, le français. Bien que conscients des avantages d'une éducation en langue anglaise – qu'ils avaient l'un et l'autre apprise adultes –, ils ne souhaitaient cependant pas sacrifier leur langue maternelle ou condamner leurs filles à une vie de migration linguistique. J'avais dix ans quand ils engagèrent Abla Nabeeha, une septuagénaire, professeure d'arabe à la retraite qui s'efforçait de nous inculquer les notions grammaticales de l'arabe littéraire une fois par semaine. Pour moi, c'était l'occasion de me gaver de *sablés** au chocolat de chez Simonds, l'indémodable pâtisserie de la rue du 26-Juillet, que ma mère apportait avec le thé dix minutes après l'arrivée de l'enseignante. Une odeur de patience et de médicaments émanait d'Abla Nabeeha. Ses seins lourds s'affaissaient sur un ventre tout aussi généreux, qui cédait la place à des hanches volumineuses. Ses mollets et ses chevilles étaient gonflés en permanence. Lorsqu'elle était assise sur la chaise à côté de moi, je remarquais que le haut de ses chaussettes entaillait ses genoux. Elle était bienveillante avec moi, contrairement à l'arabe.

Fus'ha, l'arabe littéraire, s'écrit mais est rarement parlé. C'est une langue morte, celle que Toni Morrison qualifie de « langue inflexible satisfaite de s'abîmer dans l'admiration de sa pétrification. » Elle est truffée de règles qui couvrent toutes les formulations grammaticales et laissent peu de place à la fantaisie ou aux fautes. Séduite par les mots et leur usage, Hind me poussait à rechercher la beauté sous les règles ; j'étais incapable de dépasser ces contraintes. *Fus'ha*, la mère de tous les dialectes arabes, a produit une telle diversité de rejetons que les gens de pays différents ont du mal à se comprendre. Le bâtard de *Fus'ha*, *El amiya*, l'arabe vernaculaire ou populaire, fait exception.

C'est la langue de la prodigieuse industrie cinématographique égyptienne, raison de la popularité de l'arabe égyptien dans toute la région. Malgré l'usage répandu d'*El amiya* à l'écran et dans la vie, la plupart des livres sont écrits en *Fus'ha*. Les Égyptiens sont écartelés entre les deux langues. Les lecteurs passent entre les mailles du filet.

Jeunes adultes, Hind et moi, autochtones qui avions un rapport compliqué à notre langue maternelle, étions conscientes de cet arrachement à notre mère patrie. Fortes de notre nouvelle liberté, nous avions passé nos années d'études supérieures en quête de notre pays et de nous-mêmes. Hind s'était inscrite en sciences politiques et, pour s'amuser, en littérature arabe ; moi, j'avais choisi l'anglais et la littérature comparée. En dehors des cours, nous découvrions des quartiers du Caire jusque-là inconnus pour nous, débordants de vitalité et de renouveau – bâtiments et ruelles reconvertis, marchés aux puces, marchés du livre d'occasion, festivals de musique, théâtre d'avant-garde. Nos recherches destinées à approfondir nos origines et les découvertes que nous fîmes en chemin feraient partie intégrante de Diwan. Il devint vite évident que de nombreux lecteurs de la librairie étaient déracinés de la même manière et égarés dans des migrations linguistiques. Loin de vouloir les punir, nous voulions les accueillir.

Pour les Essentiels d'Égypte, nous avons commencé par ce qui coulait de source : livres sur l'Égypte ancienne, beaux livres, petits guides sur les monuments ou des lieux particuliers, romans. Le romancier Wilbur Smith y occupait une place centrale. Si des auteurs de romans policiers et de thrillers comme John Grisham et Stephen King l'éclipsaient dans le monde entier, l'écrivain zambien avait de fervents amateurs dans notre librairie : les égyptophiles. Pyramides, chameaux et couchers de soleil illustrent les couvertures de ses sagas. C'est par la voix et les yeux de Taita, un eunuque aussi brillant qu'ambitieux, ex-esclave, général et conseiller du pharaon, que sont racontées ces histoires de royaumes et de rois. Avant de les avoir lues, je ne connaissais que les grandes lignes de la civilisation de mes ancêtres : sept millénaires, une poignée de dieux, les plus éminents personnages comme Ramsès II, Hatchepsout, la trinité Osiris, Isis et Horus, accompagnés des temples, scribes, hiéroglyphes. Je savais l'importance que mes ancêtres accordaient à la mort et à l'au-delà, en revanche j'ignorais tout de leur vie, de leur façon de cuisiner, de faire l'amour ou de cultiver la terre.

À la fois maîtres d'œuvre et bénéficiaires du colonialisme culturel, les Français ont leur propre romancier de l'Antiquité égyptienne : Christian Jacq, égyptologue et auteur de best-sellers internationaux. Les lecteurs de littérature anglaise et française de Diwan se gavaient de ses romans. Soucieuse de comprendre l'engouement de nos clients, je lus de bout en bout les quatre tomes de la série *La Pierre de lumière*, dont l'action se situe en Haute-Égypte, sur la rive occidentale du Nil, où vivent les artisans travaillant sur les tombeaux dans la Vallée des Rois toute proche. Je fus frappée par les détails avec lesquels il décrit des personnages réels et des événements historiques dans ses univers fictifs, ce qui le démarque de ses homologues moins universitaires.

Que je dépende d'un Français pour élucider ma propre histoire met en évidence un fait gênant : à quelques exceptions près, les Égyptiens écrivent rarement des romans se déroulant dans l'Égypte antique. Le colonialisme commence par nous couper de notre passé, puis il nous oblige à nous tourner vers les colonisateurs pour le connaître. Voilà qui est doublement ironique. L'égyptologie est une création des Occidentaux, qui l'ont enseignée aux Égyptiens. De même que le Service des antiquités, une institution publique instaurée au milieu du XIXe siècle, officiellement pour contrôler le trafic d'artefacts, en réalité une extension du néocolonialisme : des universitaires français le dirigeaient – la plupart des archéologues égyptiens n'avaient même pas le droit d'effectuer des fouilles dans leur propre pays. On ne nomma un Égyptien pour en gérer les missions que dans les années cinquante. Ce n'est qu'à l'âge adulte que je découvris enfin le buste de Néfertiti – au Neues Museum de Berlin. Les conservateurs du British Museum, qui possède la pierre de Rosette (et plus de 50 000 objets d'art de l'Égypte antique, ce qui en fait la plus grande collection en dehors d'Égypte), refusent toujours de la rapatrier dans son pays d'origine. Les salauds !

Plus j'y pense, plus je me demande comment notre dépendance à l'égard des savoirs importés limite notre capacité d'imagination. Les cultures colonisées sont-elles tellement habituées à être altérées qu'elles acceptent inconditionnellement ce savoir comme un cadeau, sans jamais réfléchir à sa véracité ou à la réciprocité ? Les écrivains orientaux ne racontent pas autant l'Occident que ne le font leurs homologues occidentaux vis-à-vis de l'Orient. À qui appartient le passé : aux créateurs de ces récits ou à leurs consommateurs ? Est-ce aux écrivains ou aux lecteurs qu'il incombe de pallier les lacunes laissées par l'aliénation coloniale ?

« Je ne trouve pas *Champollion l'Égyptien* de Christian Jacq », constata un après-midi l'un de mes habitués, le Dr Medhat. C'était un homme distingué, d'un certain âge, aux yeux bleus et aux cheveux roux. « Vous l'avez en réserve ? Il n'est pas sur les étagères. » Manifestement perplexe, il ôta ses lunettes à monture en écaille marron. Son désespoir me rappela le mien quand, à douze ans, venant de terminer un roman policier d'Agatha Christie, j'avais hâte de trouver le suivant. Convaincue que je vexerais le Dr Medhat si je vérifiais les rayonnages, je me dirigeai vers l'ordinateur qui se trouvait près du Café. Il m'emboîta le pas. « Vous devriez lire ses livres », ajouta-t-il. Je scrutais l'écran. Il prit à tort mon silence pour une marque d'intérêt. « Connaître l'Égypte antique m'apprend énormément sur notre pays actuel. Vous saviez que l'expression "réinventer la roue" nous est imputable ? » Je lui décochai un regard incrédule, tandis qu'il poursuivait d'un ton joyeux. « Eh oui, la roue a été inventée au cours d'une dynastie, la technologie est ensuite tombée dans l'oubli et a été réinventée des siècles plus tard. » Sa charmante anecdote allait à l'encontre de mes connaissances (certes limitées, je le reconnais bien volontiers).

« Cela ne vous semble-t-il pas un peu étrange, objectai-je, quand on sait que les anciens Égyptiens notaient tout d'une manière obsessionnelle ? Pensez aux sortilèges, aux testaments, aux traitements médicaux et aux impôts documentés par les scribes. Nous tenons d'eux notre amour du détail et de la bureaucratie.

– Je vous l'accorde, mais je suis sûr d'avoir raison pour la roue. »

Il enfonça davantage les mains dans ses poches, comme pour s'ancrer plus profondément dans le sol, et, parcourant la pièce du regard, ses yeux se posèrent sur les dernières nouveautés disposées sur une table, dont le recueil de nouvelles en arabe d'Alaa al-Aswany, *J'aurais voulu être égyptien*. La couverture frappante représentait une rangée d'Égyptiens de l'Antiquité faisant face à un pulvérisateur d'insecticide Flit. Le Dr Medhat réagit avec virulence : « Quelle impudence ! Comment ose-t-il insulter notre glorieux passé ? Notre chute de la *grandeur à la décadence, c'est trop** ! » Il se mit à faire les cent pas autour de la table, plutôt agité.

« Je ne crois pas que M. Aswany ait de mauvaises intentions. Il nous suggère simplement de cesser de nous prélasser dans notre prestigieux passé et de nous concentrer sur l'amélioration de notre présent. Nous sommes devenus victimes de nos pyramides : l'idée que nous les avons construites est une pilule qui nous fait du bien, nous l'avalons pendant que nos maisons s'effondrent autour de nous. » Je lui adressai mon sourire le plus éclatant. Mon père m'avait appris que je pouvais dire n'importe quoi à n'importe qui tant que je le faisais avec le sourire. « Est-il acceptable que les descendants des bâtisseurs de pyramides habitent désormais dans des horreurs en brique rouge ?

– Pourtant, même Platon estimait que, comparés aux Égyptiens, les Grecs n'étaient rien de plus que des mathématiciens infantiles, claironna-t-il avec un regain d'ardeur.

– Cela m'a fait plaisir de vous voir, docteur Medhat. Un employé du service clients vous appellera dès réception de *Champollion l'Égyptien* », conclus-je en souriant de nouveau.

Cette conversation me marqua. Le patriotisme du Dr Medhat et ses lectures semblaient le détourner encore plus du savoir qu'il recherchait, à moins que ce ne soit sa déception face aux cinquante dernières années d'échecs des pouvoirs publics. Mais l'histoire est une matière vivante, sujette à interprétation. La littérature aussi. Comprendre les raisons qui nous incitent à lire, les désirs que cela comble – s'évader, se connecter à un passé qui nous a été caché, raviver une fierté nationale –, peut être utile. Je crois cependant plus important de nous interroger sur notre façon de lire. Le discernement naît d'un malaise, et je n'étais pas convaincue de la capacité du Dr Medhat à se sentir mal à l'aise.

À mesure que nous étoffions les Essentiels d'Égypte, nous accumulions des ouvrages sur les saints, les monastères, l'art et la civilisation de la période copte. Durant celle-ci, qui s'étend du IIIe au VIIe siècle, les cultes de l'Égypte antique évoluèrent pour devenir le christianisme copte, une religion dont les fidèles de l'époque contemporaine constituent la plus grande population chrétienne du pays. Les livres suscitaient pourtant des commentaires déplaisants.

« Les clients se plaignent, ils trouvent que nous avons trop de livres sur les Coptes et pas assez sur les musulmans », déclara un jour Hossam, l'un des vendeurs que j'appréciais le moins. Comme souvent, une goutte de salive luisait au coin de sa bouche.

« Qu'il s'agisse de l'opinion des clients ou de la tienne, nous avons tous le droit d'en avoir une. Voici la mienne : "trop" par rapport à quoi ? Le christianisme est arrivé en Égypte en 33 après J.-C. "Copte" vient du mot grec pour "égyptien". Les Hyksos, les Nubiens, les Assyriens, les Libyens, les Perses, les Grecs et les Romains ont conquis le pays des anciens Égyptiens, dont les Coptes sont sans doute les plus proches descendants. Quant aux musulmans, rappelle-moi la date de l'apparition de l'islam dans cette partie du monde ? »

Là-dessus, je m'éloignai pour me calmer. Si forte que soit mon envie de continuer, j'avais eu assez souvent cette discussion pour savoir que cela ne servirait à rien. La remarque de Hossam avait beau sembler anodine, elle révélait une brèche dans la perception de notre culture : une soif d'hégémonie islamique qui engendrait un déni total de la différence, voire de l'histoire. La conquête de l'Égypte romaine par les musulmans eut lieu aux environs de 640 après J.-C., sous le commandement d'Am Ibn Al-'As. L'Égypte se rendit après quelques années de sièges et de batailles, et une islamisation progressive sous l'égide de l'État commença. Il y eut d'abord la *jizya*, un lourd impôt prélevé auprès de ceux qui refusaient de se convertir. Ce fut ensuite la langue : l'arabe remplaça le copte et le grec (langues de l'occupation grecque et romaine) comme langue vernaculaire dominante avant de devenir légalement celle de la nation. En 1919, les révolutionnaires égyptiens brandirent dans les rues les symboles du croissant et de la croix pour exprimer l'unité contre l'occupation coloniale britannique. De 1923 à 1953, le croissant et trois étoiles à cinq branches figuraient sur le drapeau de l'Égypte. Le croissant était censé symboliser l'islam, et les trois étoiles représentaient l'Égypte, la Nubie et le Soudan, où les trois religions – islam, christianisme et judaïsme – coexistaient pacifiquement. Des gens comme Hossam continuaient néanmoins à se sentir menacés par les minorités non musulmanes, même si seul un Égyptien sur dix est copte.

Cette tension touche une corde sensible chez moi. J'ai grandi avec la promesse de solidarité et d'unité. Ma mère est copte, mon père musulman. Ils racontaient l'histoire comme un grand arc, nous apprenant que l'arabe, le français et l'anglais n'étaient pas des langues dominantes par essence, mais qu'elles correspondaient à une interminable succession de conquêtes de l'Égypte couvrant des millénaires. Cela n'avait aucun rapport avec les personnes, juste avec la colonisation. Toutefois, ces derniers temps, l'acceptation de l'altérité et la tolérance de la différence en matière de religions semblent s'être estompées. Je me demande si la tolérance s'acquiert comme la lecture – une habitude enracinée en Hind et moi depuis la plus tendre enfance. Un privilège que beaucoup n'ont peut-être pas.

L'histoire cosmopolite du Caire et d'Alexandrie, l'influence incontournable de ses populations grecque, arménienne, italienne et française, prenait vie dans le rayon des Essentiels d'Égypte. *L'Homme au complet blanc* de Lucette Lagnado, où elle décrit la vie de sa famille juive et leur exode à la suite des purges d'étrangers de Nasser en 1956. *Mémoires d'une Égypte perdue*, de Colette Rossant, retrace son enfance dans sa famille de juifs égyptiens pendant les années de guerre au Caire. Dans son livre *Oleander Jacaranda: A Childhood perceived*[1], Penelope Lively brosse le tableau de la vie cairote de 1930 à 1940 par la voix d'une enfant de colonisateur. Jeune Anglaise, elle envie la liberté des enfants de paysans aux pieds nus, sans avoir conscience de leur misère. Ces autobiographies subtiles, réfléchies, ne cèdent pas à la nostalgie. Elles multiplient et compliquent l'histoire de l'identité nationale. J'espérais que cette large gamme de voix influencerait (ne serait-ce qu'un peu) la mentalité de lecteurs comme Hossam, les encourageant à sortir de leur zone de confort et à écouter.

Quand nous créâmes le rayon sur l'islam, nous le fîmes à la manière de Diwan. En rejetant les polémiques religieuses. On n'empila pas des recueils de *hadiths*, les paroles du Prophète ou des différentes écoles de jurisprudence islamique qui encombraient les librairies. À la place, nous proposions des ouvrages sur les *mulids* – festivals célébrant la naissance de saints –, le soufisme, la poésie, la calligraphie, l'architecture, l'ébénisterie, les tapis et la poterie. Nous nous lancions un défi, ainsi qu'aux autres lecteurs, celui de considérer l'histoire comme une entité sujette au changement plutôt que comme un dossier linéaire sans vie. Nous présentions et soutenions des fragments de recherches sur une histoire fragmentée.

Puis nous partîmes glaner dans des jardins plus lointains : recueils de proverbes égyptiens dont les

1. Harper Collins Publishers, 1994. Non traduit en français.

titres décalés étaient des traductions littérales de l'arabe en anglais. *The Son of a Duck is a Floater*[1] – l'équivalent de tel père tel fils. *Unload Your Own Donkey*[2] – mêle-toi de tes affaires. *Apricots Tomorrow*[3] – quand les poules auront des dents. Les transmissions d'expériences étaient d'une simplicité désarmante. Ces dictons, des archives populaires en un sens, véhiculaient la sagesse d'une génération à l'autre. Prononcés et écrits en arabe dialectal puis traduits en anglais, ces volumes étaient accessibles à un plus large éventail de lecteurs. Leur traduction mot à mot, sans contexte culturel, était néanmoins d'une absurdité charmante. Le passage d'une langue à l'autre leur conférait un côté rugueux et discordant. Par leur structure qui transcendait l'adage, ils devenaient une sorte de vérité en tant que telle.

Hind, Nihal et moi savions que le rayon ne serait pas complet sans *La Trilogie du Caire*, l'œuvre de Naguib Mahfouz, lauréat du prix Nobel. Quand ses romans arrivèrent à la librairie, Ahmed, mon libraire préféré, un vendeur-né qui apprenait vite, avait une tenue soignée et un sourire engageant, les classa par ordre alphabétique. Je m'étais approchée pour contrôler ce qu'il faisait. Sans se retourner, comme s'il s'adressait aux étagères, il me demanda pourquoi Youssef Idriss ne se trouvait pas en rayon.

---

1. Littéralement : *Le fils d'un canard est un flotteur.*
2. *Décharge ton âne.*
3. *Des abricots pour demain.*

« C'est l'un de mes auteurs de prédilection, Ahmed. Il était l'un des quatre prétendants arabes au prix Nobel, mais il ne l'a pas eu.

– Pourquoi ?

– D'après Denys Johnson-Davies, le principal traducteur de littérature arabe à l'époque, il n'était pas assez traduit en français et en anglais ; pour d'autres, c'était un maître de la nouvelle et les Suédois préféraient les romans.

– Quelle injustice !

– Le *basboussa* de ma tante est le meilleur au monde, pourtant la chaîne Tseppas en vend une variante insipide dans tous ses magasins. Ce n'est pas une question de justice, c'est une question de portée. »

Ahmed acquiesça d'un hochement de tête, sachant que notre conversation était terminée. (À dire vrai, le gâteau à base de semoule et de fruits secs de ma tante était infect. J'avais emprunté l'analogie à Ziad, l'un de nos cinq associés, qui s'en servait souvent pour me faire taire.) Ziad est remarquable à bien des égards, notamment pour être la seule personne que je connaisse à n'avoir jamais proféré le moindre juron. J'ai parié avec Hind que sa bienséance se fissurerait un jour et qu'il lâcherait un torrent d'invectives immondes. Heureusement pour moi, le pari n'a pas de date limite.

La traduction est essentielle. L'accès à la littérature traduite nourrit l'imagination et la stimule. Son importance est peut-être plus grande pour les auteurs qui, écrivant dans d'autres langues que l'anglais, espèrent être accessibles par le plus grand nombre, tels Youssef Idriss et Naguib Mahfouz. C'est à Denys Johnson-Davies qu'on attribua le mérite d'avoir sauvé des cendres les nouvelles d'Alifa Rifaat. J'ai vu trop de livres condamnés au purgatoire linguistique parce qu'ils étaient mal traduits.

La question d'Ahmed sur l'absence de Youssef contribua à préciser le contenu des Essentiels d'Égypte. Il fallait qu'il soit accessible. Je l'envisageais comme une extension des habitudes de ma famille. Notre maison était ouverte : les membres de la famille se retrouvaient pour déjeuner tous les vendredis et nous invitions des amis à tour de rôle. Je me souvins que le rayon, à l'instar de Diwan, ne pouvait englober tout ce qu'on avait écrit sur l'Égypte. Nous étions des cubistes proposant différents angles de vue et de perspective sur un même sujet. Ces livres offraient aux lecteurs la possibilité de créer leurs propres expériences littéraires : la rencontre entre un écrivain et un lecteur, l'instant unique où l'acte de lecture a lieu. Personne ne lit un texte de la même façon.

Avec une perspective économique, nous commandâmes le best-seller arabe de Galal Amin et sa traduction anglaise, *What Ever Happened to the Egyptians*[1] ?. J'avais connu l'auteur quand

1. Littéralement : *Qu'est-il donc arrivé aux Égyptiens ?*, American University in Cairo Press, 2000. Non traduit en français.

je faisais mes études à l'université américaine du Caire et j'avais assisté à ses cours magistraux. Je me rappelle sa silhouette robuste sur l'estrade, sa jovialité, ses cheveux blancs hirsutes et ses yeux attentifs. Au moment des questions des étudiants, il posait ses doigts en cercle sur son front. Il expliquait l'histoire récente de notre nation, la manière dont nous avions dégringolé de notre piédestal, celui de bâtisseurs de pyramides, d'inventeurs des mathématiques, de l'irrigation et de l'astronomie, ponctuant par intermittence son exposé de petits rires. Plus il se faisait provocant, plus il jubilait. À la suite de l'extraordinaire succès de son livre, il en sortit un autre : *Whatever Else Happened to the Egyptians*[1] *?*.

Le Pr Galal – je n'ai jamais réussi à ne pas utiliser son titre universitaire, même après avoir obtenu mon diplôme – parlait d'une Égypte au bord de la déliquescence. Par le truchement de récits éclectiques, intégrant la télévision, le téléphone, les histoires d'amour, les anniversaires, le cirque et le train, il scrutait un pays façonné par des forces socio-économiques. Le jour où il vint à Diwan, bien après la révolution de 2011, je lui suggérai un titre pour un autre livre de la série. Il se pencha d'un air interrogateur, tendant l'oreille. *Qu'est-ce qui peut encore bien arriver d'autre aux Égyptiens* ? murmurai-je. Il rejeta la tête arrière et

1. *Qu'est-il donc arrivé d'autre aux Égyptiens ?*, American University in Cairo Press, 2004. Non traduit en français.

s'esclaffa. Ce fut notre dernier échange ; il mourut en septembre 2018.

Dans le dernier chapitre de son deuxième livre, intitulé *This World and the Next*[1], il cite un discours que son père, éminent universitaire, avait prononcé alors que lui-même était enfant, sur la façon dont la religion impose une culture de la résignation, empêchant tout progrès politique et social en nous encourageant à puiser du réconfort dans la croyance en l'au-delà. L'obsession pour la mort des Égyptiens de l'Antiquité provient-elle d'une dynamique comparable ? Nos ancêtres construisirent les pyramides pour abriter et honorer les défunts. Ils rédigèrent le *Livre des morts* (un nom générique pour des compilations d'incantations censées aider les âmes à naviguer dans l'au-delà). Les Égyptiens contemporains n'ont pas le même intérêt pour la rédaction ou la lecture de textes sur la mort et n'y trouvent pas autant de consolation, bien que les rituels funéraires des musulmans et des chrétiens soient inspirés par l'ancienne Égypte. Le délai de quarante jours perdure. Pour mes ancêtres, c'était la durée assignée à la première étape de la momification (la déshydratation). Pour les musulmans et les Coptes d'aujourd'hui, quarante jours marquent la période de deuil au cours de laquelle les femmes de la famille portent du noir. Le quarantième jour, on célèbre le défunt et son souvenir. Au XVIIe siècle, quarante jours – l'étymologie du mot quarantaine –,

---

1. *Ce monde et le prochain.*

c'était la période de l'isolement d'un bateau suspecté de véhiculer une maladie infectieuse comme la peste.

Quelques étagères au-dessous de celle du Pr Galal, des clients fureteurs trouvaient *Mort sur le Nil* d'Agatha Christie, une enquête policière emblématique se déroulant dans les années trente entre Le Caire et la Haute-Égypte. Au cours d'une croisière luxueuse sur le Nil, Hercule Poirot, un détective belge, se retrouve en compagnie d'une pléiade de personnages insolites, dont une héritière américaine qui est assassinée. Poirot et son acolyte, le colonel Race, enquêtent sur leurs compagnons de voyage, qui paraissent tous avoir un mobile. Le livre fit partie des Essentiels d'Égypte en tant qu'invité, pas comme membre de la famille. Au début des années 2000, les romans policiers, fantastiques et de science-fiction n'intéressaient pas beaucoup les lecteurs arabes, contrairement aux genres plus populaires : fiction littéraire, livres d'histoire, ouvrages politiques, biographies et recueils de poèmes. *Mort sur le Nil* fut l'exception. Le roman attirait les clients de Diwan, nostalgiques des histoires exotiques de leurs parents et grands-parents égyptiens pendant les années trente.

La nostalgie, une résidente à demeure dans le cœur de bien des Égyptiens, fait vendre des livres. Minou ne cessait de me reprocher ceux que l'on mettait dans ses sacs. Romans historico-sensuels où des héros chevaleresques portaient secours à des damoiselles en détresse. Ouvrages de développement personnel. Guides sur comment draguer. En fait, tous les textes qui n'évoquaient pas la violence de l'homme blanc. Elle désapprouvait évidemment les livres de photographies sur les paysages chéris que les colonisateurs avaient contemplés, eux aussi, avec tant de dévotion. Comme à l'ordinaire, je ne tins pas compte de son avis. Sûre de leurs ventes, je rangeai dans les Essentiels d'Égypte *Un voyage en Égypte au temps des derniers rois* du Français Alain Blottière, *Grand Hotels of Egypt* d'Andrew Humphrey et le suivant : *On the Nile in the Golden Age of Travel*, parce que j'étais sûre qu'ils se vendraient. Ces ouvrages dressaient un catalogue des voyageurs historiques qui avaient parcouru l'Égypte vers la fin du XIXe et au début du XXe siècle (Amelia Edwards, Rudyard Kipling, Florence Nightingale, Arthur Conan Doyle, Jean Cocteau), leurs périples et les lieux où ils avaient séjourné. Des milliers d'étrangers faisaient leurs valises de fantasmes et embarquaient tous les ans pour les rives de l'Égypte, où ils se mêlaient aux classes supérieures d'autochtones déjà occidentalisés et aux Européens installés en permanence à Alexandrie ou au Caire. Des magasins et des restaurants avaient ouvert pour satisfaire leurs goûts de luxe. Ils prenaient aussi des photos : à dos de chameau dans le désert, dans une Bugatti fonçant au pied des pyramides, buvant du thé à la Mena House, en croisière sur le Nil à bord d'une *dahabieh* à vapeur.

Jeune adolescente, j'empruntais les romans d'Agatha Christie à la bibliothèque de la cathédrale de Tous-les-Saints. Lorsque je découvris que l'autrice était décédée dix ans auparavant, sa mortalité et celle des écrivains m'avaient plongée dans le chagrin. Je décidai de lire tout ce qu'elle avait écrit. D'où mon habitude depuis lors d'accumuler des livres et de constituer des bibliothèques. *Mort sur le Nil* reste mon préféré. Égyptienne dans une école où la suprématie britannique n'était pas matière à excuses, j'étais fière qu'Agatha ait considéré la Haute-Égypte comme un cadre fictionnel exceptionnel. J'avais douze ans. Chimamanda Ngozi Adichie n'en avait que neuf et, je l'apprendrais plus tard, elle mettait dans ses récits des personnages blancs qui mangeaient des pommes, buvaient de la bière au gingembre, jouaient dans la neige – autant d'éléments glanés dans des romans anglais qu'elle lisait, tous absents de sa réalité nigériane. Des décennies après, je l'entendis parler du « danger de l'histoire unique », ce qui résonna profondément en moi. Faute d'être éduquée dans ma langue maternelle, j'en étais venue à croire que l'Égypte et les Égyptiens ne pouvaient exister dans la littérature des Blancs, parce que leur littérature ne nous appartenait pas et que la nôtre ne les intéressait pas.

Les touristes qui achetaient un exemplaire de *Mort sur le Nil* au Diwan échangeaient souvent avec enthousiasme leurs projets de croisière sur le fleuve. Ils s'installeraient dans la véranda de l'hôtel Old Cataract, jouant à être Hercule Poirot et le colonel Race. Ils passeraient devant la suite où Agatha avait séjourné, et qui porte son nom. Les reconstitutions pittoresques de ces touristes me faisaient sourire. Dans notre enfance, ma mère nous avait emmenées, Hind et moi, dans une même mission, à Assouan, une ville importante située au sud du Nil. Elle voulait nous faire connaître notre passé, partager une expérience intime et nous rendre fières de notre héritage collectif. Je fis la même chose avec mes filles Zein, dix ans, et Layla, huit ans. Nous nous installâmes à l'ombre de l'hôtel Old Cataract, comme Agatha, ses limiers et d'innombrables touristes avant nous pour admirer l'embrasement du soleil sur le fleuve. Je leur expliquai que les anciens Égyptiens vouaient un culte au soleil qu'ils estimaient être une trinité : chaleur, rayons, essence. Mes filles opinèrent du chef en sirotant leur limonade. Je pris ma bouteille de bière Sakara Gold dont l'étiquette représentait la pyramide à degrés de Saqqarah, et remplis de nouveau mon verre.

Pour finir, je leur proposai de regarder l'adaptation cinématographique du roman. Je l'avais vue pour la première fois sur notre tout nouveau magnétoscope VHS au milieu des années quatre-vingt. Je me rappelle la couverture cartonnée de la cassette montrant Peter Ustinov, les yeux rivés sur l'horizon, encadré par l'imposant Sphinx. L'arrière-plan était la vision réductrice de Hollywood sur l'essence de l'Égypte : une pyramide, des felouques sur le Nil, le bateau à aubes SS Memnon (construit en 1904 pour Thomas Cook). Les visages des acteurs couraient sur le cadre : Bette Davis, Mia Farrow, Angela Lansbury, David Niven, Maggie Smith, Sam Wanamaker. Ils étaient venus en Égypte, avaient logé à l'hôtel Old Cataract, tourné devant les pyramides de Gizeh et les temples de Louxor. Mes filles ignoraient tout de ces stars. L'incertitude familière de mon enfance sur la valeur de ma culture remonta à la surface, cette fois pour défendre les vedettes de Hollywood que j'avais regardées avec mes parents. Je sortis mon téléphone pour chercher sur Internet le film, essayant de les appâter avec un détail susceptible de capter leur attention.

« Wayne Sleep a chorégraphié le tango, lançai-je d'un ton enthousiaste.

– C'est quoi un tango ? demanda Zein, d'un ton blasé.

– Qui est Wayne Sleep ? renchérit Layla sur le même ton.

– Ils commençaient le maquillage à 4 heures du matin pour éviter de tourner sous le soleil de midi quand il faisait 54 degrés. » Mes filles gardèrent le silence. « Même si c'était filmé à la fin des années soixante-dix, ils voulaient retranscrire l'atmosphère de 1930.

– Sans vouloir te manquer de respect, maman, y a pas une version moderne ? Un truc avec Lara Croft, par exemple ?

– Je t'emmerde, et Lara Croft aussi ! » répondis-je, vaincue.

Peut-être Internet leur apportait-elle une mobilité qui rend obsolètes les questions d'appartenance et de dignité. Leur génération n'avait pas été forcée de se confronter à une politique de dénigrement culturel et à la hiérarchie. Dans leur monde, seul existait le présent, délesté des événements du passé. Leur existence avait une sorte de simplicité : organisée, numérisée, filtrée.

Diwan partageait la même éducation mondialiste que mes filles. La plupart des livres en anglais que nous vendions venaient de pays lointains, c'étaient des touristes qui ne retourneraient jamais dans leur pays natal. Nous les commandions au Royaume-Uni et en Amérique par le biais d'un réseau complexe de représentants internationaux qui les rassemblaient ensuite dans un entrepôt. Une fois le quota de rentabilité atteint, ces livres traversaient terre et mer pour atteindre l'aéroport du Caire ou le port d'Alexandrie. Là, ils avaient un premier contact avec la paperasserie : feuilles roses et encre bleue illisible, passage sous les fourches caudines de la douane et de la censure. Après quoi, des centaines de cartons arrivaient à l'entrepôt de Diwan où on les éventrait avant d'étiqueter leur contenu et d'y ajouter codes-barres et prix. Ces ouvrages importés étaient bien plus chers que ceux publiés sur place en arabe. Un roman égyptien coûtait environ vingt livres au début des années 2000, tandis que *Mort sur le Nil* valait 8,99 dollars, soit cinquante-quatre livres égyptiennes qui passèrent à un prix stupéfiant – cent soixante-deux livres – après la dévaluation de la monnaie nationale en novembre 2016. Un crescendo de mails, de négociations, de disputes sur les remises, les prix nets et les quantités manquantes – par rapport aux factures dans les cartons – accompagnait systématiquement les cargaisons. La longueur de ce cycle était encore plus éprouvante : de la commande à la réception, un titre pouvait mettre de quatre semaines à quatre mois avant d'être confortablement installé sur l'une des étagères de Diwan.

Quand ces livres parvenaient enfin à destination, je les traitais avec la même gentillesse qu'on accorde aux voyageurs fatigués. Je créais des présentations élaborées, où les arrangements contrastés d'ouvrages suscitaient des discussions animées. La vente de livres est également un dialogue et, comme dans tout dialogue, il y a des gens qui les mènent, d'autres qui y participent, les interrompent ou se bornent à tendre l'oreille. Les libraires dépassent le cadre de leur fonction, ils jouent le rôle de gardien, d'entremetteur, de concepteur et de détecteur de tendances.

On peut comparer la lecture au voyage. Nous nous rendons dans des contrées lointaines pour comprendre la diversité. Ce faisant, nous nous rencontrons nous-même, c'est le filtre par lequel passe l'expérience, comme à travers l'objectif d'un appareil photo. Dans *Les Cigarettes égyptiennes*, écrit en anglais et publié en 1964, Waguih Ghali brosse l'un de mes tableaux préférés de l'Égypte. L'histoire se déroule sous la présidence de Nasser. Ram, le narrateur, un jeune Égyptien privilégié, vient de rentrer au pays, qu'il a du mal à comprendre. Ram ressemble vaguement à l'auteur, qui se suicida cinq ans après la parution de son roman. Initialement salué comme un chef-d'œuvre de la littérature de l'émigration, le livre fut oublié pendant des décennies puis réédité vingt ans après avoir été épuisé. Comme d'autres ouvrages des Essentiels d'Égypte, *Les Jeunes Pachas* brouille les frontières que nous imaginons entre les pays. Waguih décrit sa patrie en anglais et ne se sent pas tenu d'expliquer l'Égypte. Il relate une expérience que les lecteurs partagent : un désir d'appartenance, la peur de rester à la dérive.

L'Égypte de Waguih rappelle les histoires de jeunesse de ma mère, qu'elle me racontait. Les thés l'après-midi chez Groppi, premier restaurant du Caire et également salon de thé, pâtisserie et épicerie fine, où, avec sa famille, elle savourait des glaces l'été et de délicieux gâteaux l'hiver – le même établissement où le narrateur de Waguih, Ram, retrouve des amis pour boire un whisky. Ma mère et Ram prenaient le même tram pour se rendre de Zamalek aux Pyramides, le n° 15 qui passait devant les immeubles Baehler, dans l'artère qui s'appelait alors rue Fouad-Ier. Intra-muros, ma mère se déplaçait en bus ou en tram ; elle prenait le train pour aller dans d'autres villes. Tous avaient des voitures de première et de deuxième classe. Aujourd'hui, seuls ceux qui n'ont pas les moyens de s'offrir une voiture, un luxe nécessaire, utilisent les transports publics.

Dans notre section anglophone, deux genres de best-sellers se côtoyaient : les nouveautés recensées dans le *New York Times* ou le *Sunday Times*, et les classiques habituels, dont la plupart avaient un rapport à l'Égypte, tels *Mort sur le Nil* ou *Les Jeunes Pachas*. Même mes clients égyptiens les achetaient, comme s'ils étaient avides de se contempler. Je les comprends. Je suis fière de l'importance acquise par mon pays sur la scène internationale. Un plaisir toutefois doux-amer. Si des années d'éducation en français et en anglais ont fait obstacle à votre maîtrise de l'arabe, alors un aperçu de l'âme égyptienne – promesse de reconquête et de rédemption – n'est accessible que par les mots d'autrui.

Essentiels d'Égypte, ce petit rayon, posait une série de questions auxquelles il ne prétendait pas répondre. À la recherche de quelque chose, je rassemblais des images de mon pays dans un lieu. Notre collection éclectique présentait le colonisé au colonisateur, les historiens aux romanciers, les locaux aux exilés. Des réalités concurrentes coexistaient dans des Égypte concurrentes – un conservatisme extrême et un libéralisme sans racines, une pauvreté scandaleuse et une richesse encore plus scandaleuse. Il en a toujours été ainsi, et le sera toujours. Dans mes souvenirs, comme dans les rues du Caire, le présent ne renverse jamais vraiment le passé, pas plus que les deux ne s'unissent. Tels des voisins qui se chamaillent, ils adorent vivre côte à côte dans une discorde commune.

3

Cuisine

Les livres de recettes avaient beau n'occuper qu'un mur du Café Diwan, ils avaient infiniment plus de signification dans notre vie que ne le laissait supposer la modestie de leur présentation. Pour créer le rayon sur la cuisine anglaise (Hind s'occupait de l'arabe), j'ai consulté la famille et mes amis. Je leur demandai de parler de leurs auteurs préférés : ils évoquèrent Julia Child, Mary Berry, Nigella Lawson, Jamie Oliver, Ina Garten, Madhur Jaffrey et Ken Hom. Les exemplaires de *Momo Cookbook* et de *River Café* tranchaient sur le reste, car ils indiquaient un changement : celui du passage de chefs célèbres à la notoriété collective plus diffuse de chaînes de restaurants. L'absence du *Larousse gastronomique* vexa ma mère. Bien que je sois sceptique, je rectifiai cet oubli et découvris qu'il se vendait bien malgré sa taille, son épaisseur et ses consignes draconiennes. Après avoir trouvé un équilibre entre saveurs, styles et modes, je tentai d'infuser du local dans l'officiel.

Au fil de mes recherches sur la cuisine égyptienne et moyen-orientale, Claudia Roden surgit comme une reine. Née en Égypte en 1936, elle entama son règne avec *A Book of Middle Eastern Food*[1] et exerce toujours son pouvoir absolu depuis. Ses titres reflétaient sa maîtrise de notre cuisine, d'*Invitation to Mediterranean Cooking* et *La Vraie Cuisine de Méditerranée toute simple de Claudia Roden* au plus poétique *Tamarind and Saffron : Favorite Recipes from the Middle East*[2]. Même si certains Égyptiens n'hésitent pas à la revendiquer comme notre ambassadrice culinaire, aucun de ses livres n'est uniquement consacré à la cuisine égyptienne. Elle mêle plutôt des plats de tous les pays de la région pour concocter un tajine multinational.

Je ne trouvai qu'un livre de recettes vraiment égyptiennes, publié en anglais en 1985 : *Egyptian Cooking : A practical Guide*[3] de Samia Abdennour. Dans l'intervalle, la cuisine déviait vers d'autres genres, essaimait du côté des mémoires et des biographies, à commencer par *Mémoires d'une Égypte perdue* de Colette Rossant dans le rayon Essentiels d'Égypte. Je reconnaissais les saveurs et odeurs de l'enfance de l'autrice franco-américaine. Elle ravivait mon désir d'histoires culinaires. En 2005 arriva *My Egyptian Grandmother's Kitchen*

1. Non traduit en français.
2. Non traduit en français.
3. Non traduit en français.

de Magda Mehdawy. Outre les recettes et les histoires familiales transmises jusqu'alors oralement, elle décrit les techniques de vinification des anciens Égyptiens, tout en donnant des explications, des anecdotes culturelles et des menus pour les fêtes traditionnelles.

Nos fêtes sont définies par ce que nous consommons en leur honneur. *Sham el Nessim* (mot à mot « l'odeur de la brise »), que les Égyptiens observent depuis 2 500 avant J.-C., marque l'arrivée du printemps. On pique-nique avec des poissons *feseekh* ou *ringa*, des œufs et des oignons nouveaux. Cette fête a toujours lieu le lendemain de la Pâques copte, mais elle est observée par tous les Égyptiens, quelle que soit leur religion. L'*Aïd el Adha* est l'hommage que rendent les musulmans à Abraham prêt à sacrifier son fils pour obéir à Dieu, qui fournit un agneau pour être abattu à la place. À l'aube, après les prières de l'Aïd, on tue dans tout le pays des agneaux dont la viande est partagée en tiers : un pour la famille, un pour les amis et les parents, un pour les pauvres.

Notre cuisine a beau être indissociable de notre culture, j'avais du mal à dénicher des livres de recettes égyptiennes. Insatisfaite de mes piètres résultats, je demandai à ma mère, cuisinière hors pair, d'où lui venaient ses prodigieux talents culinaires.

« Je regardais ton père. Il avait ses spécialités : gigot d'agneau à la cannelle et aux baies de genièvre, concombres et navets marinés, son *foul* (plat à base de fèves) avec du *tahina* (crème de sésame). Sans oublier Fatma, bien sûr.

– Mais au début de ton mariage…

– Je n'avais que l'un livre : celui d'Abla Nazeera. Un élément essentiel du trousseau de chaque future mariée, y compris ceux de mes amies. L'une s'en servait et prétendait le contraire. Une autre se montrait astucieuse d'une autre façon. Chaque fois que je lui demandais une recette, elle me la détaillait avec beaucoup de gentillesse, mais je m'apercevais ensuite qu'elle avait systématiquement oublié un ingrédient essentiel, de sorte qu'aucun plat n'était jamais aussi délicieux que le sien.

– Elle était futée.

– Uniquement quand elle nous menait en bateau », objecta ma mère.

Nazeera Nicola[1] était affectueusement surnommée *Abla* – ce qui signifie « professeur », c'est aussi un titre de respect pour les femmes âgées – par des générations d'Égyptiennes et de femmes arabes. Son livre, *Usul al-Tahyy*[2], a été la première encyclopédie de recettes en arabe. Elle étudiait à la faculté d'économie domestique du Caire lorsque, en 1926, elle fut sélectionnée, ainsi que les meilleurs élèves de son école, par le ministère de l'Éducation pour poursuivre ses études à l'étranger. Au mépris des conventions – les femmes devaient rester

1. Prononcé *Na'ula* en arabe. (*Note de l'autrice.*)
2. Littéralement : *Principes culinaires.* Non traduit en français.

à la maison –, la famille d'Abla Nazeera l'autorisa à suivre une formation d'art culinaire et de travaux d'aiguille au collège d'enseignement ménager du Gloucestershire, en Angleterre, pendant trois ans. Une fois rentrée, elle devint professeure à l'école pour filles Saneya, puis on la nomma inspectrice générale au ministère de l'Éducation. *Usul al-Tahyy*, son célèbre livre, coécrit avec Baheya Osman, était le fruit d'un concours organisé par le ministère de l'Éducation pour l'élaboration d'un manuel de cuisine pédagogique. Publié en 1953, il deviendra la référence dans le monde arabe avec de multiples rééditions, des révisions et des chapitres supplémentaires contenant de nouvelles recettes et styles culinaires.

Abla Nazeera fut une voix récurrente à la radio égyptienne dès 1940. Entre 1941 et 1952, elle corédigea six traités sur la cuisine et l'économie ménagère. En 1973, elle fut honorée pour son action dans le domaine de l'éducation des femmes en recevant la médaille commémorant l'ouverture de la première école de filles un siècle plus tôt. Lors de sa mort en 1992, à l'âge de quatre-vingt-dix ans, elle était une icône des foyers dont l'influence se perpétua pendant des générations.

Hind stockait des Abla Nazeera dans son rayon Cuisine. Écrits en arabe littéraire, les textes à la langue précieuse étaient accompagnés de peu d'illustrations. Je parcourus les listes et les bases de données pour trouver une édition anglaise. Sans succès. Je demandai à Amir, l'assistant de Hind (et futur acheteur de nos titres), d'en dénicher une avec l'espoir qu'un éditeur local l'aurait fait traduire. Dans le monde de l'édition arabe du début des années 2000, les bases de données étaient comparables aux djinns : nous en avions entendu parler et les aurions volontiers accueillies dans notre existence, mais n'avions aucune illusion sur la probabilité que cela se produise.

« C'est un livre pour Diwan ou pour vous personnellement ? s'enquit Amir, perplexe.

– Les deux, pourquoi ?

– J'ai du mal à vous imaginer debout devant une gazinière, un tablier noué à la taille, *ya Ustaza*[1]. »

Il avait raison. À cette période de ma vie, mon répertoire culinaire se résumait aux œufs à la coque ou brouillés, et l'idée de faire de la pâtisserie était aussi stressante que celle d'une visite de l'inspecteur des impôts. Numéro Un, un Américain, faisait des lasagnes inoubliables. Quand nous nous étions mariés, sa mère, qui habitait la Caroline du Sud, passionnée de golf et présidente d'un club de jardinage, m'avait offert des leçons de rééducation sous la forme d'un livre intitulé *Joy of Cooking*[2]. Je ne savais comment répondre au dicton qu'elle avait soigneusement calligraphié sur le rabat de la couverture à carreaux rouge et blanc : *Le chemin pour toucher le cœur d'un homme passe par son estomac.* Au lieu de lui préciser que ce n'était pas mon

1. Titre honorifique donné aux enseignants ou aux artistes.
2. *Les Joies de la cuisine* d'Irma S. Rombauer. Non traduit en français.

chemin préféré, j'avais plaisanté sur l'image de fée du logis qu'elle se faisait de moi avec un joli tablier, peut-être en broderie anglaise ou en vichy, noué à la taille, des boucles apprêtées. J'avais réprimé l'envie de pencher la tête sur le côté de manière faussement ingénue pour faire bonne mesure.

En 1999, alors que j'étais mariée depuis trois ans, Hind revint d'un voyage à Londres avec un exemplaire d'un récent livre de recettes de Jamie Oliver. Je n'avais aucune idée de l'angoisse existentielle où me plongerait ce *Naked Chef* (une métaphore sur la nudité pour son absence de toque), après notre ouverture de Diwan. Des livres tels que celui-ci – anglais, non essentiels, frivoles – étaient introuvables dans les librairies du Caire. Avant Diwan, personne n'imaginait qu'il existait un marché pour eux. Ce qui était pourtant le cas. Avec ses chemises aux couleurs criardes, son enthousiasme de potache pour un glouglou de vinaigre balsamique ou une paluche de ricotta, Jamie Oliver s'était brutalement, et à la vitesse de l'éclair, frayé un chemin dans ma vie. Il se débarrassait des mesures astreignantes de litres ou de cuillères à café au profit de brins, bottes, poignées. Grâce à lui, j'eus assez confiance en moi pour entrer dans la cuisine et la revendiquer comme mienne, une prouesse dont j'aurais été incapable dans la maison de mes parents.

Dans notre enfance, Hind et moi avions une nounou qui s'appelait Fatma. Diabétique, tyrannique, farouchement traditionaliste et adorable.

Elle habitait le quartier d'al-Matariya, au nord de la banlieue résidentielle de Héliopolis et au sud d'Al Marj, en lisière du gouvernorat de Qalyubia. Pendant la journée, toutefois, notre cuisine était son domaine. Un jour, Hind et moi étions allées chez elle et avions joué au foot avec son fils sur le toit de leur modeste immeuble. Fatma nous avait préparé des *kofta*[1] pour le déjeuner, j'avais demandé du ketchup, son mari ignorait ce que c'était. Les routes menant chez eux n'étaient pas asphaltées, mais elles étaient larges et propres – les rues du Caire n'avaient pas encore succombé au chaos de la surpopulation et à l'absence de services publics élémentaires. Les disparités entre nos modes de vie n'étaient pas aussi prononcées. De nos jours, très peu de gens permettent à leurs enfants de s'amuser avec ceux de leur personnel de maison. Les clivages ont excédé les points en commun.

Lorsque Hind et moi avons grandi et n'avons plus eu besoin de nounou, Fatma devint notre cuisinière et une version infiniment plus intimidante d'elle-même. Ma mère prit le temps de lui enseigner une kyrielle de recettes jusqu'à ce qu'elle devienne un cordon-bleu. Mon père s'aventurait parfois dans la cuisine où il concoctait ses plats préférés. Mais son rôle essentiel consistait à procurer les ingrédients. J'ai fait des courses avec mes parents dans les échoppes de la rue du 26-Juillet pendant toute mon enfance. Nos modestes échanges avec les

1. Boulettes de viande de bœuf et d'agneau épicées.

marchands et les clients s'approfondirent en relations personnelles durables. Mon père achetait sa viande chez Bolbol, le boucher, qui semblait avoir un lien de parenté avec Fares, le poissonnier, qui tenait la boutique contiguë à la sienne. « Bolbol » est d'ordinaire un surnom pour Nabil, mais je n'ai jamais su comment il s'appelait vraiment. Il pouvait mener une conversation en français, anglais, allemand, italien ou espagnol. Le bruit courait qu'il possédait une villa dans le sud de la France. Bolbol et mon père se saluaient toujours : le premier s'adressait au second comme à un roi, tandis que celui-ci lui donnait du pacha. Puis mon père se plantait derrière le comptoir et triait les morceaux, indifférent au sang qui souillait les manchettes de sa chemise faite sur mesure. Ils avaient un code pour discuter de la viande. « Sans écriture », insistait mon père, une manière de dire qu'il fallait enlever tous les tendons blancs. Bolbol lui lançait son sourire complice. Dès qu'il se mettait au travail, mon père, debout à côté de lui, regardait par-dessus son épaule pour surveiller la découpe et le parage. Il était incapable de déléguer cette tâche à ma mère, car celle-ci préférait donner un coup de fil à Bolbol et lui indiquer les morceaux de sa liste. Mon père se méfiait de la viande qu'il ne choisissait pas en personne. Il tolérait que ma mère commande des fruits et des légumes par téléphone, même s'il lui reprochait de ne pas faire sa sélection sur les étals. Avec le recul, je m'aperçois qu'il a été le premier client exigeant que j'aie connu : l'homme qui m'apprit à titiller les vendeurs, à marchander et à les interroger sans les rabaisser.

Après sa tournée d'approvisionnement, mon père rapportait les courses à Fatma, qui continua de faire la cuisine pour la famille pendant des décennies. Lorsque son mari mourut et que son fils se maria, elle donna son logement à ce dernier et s'installa chez nous, consolidant ainsi son statut de membre de la famille. Son fils venait la voir, déjeunait à la table de la cuisine, récupérait son salaire. Le frère de Fatma était le chauffeur de mes parents. Comme Fatma, il était analphabète, contrairement à elle, il fumait des cigarettes de haschisch. Quand les yeux de Fatma lui firent défaut, mes parents lui proposèrent qu'Am Beshir, notre *sofragi* (employé de maison chargé de l'entretien) cuisine sous sa houlette.

'Am Beshir, un Nubien petit et voûté, avait des cheveux très fins. Je me souviens de lui comme d'un vieillard vaincu qui rejetait la tête en arrière pour vider les dernières gouttes d'alcool des verres avant de les déposer dans l'évier. Il avait quatre fils, une mère malade qui promettait de quitter ce bas monde sans jamais le faire, une femme qui le brimait, plus de petits-enfants qu'il ne voulait en compter. Fatma l'initia aux préparatifs consistant à laver et à hacher les aliments. La capacité de Fatma à obtenir que les autres respectent ses directives fascinait ma mère. Mon père, qui adorait faire la cuisine, empiétait sur le domaine de Fatma. Consciente de la source de son pouvoir, celle-ci montait la garde, comme si la cuisine était une forteresse. Ma mère et ʻAm Beshir, aussi calmement résignés l'un que l'autre, attendaient sans lever le petit doigt que le conflit se résolve de lui-même. À la mort de Fatma, mon père dirigea ʻAm Beshir comme elle l'avait fait. À la mort de mon père, ma mère le remplaça en tant que donneuse d'ordres en chef. Hind et moi avions beau ne pas avoir conscience de cette hiérarchie, nous évitions instinctivement la cuisine familiale dans notre enfance. Hind, qui aimait autant cuisiner que mon père et avait la patience et la ténacité de ma mère, allait revenir en cuisine à quarante ans – comme élève au Cordon Bleu de Londres.

Vers le milieu des années 2000, des chefs renommés, stars des chaînes de télévision par satellite nouvellement apparues en Égypte, remplacèrent les cuisiniers des familles et les grands-mères. Ces chefs pondirent une flopée de livres de recettes, écrits en arabe dialectal, agrémentés de photos léchées. Dans la foulée, le rayon Cuisine en arabe de Hind ressembla au mien en anglais. Le pouvoir culinaire émanait de ces célèbres cuisiniers ; les lecteurs faisaient confiance à leurs qualifications sans se poser de questions. En photo ainsi que dans leurs émissions, les chefs posaient dans des cuisines professionnelles, avec la traditionnelle *toque blanche** et la veste à double boutonnage. Les cuisinières, elles, ne portaient pas d'uniforme et on les photographiait souvent bien coiffées, lourdement maquillées, sans oublier l'inclinaison de la tête sur le côté censée évoquer le bonheur conjugal. Il est intéressant de noter que leurs émissions diffusées par satellite incitaient les chefs à introduire des plats régionaux afin de toucher un public plus vaste, comme Claudia Roden l'avait fait des décennies plus tôt avec ses ouvrages.

Les livres de recettes de restaurants égyptiens arrivèrent au Caire – et à Diwan – avec un retard dû à la position dominante que tenait le foyer familial dans la culture culinaire. En 2013, un restaurant situé à un pâté de maisons de Diwan fit la chronique de ses recettes dans *Authentic Egyptian Cooking: from the Table of Abou El Sid*[1]. L'année suivante, ce fut au tour de *Cairo Kitchen Cookbook: Recipes from the Middle East Inspired by the Street Food of Cairo*[2]. La cible n'étant pas le marché du livre grand public, il n'existait aucune traduction arabe. Les Égyptiens qui parlaient anglais les achetaient soit par fierté, soit, à mon sens, par un nationalisme mâtiné de narcissisme. Sur le plan international, ces ouvrages correspondaient à une tendance en plein essor vers la « fusion », c'est-à-dire commercialiser et associer des goûts locaux pour le marché mondial.

Le rayon Cuisine de Diwan mettait en évidence un simple fait, glané au fil des années passées à observer Fatma, mes parents et Hind : en Égypte,

---

1. *La Cuisine authentique du Caire : depuis la table d'Abou al-Sid.* Non traduit en français.

2. *Recettes du Moyen-Orient inspirées par la cuisine de rue du Caire.* Non traduit en français.

la nourriture est bien plus que l'acte de manger. Dans la cuisine de notre bureau, des groupes d'employés, en fonction de leur statut et de leur milieu social, se retrouvaient pour prendre leur petit déjeuner, apportant qui un choix de pains, qui du fromage, qui des olives, qui des sandwichs au *foul* et au falafel de fèves. Ils disaient en plaisantant que « *lo'ma haneya tekafi meyya* » : une généreuse bouchée suffit à nourrir une centaine de personnes.

Les anciens Égyptiens enterraient leurs défunts avec des denrées susceptibles de les soutenir dans l'au-delà, et les fonctionnaires de haut rang avaient droit à des provisions plus conséquentes.

En 1977, le régime de Sadat supprima les subventions pour les aliments de base ; cela provoqua les émeutes du pain, des Égyptiens protestèrent en envahissant les rues. Le gouvernement revint sur sa décision.

La nourriture fédère les familles : le temps fort du ramadan consiste à rompre le jeûne avec parents et amis après le coucher du soleil. Au terme de ces soirées, les invités souhaitent à leurs hôtes de nombreux autres repas : « *Sofra dayma.* » Et leurs hôtes répondent par des vœux de longue vie : « *Damit hayatik.* »

La nourriture consolide ou perturbe le bonheur conjugal : la discussion d'un couple pour décider si le déjeuner habituel du vendredi doit avoir lieu dans la famille de l'épouse ou dans celle du mari est une source récurrente de conflits. Nihal posait toujours le diagnostic de l'incompatibilité d'un couple en disant que chacun venait d'une table à manger différente.

À la mort de mon père, amis et parents préparèrent le déjeuner prévu après l'enterrement, comme le veut la tradition. Le lendemain de son décès, Bolbol fit livrer le morceau de viande préféré de mon père en guise d'hommage – sans écriture.

La nourriture, les cuisiniers et les habitudes alimentaires sont les thèmes préférés des proverbes égyptiens, véhicules de prédilection pour la transmission de la sagesse d'une génération à l'autre. Une expérience malheureuse qui rend méfiant se traduisait par : « Qui se brûle la langue avec la soupe l'apaisera en soufflant dans un yaourt. » L'hospitalité comme signe d'amitié se présentait de la manière suivante : « Offert avec amour, un oignon procure autant de plaisir qu'un gigot. » Le karma était résumé de manière lapidaire : « Qui concocte un poison y goûtera. » Sur la nécessité de frapper son adversaire en premier : « Fais-en ton déjeuner avant qu'il ne fasse de toi son dîner. » Sur l'importance d'un accueil chaleureux : « Une salutation sincère vaut mieux qu'un déjeuner. » Sur qui oublie la bonté d'autrui : « Il mange et le nie. »

La transmission des recettes était orale, comme celle des dictons. Au fil de la disparition des anciennes générations et du rejet des traditions culinaires par les plus jeunes, ces recettes sombraient dans l'oubli. Les quelques femmes susceptibles de transcrire ce qu'elles savaient formaient une niche commerciale, comme Abla Nazeera et son livre *Usul al-Tahyy*. L'influence qu'elle a exercée sur des générations successives transforma l'industrie culinaire, mais on lui attribua rarement ce mérite. Son héritage reste confiné à la cuisine, un trésor pour les femmes au foyer que ses recettes astreignantes, qui exigeaient beaucoup d'efforts, ne décourageaient pas.

Ne sachant ni lire ni écrire, Fatma les apprenait par cœur. Les bols doseurs ne lui servaient à rien, elle se fiait à ses sens. Son pouvoir dans notre cuisine et chez nous provenait de la nature insaisissable de son savoir. Une amie de ma mère expliquait tout en détail mais se gardait de mentionner un ingrédient pour assurer sa domination. Chaque omission a un rapport au pouvoir : elle l'octroie, le garantit, le protège. Dans un pays porté à la censure, il y a une ironie particulière et subversive à garder ses secrets – car s'il n'y a pas de notes, il n'y a rien à détruire.

Ce fut un livre de cuisine qui me valut une convocation au bureau du censeur. Par un dimanche matin étouffant de l'été 2004, alors que je me considérais comme cultivée mais pas très compétente dans les choses de la vie, je reçus un appel angoissé de l'un de nos transporteurs. Au cours des deux années depuis la création de Diwan, nous avions été confrontées à des situations que nous imaginions impossibles dans une carrière de libraires plutôt dociles. Hind, Nihal et moi dûmes nous réinventer à mesure que Diwan se développait. Immigrées depuis peu dans le monde des affaires, nous nous rendîmes vite compte de la nécessité de nous y adapter si nous voulions que Diwan survive. Nous avions compris que nous dépendions d'un écosystème commun d'entraide. C'était particulièrement vrai dans des environnements plus hostiles, ceux des affaires, de la bureaucratie et du gouvernement ; autant de structures que nous finirions par bien connaître.

Les ventes de Diwan augmentaient, les goûts de nos lecteurs se diversifiaient de même que nos importations de livres de l'étranger. Selon le transporteur en question, l'une de nos cargaisons en provenance du Royaume-Uni était bloquée à la douane en raison de titres portant atteinte à « la moralité publique ». La responsable de ce fret – moi – était priée de se rendre au Mogamma, l'immeuble administratif du ministère de l'Intérieur, place Tahrir (où se déroulerait la révolution égyptienne sept ans plus tard).

La convocation me poussa à aller demander conseil à mon avocat, Me Mohamed.

« *Ustaza*, il n'y a rien à craindre. Ils veulent simplement faire votre connaissance. En l'espace de deux ans, la réputation de Diwan a tellement grandi qu'il est normal que votre chemin croise celui du censeur. Voyez cela comme un chien qui flaire un visiteur dans la maison de son maître, me rassura-t-il.

– Ce que je ne comprends pas et que je ne peux maîtriser me met mal à l'aise. » (La formalité de ma réponse était volontaire – le respect de ce genre de convention est une pratique courante quand on s'adresse à une « figure d'autorité » masculine.)

« Dans ce cas, votre séjour sur Terre risque d'être compliqué. Ayez confiance en la volonté de Dieu. »

Il demanda à Adham, un associé junior de son cabinet, de m'accompagner pour cette visite « amicale » chez le censeur.

Le président Moubarak s'enorgueillissait que l'Égypte soit libre de toute censure sous sa gouvernance. Ainsi, nous avions le droit de nous exprimer ou d'agir comme nous l'entendions, pour peu que ce soit dans le cadre légal. En citoyens respectueux des lois, nous savions qu'il était illégal de dire, d'écrire ou d'imprimer ce qui portait atteinte à la morale publique, menaçait la cohésion nationale ou l'ordre social, nuisait à la réputation du pays dans la presse étrangère. La violation de ces règles pouvait entraîner l'emprisonnement, des amendes ou la suspension de licences. Moubarak régissait notre vie et notre patrie en s'inspirant d'un proverbe égyptien éprouvé : frapper sur les esclaves est le meilleur moyen de dissuader les hommes libres.

En 2008, le journaliste d'opposition Ibrahim Eissa fut condamné à deux mois de prison, accusé d'avoir offensé le président par un article sur sa mauvaise santé. On engagea contre lui des poursuites au civil et sa condamnation bénéficia d'une large couverture médiatique. Moubarak finit par le gracier. Membre respecté et influent du quatrième pouvoir, Eissa ne fut jamais incarcéré. Il s'agissait d'une comédie destinée à rappeler au citoyen lambda le pouvoir de sanction des autorités. Je croyais que la façon arbitraire avec laquelle on appliquait les lois, et leur opacité, était fortuite. Mais après avoir géré une entreprise pendant presque deux décennies, je sais que c'est voulu. Une perpétuelle incertitude associée à d'interminables délais sont des instruments de contrôle. Nous restons aux aguets, sachant que notre tour viendra. En attendant ce moment-là, nous nous soumettons à une autocensure panoptique, et nous pesons nos mots.

Le jour prévu pour l'entrevue avec le censeur, mon chauffeur, Samir, un pilote chevronné pour le chaos du Caire, fonça dans les rues bondées du quartier de Mohandessin. Les appels à la prière, lancés depuis les minarets, se répercutaient dans la ville. Ils n'empêchaient pas Samir de lâcher une injure ou une phrase bien sentie par la vitre baissée. Cela allait d'« Espèce d'âne bâté ! » à « *Ya Khawal*[1] *!* », à ma préférée : « Tu ne vaux pas une lame de rasoir qui traîne par terre. » Ceux que Samir méprisait le plus étaient les chauffeurs de minibus connus pour conduire sous l'emprise de n'importe quelle drogue

1. « Sale sodomite ! ».

capable de les insensibiliser aux maux de l'existence. La différence entre le mépris pour la vie humaine de ces défoncés au hasch et les autres chauffeurs, dont le mien, ne me sautait pas aux yeux.

Un mépris qui n'épargnait pas les piétons. Je poussai un cri quand un homme, surgi de nulle part, se rua dans la circulation pour traverser la rue. Samir faillit le percuter. Il n'y a pas de passages protégés au Caire, aussi les piétons doivent-ils faire preuve d'une adresse surhumaine digne d'une médaille olympique pour survivre, sans parler de se déplacer en transports publics : il faut apprendre à sauter dans un bus en mouvement, se tasser pour laisser monter plus de passagers, en descendre parmi les voitures en train de rouler. Les feux de signalisation donnent une indication, contredite par les agents de la circulation postés aux carrefours. Le chaos. Les rues sont des lieux de protestations, collectives ou individuelles : notre rejet du Code de la route est une sorte de désobéissance civile, de même que la créativité de nos rapports avec la bureaucratie.

Samir avait un an de plus que moi. Je disais en blaguant à mes amis que, hormis mon père, c'était le seul homme qui m'était utile dans la vie. Pour moi, comme pour beaucoup d'autres personnes du même milieu socio-économique, il était essentiel d'avoir un chauffeur. En Égypte, une société profondément classiste, les différences de modes de vie sont inconciliables. Samir réglait mes factures de téléphone, d'électricité, d'eau et mes impôts fonciers. Il s'occupait du renouvellement des licences et des abonnements. Il se chargeait des contacts avec la bureaucratie. Autant de responsabilités qui impliquaient un réseau dans tous les domaines et un délicat écosystème de relations personnelles. Maintenant que je consacrais le plus clair de mon temps au travail, Samir était devenu mon suppléant : il se chargeait de mes listes de choses à faire, allait chercher mes provisions, marchandait avec le boucher Bolbol, déposait mon linge à repasser chez Akram à l'autre bout de Zamalek et se débrouillait pour qu'on le rapporte chez moi à l'heure où il savait que je serais enfin rentrée. Si je ne répondais pas au téléphone parce que j'étais en réunion, ma mère appelait Samir, qui lui donnait l'emploi du temps de ma journée. Les matins où je commençais à travailler avant 8 h 30, il emmenait mes filles à l'école maternelle, leur achetait des frites sans mon autorisation et veillait à ce qu'elles n'oublient pas leur panier déjeuner dans la voiture.

Samir se sentait autorisé à donner son avis, non sollicité, sur la plupart des sujets. Sur mes problèmes avec Numéro Un : « L'ombre d'un homme est préférable à celle d'un arbre. » Accompagné de la remarque : « Mais une femme telle que toi projette suffisamment d'ombre pour son entourage et pour elle-même. » Sur les employés qui fauchaient dans la caisse : « La queue d'un chien restera toujours tordue. » Ou sur la deuxième chance accordée à certains : « Les doigts d'une main n'ont pas tous le même aspect. » Nous passions des heures ensemble dans les embouteillages du Caire, à nous rendre d'un rendez-vous à l'autre. Samir me connaissait davantage que Numéro Un, le père de mes enfants. Il entendait mes conversations téléphoniques truffées d'aveux, de disputes, d'insultes. Il les ponctuait parfois d'un commentaire chuchoté en tapotant la boîte à gants devant moi. Il était insolent, un peu cinglé, et aucune de mes critiques n'entamait son moral. Malgré son apparence négligée (démarche dandinante, moustache envahissante, cheveux noirs gras et dent de devant ébréchée), Samir était calculateur, aussi étrange que cela paraisse. Au fil du temps, il prit conscience du pouvoir qu'il détenait à force d'écouter les autres et apprit à choisir son moment pour révéler ou taire un renseignement. J'avais confiance en lui. Dans une société qui prospérait grâce aux ragots et au troc d'informations, il gardait mes secrets comme s'il s'agissait de ses enfants.

Samir freina et se gara en triple file devant le cabinet d'Adham, l'avocat junior. Pendant que nous l'attendions, Samir, sans mettre les feux de détresse ni couper le contact, sortit de la voiture, alluma une cigarette, en offrit une à l'agent de police qui s'approchait pour le menacer d'une contravention. Il désigna d'un geste le moteur en marche, montra l'une des fenêtres de l'immeuble, alluma une seconde cigarette et la coinça entre les doigts du policier. Ils bavardèrent.

Je ne bougeai pas de ma place préférée : celle du passager avant. D'ordinaire, les femmes et les employeurs s'asseyent derrière le chauffeur, une manière d'établir la distance entre patron et employé. J'aurais pu faire pareil, mais Adham aurait jugé indécent d'être assis à côté d'une femme. Lui proposer le siège à l'avant aurait tout autant perturbé les règles non écrites. En tant qu'invité, il fallait lui attribuer la place la plus confortable : la banquette arrière.

Nous avons traversé le pont Qasr al-Nil pour entrer au centre-ville. Samir et Adham discutaient de la situation : coupures de courant dans les quartiers pauvres, hausse du prix du kilo de tomates, dernières rumeurs sur Gamal, le fils de Moubarak, héritier présomptif de la République arabe d'Égypte. Nous avons tourné à droite sur la place Tahrir et nous nous sommes engagés rue Abdelkader-Hamza où le Mogamma, le siège de la bureaucratie d'Égypte, nous dominait de son énormité grise. J'y étais venue adolescente, le jour où j'avais perdu ma carte d'identité. Il m'avait fallu un mois entier pour obtenir mon extrait de naissance, faire une déposition à la police, prouver mon existence à l'État, période pendant laquelle j'avais appris l'essentiel du savoir-faire en matière de corruption. L'astuce consistait à rendre suffisamment ambiguë la proposition, au cas où elle éveillerait des soupçons. Un pot-de-vin insuffisant était insultant, trop important, c'était la porte ouverte à l'exploitation. Lorsque j'eus enfin terminé de remplir le formulaire pour ma carte d'identité, j'y avais glissé un billet de vingt livres et j'avais déposé l'ensemble par l'ouverture du guichet. Le tout avait été validé.

Ensuite, je finis par comprendre que la corruption était un acte de désobéissance civile: une sorte de rendez-vous galant entre les citoyens et les bureaucrates permettant d'éconduire le système officiel du gouvernement qui nous régit.

Si les bâtiments gardent les souvenirs, j'espérais que le Mogamma avait égaré les siens. Implanté à la place des casernes anglaises démolies en 1945, ce léviathan de béton était censé servir d'établissement administratif centralisé où les citoyens seraient en mesure d'effectuer facilement toutes les formalités. Dans ses 1 309 pièces, on s'occupait de plus de vingt mille personnes par jour. Seuls les architectes avaient la capacité d'admirer l'édifice, emblème de la monotonie et de la mort de l'individualité. (Le Mogamma avait beau avoir la couleur du sable, je ne me souviens que d'un gris monochrome.) « Chaque révolution s'évapore en laissant derrière elle seulement le dépôt d'une nouvelle bureaucratie », écrit Kafka.

On nous indiqua le neuvième étage, siège du bureau de la censure. Je posai mon sac sur le tapis roulant du scanner de sécurité et levai les yeux vers la voûte au-dessus de moi. Nous avons tourné à droite, vers le grand escalier aux marches patinées et poussiéreuses. Respectant les conventions de genre, Adham me précéda. Monter devant lui aurait été déplacé puisque cela lui aurait permis de voir mon postérieur. Un privilège réservé aux étrangers.

Je gravis un étage après l'autre: passeports, licences, extraits de naissance, certificats de décès, retraites. Remugles de tapis mouillés. Âcre odeur de sueur. Au neuvième, on nous précisa que le bureau avait emménagé au treizième. Une fois que nous y fûmes, j'observai Adham qui s'approchait du *farash*, le garçon d'étage, lui demandait où se trouvaient les toilettes et lui filait un billet de cinq livres. Je fis mine de n'avoir rien vu. Au bout de quelques minutes, le *farash* nous introduisit dans le bureau du fonctionnaire, où des chaises en métal étaient disposées en face de la table de travail. Moubarak nous fixait depuis une photo encadrée, une constante dans tous les bureaux du gouvernement. Adham s'exprima d'un ton suave, rappelant au fonctionnaire que nous étions ici à la suite de son aimable invitation afin de régler la question d'un retard de livraison à la libraire Diwan.

Si la corruption est un savoir-faire, la manipulation des fonctionnaires est un art. Étant une femme, je devais montrer de la déférence envers l'institution qui l'employait et aussi envers sa virilité ; en revanche, je ne devais montrer aucune crainte susceptible de suggérer un délit. Adham prit la parole à ma place afin d'éviter de contrarier le fonctionnaire. Il le flatta et le cajola, forgeant une alliance avec précaution.

Le rond-de-cuir feuilleta ses dossiers, en sortit une facture orange. Je reconnus le pingouin en haut de la feuille. Les censeurs savaient que la maison Viking Penguin avait publié les *Versets sataniques*, un livre que nous n'avions jamais osé commander. Je fis défiler mentalement des titres de cet éditeur, cherchant l'incriminé : *Lolita* ? *L'Amant de Lady Chatterley* ? Ce ne pouvait être *1984*, lequel avait déjà transité dans plusieurs cargaisons. Le fonctionnaire finit par présenter à Adham la facture où une phrase illisible en arabe était griffonnée à côté d'un titre souligné. Adham me la tendit. Nos têtes se rapprochèrent. Comme le fonctionnaire reportait son attention sur ses dossiers, nous avons chuchoté :

« *Ustaz* Adham, le titre n'a rien de littéral.

– Qu'est-ce que je lui dis ?

– Ce que je viens de vous dire.

– Un instant, qu'est-ce que vous m'avez dit ? »

Le censeur marmonna un verset islamique sur la patience, puis coupa court à notre dialogue.

« Ce n'est pas ce que nous attendons d'une entreprise jouissant de la réputation de Diwan, ni d'une jeune femme, assena-t-il, prenant acte de ma présence pour la première fois.

– Bien sûr que non. Comme vous le savez, *ya pacha*, Diwan est un établissement dont l'objectif est d'éduquer et de cultiver les esprits de tous les Égyptiens. Nous sommes à votre service, vous dont les buts sont admirables », psalmodia Adham, qui me lança un regard pour m'inviter à parler, mais j'en fus incapable. Il exhala et fonça :

« *Pacha*, nos femmes sont une source de fierté en Égypte, aussi bonnes épouses que bonnes mères. Vous n'ignorez pas à quel point c'est important pour certaines d'entre elles de se tenir au courant des dernières tendances, de ce qui se passe à l'étranger... »

Adham ne termina pas sa phrase. Je gardai les yeux rivés sur le tapis, tentant de faire la distinction entre les motifs et la crasse. Je frottai mon pouce sur mon alliance en or.

« Au bureau de la censure, nous prenons le pouls de toute la nation. Nous connaissons les tendances avant leur naissance, répondit le rond-de-cuir.

– Vous savez que les mœurs sont bien légères en Occident.

– Oui, c'est lamentable. Regardez leurs femmes. Comment leur Dieu les accepte-t-il ?

– *Alhamdulillah 'ala kol shay*[1], proféra Adham.

– *Alhamdulillah 'ala kol shay*, confirma le fonctionnaire.

– En Amérique, ils ne s'intéressent qu'à la sexualité et à la nudité. Ils n'ont ni la sagesse de l'islam ni un Bureau de la censure pour les protéger, continua Adham, tandis que le fonctionnaire opinait du chef d'un air consterné. C'est la raison pour laquelle ils ont recours à une telle vulgarité pour vendre. Au demeurant, qui sommes-nous pour juger ? Comme l'a dit le Prophète, que la paix soit avec Lui : "À vous votre religion, et à moi la mienne." En fait, *ya pacha*, personne n'est nu à l'intérieur du livre. *Cette maskhare*, cette plaisanterie, vous y croyez ? *The Naked Chef* par ce Jamie Oliver n'est que l'un livre de… cuisine ! Que faire ? Les temps sont difficiles, et Internet est désormais dans nos foyers où il répand encore davantage le mal. »

1. « Louanges à Allah en toutes circonstances. »

Comme nous nous préparions à partir, Adham promit d'envoyer des livres de coloriages aux enfants du fonctionnaire, une manière de le remercier de nous avoir fait l'honneur de nous recevoir. Je savais que lors du prochain hold-up – inéluctable – d'une cargaison, son service se contenterait de nous appeler. Une fois l'inquiétude du censeur apaisée, je continuai à stocker un assortiment des titres du *Naked Chef* dès leur parution : son retour, ses dîners, sa cuisine, son Italie, ses différents ingrédients. Notre alliance m'avait aidée à survivre pendant les premières années de mon mariage et de la vie domestique, ses recettes me permettant d'accéder à la cuisine où je craignais d'entrer.

Quelques années plus tard, libraire plus expérimentée, je pénétrai dans les bureaux d'un autre complexe administratif, à la veille de la fête nationale célébrant l'anniversaire du Prophète Mahomet. Samir me suivait en portant des boîtes de « friandises de la naissance ». Elles contenaient une sélection traditionnelle de sésame enrobé de sucre, de barres aux amandes, de pistaches, de loukoums. Sans oublier une poupée appelée la « mariée de la naissance », et un sultan à cheval, deux figurines en pâte de sucre. Samir s'immobilisa près des cabines individuelles, me laissant avancer au milieu de la pièce.

« *Sabah al-fol*[1] *!* Il faut que cette procuration soit finalisée avant midi et je sais que vous êtes

1. « Bonjour. » Littéralement : matin de fleur d'oranger.

débordés. En signe de respect, la librairie Diwan vous offre à chacun une boîte de friandises à savourer en famille », hurlai-je dans l'open space tout en désignant Samir qui brandissait la pile de boîtes d'une manière comique, un sourire engageant aux lèvres. Le cycle des formalités administratives fut commencé et achevé en l'espace de vingt minutes.

« Cela vous aidera à garder la ligne », assura Samir à la femme bien en chair assise derrière la caisse, surveillant le tiroir ouvert rempli de livres égyptiennes froissées, qui faisait office de coffre. « Pour une fois, rends ton épouse heureuse au lieu d'arriver les mains vides », lança-t-il d'un ton moqueur, avant de poser, avec un sourire, une boîte de confiseries sur le tabouret à trois pieds placé à côté du bureau de l'employé en question.

Diwan avait beau ne pas montrer une réussite financière spectaculaire, c'était une victoire morale, une expérience de marketing, un triomphe de la volonté. Hind, Nihal et moi gérions une entreprise de grande qualité, exigeant un travail acharné, sans rogner sur les dépenses. Nous avions un magasin avec une poignée d'employés et restions ouverts quatorze heures par jour. Nous nous chargions de la plupart du travail en coulisses. Pour atteindre le seuil de rentabilité, nous sacrifiions souvent nos propres salaires afin de réduire les coûts d'exploitation. Peut-être le faisions-nous parce que, dans une certaine mesure, nous doutions encore de notre valeur dans l'entreprise que nous avions créée.

Contre toute attente, nous avions prouvé aux sceptiques et aux détracteurs qu'une librairie moderne en Égypte pouvait subsister. À l'instar de tous les précurseurs, nous avions ouvert la voie à d'autres. Imitateurs et plagiaires surgirent dans toute la ville. Comme ces nouvelles boutiques nous faisaient perdre des clients en baissant leurs prix d'une ou deux livres par rapport aux nôtres, nous fûmes confrontées à un dilemme. Nous pouvions soit laisser ces copies – sérieuses dans leur imitation de notre libraire mais non dans l'engagement en faveur de la lecture – évincer notre vaisseau amiral, soit lever des fonds pour une expansion agressive et tenter de mettre au pluriel ce qui était singulier. Nous voulions élargir notre public, non sans nous interroger sur notre faculté à reproduire la magie de notre premier établissement en maintenant son authenticité. Son succès ne signifiait pas obligatoirement qu'un autre survivrait. Même si aucune d'entre nous n'en soufflait mot, j'avais conscience que la perspective de nouvelles responsabilités nous inquiétait. Nos vies étaient déjà assez déséquilibrées.

Nous avions rêvé d'une librairie. Ce rêve s'était réalisé. Pourquoi n'étions-nous pas satisfaites ? Pour la première fois, nous étions en désaccord sur ce que nous pensions être le mieux pour Diwan. Le consensus, notre terrain familier, se dérobait à nous. L'opiniâtre Nihal tenait à ne rien changer. L'ambitieuse Hind estimait que l'expansion était la seule issue : voir grand ou renoncer. Quant à moi, je faisais confiance à la dernière à qui j'avais parlé. Comme notre vieille cuisinière, Fatma, devenue autoritaire et excessive après sa promotion, je me transformais en même temps que Diwan. D'une manière infime d'abord. Je poussai Nihal à virer les employés aux résultats décevants sans leur donner une seconde chance. Je devins une obsédée des ventes. La plupart de mes rapports aux autres se résumaient à la répartition de choses à faire. Je savais qu'il existait un juste milieu entre la gentille bourgeoise, la femme au foyer et l'autocrate axée sur le profit. J'espérais le trouver.

Une évidence s'imposait : la survie de Diwan dépendait de compromis sur nos idéaux. J'avais déjà commencé dans le bureau du fonctionnaire, où je m'étais faite toute petite et où j'avais laissé Adham parler en mon nom, d'homme à homme. Ça avait été le seul moyen de sauver *The Naked Chef* et moi-même. Un sacrifice sans importance, mais que se passerait-il en cas d'enjeux plus élevés ? À quoi devrais-je renoncer pour faire avancer les choses ? Qu'aurais-je à abandonner de Diwan ?

4

Entreprise et Gestion

En fin de compte, ce fut Nihal qui découvrit notre prochaine structure. Un jour, elle nous prit à part, Hind et moi, pour nous avouer qu'elle avait participé à la visite organisée par un agent immobilier d'une jolie villa moderniste de trois étages datant des années cinquante. « Avec un jardin. Pas loin de la rue principale de Héliopolis. On se serait cru à Diwan. Il faut que vous alliez la voir. » L'idée de reproduire l'originalité et l'intimité de notre vaisseau amiral suscitait néanmoins sa réticence. Nous étions convenues que si nous ouvrions une filiale, ce serait loin de Zamalek. Aussi nous étions-nous concentrées sur *Masr el gedida* (la Nouvelle Égypte), un quartier résidentiel également appelé Héliopolis, « ville du soleil » en grec. Construit à la périphérie du Caire en 1905 comme lieu de villégiature pour les nantis, Héliopolis était la création du baron belge Édouard Louis Joseph

Empain, qui s'était installé au Caire après avoir eu le coup de foudre pour une mondaine locale, Yvette Boghdadli. D'après la rumeur, il avait fait construire Héliopolis pour elle.

« Tu y as cru. C'est venu à nous. Nous devrions nous lancer. » Ces paroles de Hind nous firent passer de libraires à femmes d'affaires. Nous avons visité la villa cette semaine-là. À l'écart de la rue principale, au demeurant visible et attrayante, elle avait un aspect de noblesse empreinte de modestie. Au-dessus d'un petit jardin, une volée de marches menait à l'entrée principale. Ma certitude se renforça après que j'eus franchi la porte cintrée. On s'y sentait bien. Nous pouvions y imaginer notre avenir. Les pièces nous invitaient à ces rêveries. En regardant le plafond voûté à moulures, on se représentait en dessous les étagères en acajou aux finitions en acier. La hauteur et le volume de l'ensemble demandaient un éclairage élaboré ; d'ailleurs, une fois l'affaire conclue, Minou créa un lustre gravé de la calligraphie de Diwan, qu'on suspendit au milieu de l'escalier en hélice. Bref, nous étions tombées amoureuses. Et comme tous les gens amoureux, on succomba à nos fantasmes. Ceux d'en vouloir davantage, de conquérir l'espace, de réaliser des rêves, de nous mettre à l'épreuve et de tenter notre chance. Des mois de planification, de formalités administratives, d'accréditation, de décoration, de réunions avec Minou, de recrutement et de formation de nouveaux employés s'ensuivirent. Nous créâmes un nouveau sac représentant les merveilles de Héliopolis : le palais de style hindou du baron Empain et les immeubles de la compagnie de Héliopolis construits par l'architecte belge Ernest Jaspar, un mélange d'architecture Art déco et islamique.

Le samedi 8 décembre 2007, cinq ans et neuf mois après l'inauguration de Diwan Zamalek, on ouvrit officiellement notre succursale. Une prouesse dont personne n'avait vu l'équivalent en Égypte, de la folie pure : une villa de trois étages remplie de livres. Nous avions conçu Héliopolis avec Zamalek en tête, nous efforçant de respecter la continuité pour les rayons et le Café, tout en adaptant le magasin à ce quartier bien différent. La répartition des anciens et nouveaux employés entre les deux établissements entraîna des rivalités fraternelles. Certains considéraient que l'original serait toujours mieux, d'autres voulaient faire leurs preuves dans le second. Une attitude que Hind, Nihal et moi-même essayions de canaliser en une saine concurrence, non sans être affolées par ce qui se produisait au sein de notre famille Diwan.

Toutes les trois, nous jonglions avec de nouvelles responsabilités, partagions notre temps entre les deux magasins, passions des journées entières au Café de Héliopolis, comme nous l'avions fait aux débuts de Zamalek. Nous supportions les épouvantables embouteillages du pont du 6-Octobre au cours des interminables trajets quotidiens d'une heure, pendant lesquels ma voiture se muait en bureau de fortune. À mesure de l'augmentation de notre charge de travail et de la raréfaction de notre temps, Hind, Nihal et moi avions compris qu'il était impossible de prendre toutes les décisions ensemble. Nous devions définir nos responsabilités respectives.

Nihal se chargea de la gestion des deux Cafés, du personnel, de l'entretien, des aménagements intérieurs, de la papeterie et du secteur des achats impulsifs. Hind supervisa les opérations des magasins, de l'entrepôt, et de tout ce qui était en arabe (livres, musique, films). Pour ma part, je m'occupai de nos ouvrages en anglais et en français, du marketing et des finances. Chacune gravitait autour de ce qu'elle aimait, ayant néanmoins accepté quelques éléments qu'elle détestait (voir les finances ci-dessus).

Plus Diwan se développait, plus nous avions du mal à suivre. Déjà impressionnante, la charge de travail doubla. Nous fîmes de petites erreurs. Nous plaçâmes notre confiance dans nos employés. Si la plupart étaient dévoués, certains étaient malhonnêtes. Quelques-uns nous volèrent. Nous ne cessions de douter de nos compétences. Au fil du temps apparurent de plus grosses erreurs. Nos pertes se multiplièrent et on fit généreusement une croix dessus.

Comme les rayonnages se multipliaient, les approvisionner exigeait une vigilance nettement plus soutenue. À peine avais-je rétabli l'équilibre d'une étagère qu'inéluctablement un client la mettait sens dessus dessous : il y rangeait des livres sans aucun rapport et empilait n'importe comment les titres dont il ne voulait pas. Je n'en éprouvais pas moins du plaisir à réparer les dégâts, à une exception près : ceux du rayon Entreprise et Gestion. Même si je possédais une entreprise, ou peut-être à cause de cela, lire des ouvrages sur ce sujet ne m'intéressait pas, contrairement aux clients de Diwan. Les étagères étaient dévalisées. Face à la demande croissante, j'agrandis le rayon et procédai à sa subdivision en sous-rayons : Finance, Gestion, Marketing, Développement personnel, Exemples de réussite. Submergée par des livres d'auteurs dont je n'avais jamais entendu parler, j'inventai un jeu : je les jugeai comme j'imaginais que mon père l'eut fait. Ainsi, il aurait admiré Warren Buffett (investisseur américain actuellement quatrième homme le plus riche au monde) et Robert T. Kiyosaki (auteur de *Père riche, père pauvre*) parce que, pour eux, l'aisance financière passait avant le statut social. Il se serait méfié de consultants ou de professeurs tels que Jim Collins, Stephen Covey et Philip Kotler – il respectait la connaissance dictée par l'expérience plutôt que par la théorie. Il aurait brocardé les livres proposant des solutions miracle tels que *Le Manager minute*, car il savait que les problèmes complexes exigeaient des solutions globales. Je souriais à l'idée du mépris qu'afficherait mon père pour l'un des ouvrages en tête de nos ventes : *Comment se faire des amis et influencer les autres ?*. Il se foutait d'offenser les gens, quelle qu'en soit la manière.

Au fil du temps, je remarquai une bizarrerie. Les clients faisaient l'acquisition de livres reliés sur l'économie. Dans nos autres rayons, les ventes de livres reliés se limitaient à des auteurs comme J.K. Rowling ou Dan Brown. Contrairement aux Américains, les Égyptiens achetaient peu ce format et cette présentation – notre marché était, et reste, sensible aux prix. Pour la majorité de la population, même un livre de poche était un luxe presque inabordable. La plupart des Égyptiens avaient du mal à se nourrir, se vêtir, se loger, s'éduquer, se soigner. S'il restait un peu d'argent, ils ne le dépenseraient pas en livres. En outre, l'économie avait du mal à se remettre de 2003, année où la banque centrale avait laissé « flotter » la livre égyptienne, la dégageant du taux de change indexé au dollar, d'où une baisse de sa valeur. Un dicton populaire résumait la situation : l'œil désire ce que la main ne peut saisir. De sorte que les acquéreurs de livres reliés, donc chers, étaient encore moins nombreux, à l'exception de ceux sur l'entreprise. Pourquoi ? Ces volumes étaient-ils indispensables à la décoration des bureaux ? Les hommes d'affaires les exposaient-ils comme les diplômes universitaires encadrés, une façon d'insuffler réussite et culture à leur entreprise ? Ou bien était-ce une manière implicite de déclarer que les hommes d'affaires avaient les moyens de s'offrir des livres ?

Je me rendis dans la section arabe de Hind à la librairie de Héliopolis pour obtenir une réponse. Son rayon Entreprise était rempli de traductions de mes meilleures ventes de livres anglais. Les auteurs arabes écrivant sur ce sujet étaient bizarrement absents.

« Puis-je vous aider ? » me demanda en souriant Amir, l'acheteur d'ouvrages en arabe de Hind. Ancien joueur de *darbouka* dans un orchestre itinérant, Amir était un bel homme, avec une carrure imposante, un teint couleur de datte mûre, des cheveux gominés, des lunettes à monture métallique. Son esprit vif était cependant sa qualité la plus frappante. Apparemment, il charmait tous ceux qu'il rencontrait.

« Oui. Où sont les auteurs arabes qui écrivent sur le monde des affaires ?

– Il n'y en a pas. C'est à vous de montrer le chemin, *Ustaza*, blagua-t-il. Trêve de plaisanterie, il y a bien Ibrahim Elfiky, mais il écrit davantage sur le développement personnel que sur le négoce.

– Les clients ne demandent-ils pas des auteurs locaux ?

– Non, ils veulent des étrangers. » Les yeux d'Amir se plissèrent et il ajouta, songeur : « Je ne crois pas qu'ils feraient confiance aux conseils d'un Égyptien. Ils s'intéressent aux Américains qui ont réussi. »

Leur scepticisme était fondé. Les réformes de Nasser avaient mis sous séquestre les entreprises, promettant au peuple la propriété collective. Des entreprises prospères s'étaient muées en bureaucraties inefficaces, encombrées de personnes persuadées de n'avoir que peu de moyens, voire aucun pouvoir. Après son élection en 1970, Sadate, tentant de sauver l'économie chancelante, institua l'*Infitah*, littéralement « l'ouverture », une politique de la porte ouverte pour attirer les investisseurs privés (surtout étrangers). Son successeur, le président Moubarak, amorça un programme de privatisations destiné à dénationaliser nombre de sociétés dont la valeur avait diminué en raison d'une mauvaise gestion et de la corruption.

Amir poursuivit : « Le travail ne mène nulle part, contrairement à la corruption. Nous avons appris à nous méfier des hommes d'affaires, que nous voyons comme des gros bonnets qui se sont enrichis par des moyens malhonnêtes. Nous n'admirons pas le succès. Nous l'envions, mais nous avons conscience de son immoralité. » Il s'interrompit, comme s'il répondait à une question. « Priez pour que Diwan se maintienne ainsi. Ne lui souhaitez pas une trop grande prospérité. » Ses paroles me rappelèrent la mise en garde que mon père répétait à l'envi : « Dans cette vie, garde la tête baissée et espère que personne ne te remarquera. »

Je pensais à Amir et à mon père, tandis que je m'efforçais de constituer un stock de nouveaux titres sur le monde de l'entreprise. En même temps, le projet devint plus personnel. Lectrice boulimique de romans les premières années de Diwan, je cédai peu à peu aux pressions et aux exigences de mon personnage de femme d'affaires, qui me collait de plus en plus à la peau en raison de l'essor de la librairie – nouveau bureau, nouveaux employés, nouveaux rayons et, à présent, nouvel emplacement. Malgré mes efforts, je ne parvenais pas à me considérer comme une entrepreneuse. Fidèle à mes habitudes, je cherchai des réponses dans mes lectures. À la surprise de tout le monde, surtout de moi-même, je devins une lectrice assidue des livres de Diwan sur l'économie et la gestion, dans l'espoir d'y trouver des directives. (Mon expérience en matière d'ouvrages de non-fiction avait été limitée aux essais sur le genre à l'université.) Même si les textes ne captivèrent pas mon imagination, je persévérai, aiguillonnée par l'insécurité et le désir de m'améliorer. Les chiffres n'étaient pas mon fort, je préférais les mots. J'ignorais à quoi correspondait un business plan, et je ne savais pas plus lire sur un bilan les lignes du haut, du bas ou celles du management. Je savais que les lignes étaient des obstacles que je franchissais.

En lisant, je pris conscience de mon inexistence. Les livres ne prenaient pas en compte mon contexte culturel ; des personnes comme moi étaient perdues au fil de la lecture. Aucun de ces auteurs ne proposait des manœuvres pour naviguer dans la bureaucratie égyptienne. Les conseils standardisés, tels ceux en matière de budget, ne proposaient pas de plan de bataille pour surpasser le cauchemar inhérent à la création de systèmes ex nihilo (comme les ISBN ou les chiffres de vente), dans un environnement chaotique. Quelle recommandation était susceptible de me tirer d'affaire lors du dédouanement de la moindre cargaison à l'aéroport du Caire, lequel prenait d'une semaine à trois mois, selon l'enchevêtrement des réglementations, des documents manquants, des conteneurs et du personnel ? Comment garantir la stabilité si ce qui aurait dû avoir un coût fixe était une variable flottante ? Comment gérer une main-d'œuvre qui aurait préféré être employée par le gouvernement, un patron certes moins généreux en matière salariale mais moins exigeant ? Comment réagir face à des clients qui s'attendaient à ce que Diwan soit une bibliothèque et essayaient de se faire rembourser les livres après les avoir lus ? Les outils concrets ne servaient à rien dans notre paysage dépourvu de pragmatisme, où *insha'allah, bokra, maalesh* semblaient être la seule litanie des bureaucrates répondant aux requêtes : « si Dieu le veut », « demain », « tant pis ». Sans compter la dimension du genre. Les auteurs, les hommes d'affaires, les entrepreneurs déboulaient sans jamais se demander si ce monde leur appartenait, alors qu'il m'arrivait de ne pas me sentir à ma place, fût-ce dans ma librairie.

Mes clients trouvaient-ils ces ouvrages utiles ? Quelles leçons pouvaient-ils en tirer ? Beaucoup d'entreprises égyptiennes étaient individuelles et dirigées par une forte personnalité masculine. La figure du pharaon dominait notre culture. Déléguer était un signe de faiblesse qui vous faisait courir le risque d'être arnaqué. Peut-être comprend-on ailleurs que la collaboration accroît l'efficacité et procure une certaine autonomie aux employés. J'ai beau en convenir en théorie, j'ai du mal à déléguer. Non que je sois tyrannique de nature, je le suis devenue pour une raison : l'impossibilité de me fier aux autres pour qu'ils respectent mes critères de travail. Sans doute le niveau d'excellence que je recherchais était-il inaccessible. Hind et Nihal étaient les seules à comprendre pourquoi je tenais encore à ranger les volumes malgré mes nombreuses responsabilités : la plupart de mes employés ne les classaient pas par ordre alphabétique, ils se contentaient d'épousseter les étagères. Comme je ne pouvais compter sur personne, toutes les tâches avaient la même importance : colossales comme minuscules, elles m'empêchaient de dormir.

Ma réussite et la notoriété m'inspiraient des sentiments ambivalents. Envers la première, je partageais la méfiance d'Amir tandis que je me souvenais de la mise en garde de mon père contre la seconde. Je ne me débattais pas moins avec les deux. La librairie de Zamalek avait une réputation internationale grandissante, si bien que davantage de touristes la fréquentaient aux côtés de nos habitués. Héliopolis était un établissement plus grand, la concrétisation de notre succès. Soudain, on me considérait moi aussi, en tant que Mme Diwan, comme une femme qui réussissait. Et être Mme Diwan s'accompagnait d'une visibilité un peu oppressante. Peut-être s'agissait-il d'un problème de vocabulaire : les nouveaux mots, titres et identités ne traduisaient pas la réalité. D'une part, je me sentais légitimée, remarquée, reconnue. Le succès existe-t-il si personne n'en est témoin ? De l'autre, j'étais terrifiée de voir ma grande ambition extirpée de ma tête et jetée en pâture dans le monde. Avoir divulgué une pensée personnelle me rendait vulnérable d'une manière insensée, et la succursale ne faisait qu'aggraver les choses. Faute de pouvoir être dans deux lieux à la fois, je devais lâcher prise. Je demandai conseil à mon amie Yasmin. Elle m'intima de cesser de cogiter. « La pensée est limitante. La pensée est une distraction. Il faut que tu comprennes qu'une pensée n'est qu'une pensée. Tu as toujours fait beaucoup de bruit. Accepte le calme. Laisse tomber les processus qui ne te sont plus d'aucune utilité. De nouveaux germeront, je te le promets. » Comme je notais sur-le-champ ses remarques dans ma liste de choses à faire, elle s'énerva : « Oh, merde, pour l'amour du ciel ! Peut-être que si tu cessais de faire, tu pourrais commencer à être ! »

*

Je me rappelle le rendez-vous désastreux d'un matin de l'été 2008 avec un homme intéressé par une franchise de Diwan. La chaleur était exceptionnelle. Samir s'était garé loin. Tandis que j'entrais dans le jardin de la librairie de Héliopolis, j'eus la sensation que mon apparence reflétait la fureur du soleil : joues roses, cheveux humides. Je suis d'une ponctualité hargneuse, au point de détester ceux qui sont systématiquement en retard. Je consultai ma montre pour m'assurer que j'avais quelques minutes d'avance. Je m'attardai une minute devant la volée de marches menant à la villa. Puis je décidai de faire un tour derrière la maison pour vérifier la propreté du café en terrasse, sûre que, par un temps pareil, seuls les fumeurs invétérés occuperaient les tables. Une fois satisfaite, je franchis la porte cintrée et m'arrêtai dans le vestibule pour profiter de l'air conditionné. Parcourant du regard la mise en place en face du terminal de la caisse, je remarquai que les volumes étaient en désordre. Mécontente, je montai l'escalier en hélice pour aller au deuxième étage en passant sous le lustre de Minou. Elle avait également eu l'idée d'accrocher aux murs des portraits de penseurs, d'hommes et de femmes d'action, d'artistes de différents pays, disciplines et époques : Cheikh Mohamed 'Abdou (un réformateur islamique égyptien), Simone de Beauvoir, Marie Curie, Mahatma Gandhi, Pablo Picasso, Malcom X, May Ziadé et bien d'autres encore. Entrant dans le Café, je vis Nihal installée à une table centrale et plongée dans *Le Pouvoir du moment présent* d'Eckhart Tolle. Mes yeux étaient toujours attirés par les siens, verts et pleins de patience. Elle glissa un signet entre les pages écornées et posa le livre sur la table.

« Pourquoi nos employés n'arrivent-ils pas à comprendre que des présentations bien rangées sont agréables à regarder ? Ça contribue à attirer le client et, avec un peu de chance, cela l'incitera à acheter un putain de bouquin, ce qui nous permettra de payer leurs putains de salaires ! fulminai-je. La mise en place des livres de l'entrée, c'est n'importe quoi, mais alors, ceux près de l'escalier empilés comme la pyramide d'oranges d'un marchand des quatre-saisons... Nous en avons discuté le mois dernier !

– Adresse-toi au marketing et arrête de faire de la microgestion. » Imperturbable, Nihal versa de l'eau dans le verre vide devant moi : « J'adore Eckart Tolle, tu devrais le lire.

– Mes livres de chevet sont : *Comment rédiger un bon business plan ?* et *Les 7 Habitudes de ceux qui réalisent tout ce qu'ils entreprennent* de Stephen Covey. Je viens de terminer *Qui a piqué mon fromage ? Comment s'adapter au changement au travail, en famille et en amour* du Dr Spencer Johnson. Et tu sais quoi ? Le changement me plaît toujours aussi peu. Quant aux livres de développement personnel, ils me plaisent encore moins.

– Ne laisse pas ta passion pour Diwan te dégoûter de la lecture », commenta Nihal en tapotant un petit flacon au creux de sa main. Elle le dévissa et mit cinq gouttes dans mon verre. « Nous avons déjà réussi. On ne peut pas tout planifier.

– Tu sais que je ne crois pas en cette merde homéopathique. » Je pris mon verre et regardai les gouttes se diluer.

« Tant pis, ça marche quand même.

– Je ne suis pas sûre de l'utilité de ces livres sur l'entreprise. Ils ne me parlent pas, ils n'évoquent pas ma situation.

– Recommence à lire des romans. Il y a peut-être plus de vérités pour toi là-dedans.

– Où est le type pour la franchise ?
– La circulation est épouvantable.
– Il sait ça aussi bien que nous, bordel de merde ! Sauf si c'est un touriste.
– Hind n'est pas encore arrivée. Énerve-toi contre elle, me taquina Nihal.
– Au fil du temps, Hind m'a bien dressée, comme vous toutes. On sait à quoi s'attendre de sa part », répondis-je, résignée.

Hind n'avait cessé de se révolter contre notre père, qui considérait la ponctualité comme un prérequis pour l'être humain. Aussi ma sœur n'avait-elle jamais été en avance, encore moins à l'heure, à un seul événement de sa vie. Dans ma jeunesse, je rentrais toujours à la maison cinq minutes avant le couvre-feu paternel, alors que Hind estimait que l'un horaire était un mélange aléatoire de chiffres conçus pour ne pas être respectés. Encore aujourd'hui, nous nous rendons séparément aux mêmes rendez-vous. Je tiens à avoir cinq minutes d'avance, ça lui est égal d'en avoir cinq de retard. Nous nous disputons.

Comme les minutes passaient, j'accrochai le regard de l'un des employés et je lui indiquai de tourner la tête vers la mise en place incriminée. Shahira, notre plus ancienne responsable de la librairie de Zamalek, celle qui avait enquêté sur ma ballerine, ne cessait de me recommander la tolérance avec nos nouvelles recrues. Tenant compte de son conseil, j'essayai de souffler un bon coup puis je canalisai ma frustration sur cet employé, tandis que mes yeux, qui lançaient des éclairs, naviguaient entre lui et le présentoir. En fin de compte, je m'approchai pour exprimer de vive voix ma désapprobation. À mon retour, Nihal bavardait avec un jeune homme vêtu d'un complet mal coupé, aux énormes épaulettes que ne remplissait pas son gabarit et au pantalon trop court. Son visage d'une pâleur étrange était percé d'yeux marron et mangé par une barbe fournie sans la moustache habituelle. Une sorte d'hypocrisie se dégageait de sa personne. Le manque de soin de son apparence vestimentaire semblait relever de l'artifice.

« La circulation doit être épouvantable ce matin », lançai-je. C'était une salve, non une amabilité.

Il sourit mais ne présenta pas ses excuses. Nous lui avons proposé du thé, du café, du café turc. Il refusa et se mit à parler.

« Diwan est devenu un nom connu en un rien de temps. Jamais je n'aurais imaginé que les Égyptiens liraient autant ou seraient prêts à dépenser de l'argent pour des livres.

– À en croire l'adage : “Les Égyptiens écrivent des livres, les Libanais les publient, les Irakiens les lisent”, ripostai-je. Nous avons créé une expérience, c'est la raison de notre succès.

– Désolée d'être en retard », lança Hind, désinvolte, en se laissant tomber sur la dernière chaise inoccupée. Elle fixa notre invité d'une manière insistante afin que la discussion reprenne.

« En effet, et vous avez placé la barre très haut. D'après l'un de mes gourous du management préférés : “Le bien est l'ennemi du mieux.” »

Il se carra dans son siège, ravi de son trait d'esprit.

« La médiocrité est notre ennemie », déclarai-je.

L'homme alla droit au but. Il nous suggéra d'imaginer un monde envahi par Diwan : des mini-caravanes Diwan dans les campagnes ; des kiosques dans des centres commerciaux ; des points de vente moins importants dans les universités et les quartiers habités par les classes moyennes, voire simplement des Cafés Diwan. Je lui fis observer que nous étions encore très peu développées, avec seulement deux magasins ouverts en cinq ans. C'était malgré tout tentant d'imaginer une prise de pouvoir régional par Diwan.

« Ce que vous évoquez est d'une ampleur un peu… » Je ne terminai pas ma phrase, laissant le silence conclure pour moi.

Loin d'être découragé, il enchaîna : « C'est maintenant pour Diwan. Rappelez-vous ce que dit Jack Welch[1] : "Maîtrisez votre destinée sinon un autre s'en chargera." »

L'idée que quelque chose sortant de la bouche de ce type puisse être perspicace m'était insupportable.

Tandis que notre visiteur flagorneur détaillait l'art de la franchise, la modestie des honoraires dont se contenterait sa société, le service à Dieu et au pays que nous rendrions, Nihal écoutait avec sérieux. Sans doute pratiquait-elle l'acceptation en pleine conscience d'Eckhart Tolle, son gourou du

---

1. Auteur de plusieurs livres, notamment *Ma vie de patron*, traduit de l'anglais par Marie-France Pavillet, Éditions Village Mondial, 2005.

moment. N'ayant aucune envie de pardonner à ce type son manque de ponctualité, je jetais sans arrêt des coups d'œil à ma montre. Au bout de quarante minutes, je fermai mon carnet. Je le balançai dans la gueule ouverte de mon sac, pelotonné près de moi tel un toutou. L'homme s'interrompit : « Je me rends compte que je vous ai pris trop de temps. Voici ma carte. Réfléchissez à ma proposition, je vous recontacterai. » Hind, Nihal et moi nous sommes levées de conserve. Je tendis la main. Il la regarda puis me décocha un regard vide. Je la gardai tendue. Il m'offrit son coude. L'air interrogateur, je penchai la tête de côté.

« Je ne serre pas la main des femmes. »

Une, deux, trois, quatre, cinq secondes s'égrenèrent avant que je ne me force à lui adresser un grand sourire : « On s'étreint, alors ? »

Ulcéré, il fit volte-face et sortit en trombe. Aucune d'entre nous ne songea à le raccompagner. Nos rires résonnèrent dans le Café. Je me demandai s'il les avait entendus depuis l'escalier. Je n'en avais cure.

« Quand je pense que tu étais contrariée qu'il ne te prie pas de l'excuser pour son retard ! » Nihal applaudit, incrédule, les yeux pétillants.

« Pour ma part, je suis déçue que tu ne l'aies pas pris dans tes bras, ajouta Hind.

– Ou que je ne lui aie pas donné un coup de coude en plein visage ! L'homéopathie, ça marche peut-être, finalement... » lançai-je, non sans jubilation.

Pendant que nous récupérions nos affaires, Nihal exprima le fond de ma pensée : « Comment un homme cherchant à franchiser une entreprise créée et gérée par des femmes les trouve-t-il en même temps indignes d'une simple poignée de main ?

– Parce qu'il le peut », assena Hind, fermant son sac d'un geste définitif qui mit un terme à notre hilarité et à notre discussion.

Rétrospectivement, je me rends compte qu'on aurait dû voir les signes : la barbe fournie, l'absence de moustache, les jambes de pantalon coupées pour éviter de frôler la saleté du sol. Les deux étaient en conformité avec ce que les salafistes croyaient être la *sunna*, ou tradition, du Prophète. Le salafisme, un mouvement réformiste au sein du sunnisme, s'était développé en Égypte à la fin du XIXe siècle en réaction à l'impérialisme occidental. Il prônait un retour à la « pureté » des pratiques en vigueur dans les premières années de l'islam. Mais c'était trois ans avant la révolution, et nous n'avions pas encore croisé nos compatriotes dont les signes d'allégeance religieuse passaient alors inaperçus.

Le régime de Moubarak soutenait d'une manière hégémonique l'islam majoritaire. Les membres de factions dissidentes s'efforçaient de se fondre dans la masse, ne révélant leur appartenance que par des indices subtils que seuls leurs frères repéraient. Ils menaient une existence retirée, colportaient leurs dévotions d'une rigueur excessive, attendaient leur heure. Qui arriva : avec la chute de Moubarak, des groupes dont les liens avec l'islam étaient au mieux ténus se manifestèrent, révélant aussi l'étendue de leur pouvoir. En l'espace des trente années du règne de Moubarak, je n'avais connu personne qui avait voté pour lui, ou même voté tout court. Pourtant, à la fin de chaque élection, il était reconduit au pouvoir avec 97 % des voix. En 2011, quand il fut évincé et que des élections non truquées et des référendums furent mis en place, nous nous rendîmes compte à quel point nous connaissions mal nos compatriotes. Au bout d'un certain temps, nous fûmes toutefois obligées de prendre la mesure de la portée du refus de cette poignée de main.

Hind, Nihal et moi étions des gestionnaires très différentes. Je n'étais pas douée pour les relations humaines. Si la réussite de Diwan avait dépendu de ma capacité à me faire des amis et à influencer les gens, nous aurions échoué lamentablement. Bref, travailler avec moi n'était pas une sinécure, j'étais une garce. Je sais, je sais, c'est un gros mot, mais je le revendique avec fierté. Je suis une personne compliquée. Ni facile ni simple. Le mémo suggérant que je devrais l'être a dû me passer sous le nez. J'étais, et c'est de pire en pire avec l'âge, une patronne impatiente, intraitable, tyrannique. La pression que j'exerçais sur mes collaborateurs était une tactique pour les pousser à donner le meilleur d'eux-mêmes. Je ne m'excusais de rien puisque j'étais aussi exigeante envers moi-même. Hind et Nihal, qui le comprenaient, me laissaient agir à ma guise. Un boulot ni fait ni à faire me faisait sortir de mes gonds. Ceux qui travaillaient aussi dur que moi avaient droit à mon respect inconditionnel et à ma loyauté. Avec les autres, je devins connue pour ma dureté. Je m'en aperçus plus tard quand je découvris mon surnom : Terminator. Hind et Nihal m'envoyaient comme émissaire à des réunions avec des interlocuteurs qu'elles n'avaient aucune envie de revoir ; j'étais incapable de négocier ou d'arbitrer.

Les employés de Diwan disaient en plaisantant que l'issue d'une situation dépendait de celle d'entre nous qui s'en occupait. La taiseuse Hind était sévère mais juste. La mettre en colère correspondait à se trouver entre le marteau et l'enclume. Stagiaire le temps d'un été à Diwan, le fils de Ziad (l'un des cinq associés) s'occupait de ranger les livres et de saisir les commandes des clients. Il résuma notre dynamique pour son père : « Nadia remue beaucoup d'air, mais c'est Hind qui tranchera la gorge sans un mot. » La très discrète Nihal obtenait ce qu'elle voulait en veillant à la satisfaction de tous. Et elle félicitait celles qui, à l'instar de Shahira, avaient la même empathie.

Comme notre stock s'étoffait, nous avons recruté des équipes d'opérateurs de saisie qui travaillaient par roulement dans notre « entrepôt », l'arrière-boutique de notre bureau dans les immeubles Baehler. La pièce exiguë était remplie de jeunes affectés aux ordinateurs ; ils ouvraient les cartons, en triaient le contenu, entraient les références dans le système, puis répartissaient les marchandises entre Héliopolis et Zamalek. Les erreurs ne manquaient pas. Un matin où j'empilais les livres et reconstituais les rayonnages dans la librairie de Héliopolis, je découvris avec fureur que des volumes mal répertoriés arboraient de mauvaises étiquettes antivol. J'appelai Shahira, qui, outre sa fonction de directrice de Zamalek, formait les nouvelles recrues. Une fois mon mécontentement exprimé, je déclarai que je déduirai trois jours du salaire des opérateurs de saisie. Je raccrochai aussitôt, manière de couper court à la moindre discussion. L'après-midi, je passai vérifier les rayonnages à Zamalek. Rassérénée, je m'installai à une table du Café, surveillant le flot de clients en travaillant sur mon ordinateur. Shahira s'approcha de moi :

« Tu ne devrais pas pénaliser les employés pour de petites erreurs. C'est une mauvaise stratégie managériale. Cela crée une culture de la peur plutôt que celle de la loyauté et de la créativité.

– Choyer les gens marche peut-être pour toi. Moi, je frappe où ça fait mal. » Je ne levai pas les yeux. Shahira s'assit en face de moi.

« Aucun des opérateurs ne travaillera demain.

– Pourquoi ? Ma sévérité les a fait fuir ? demandai-je sans croiser son regard.

– Non, j'ai prévu un séminaire. »

Je n'en revins pas. Je savais que, lectrice d'ouvrages de développement personnel, elle était convaincue de la possibilité de régler les problèmes par le biais d'activités de groupe favorisant l'esprit d'équipe et de jeux de rôle, mais là, ça dépassait les bornes. Et je savais aussi qu'elle était de mèche avec Nihal.

« À ta guise, mais la retenue sur salaire reste d'actualité. Maintenant, aie la gentillesse de foutre le camp et de te rendre utile ! »

Le lendemain, je fumais dans la rue devant notre bureau. Amir me rejoignit d'un pas nonchalant. Il ficha une cigarette entre ses lèvres ; je lui proposai du feu.

« À mon avis, le séminaire d'une journée n'est pas votre idée, commenta-t-il avec un grand sourire.

– Tu adores les ragots, Amir, c'est l'une des choses que j'apprécie chez toi.

– En tout cas, *Ustaza*, vous êtes une patronne tyrannique accommodante. Ce n'est pas votre genre de dire à vos employés de se pointer en jean et baskets avec une bouteille d'eau, et de les emmener faire une petite virée pour s'amuser et créer des liens. Mais vous ne vous êtes pas opposée à Shahira, vous avez laissé faire.

– Quand je me suis lancée dans les affaires, je n'imaginais pas que j'aurais à materner tant de bébés.

– Vous n'êtes pas leur mère. C'est bien pire : vous êtes leur nounou.

– D'où ma décision d'être la pharaonne qui sort son fouet, plaisantai-je en jetant mon mégot sur le trottoir. Shahira, elle, dispense un amour inconditionnel et résout leurs problèmes.

– Ses méthodes marchent, les vôtres encore plus. Il faut traiter les hommes comme des hommes, surtout s'ils sont dirigés par une femme. »

Les hommes et leur patronne... De quoi soupirer ! Aussi récemment que dans le milieu des années cinquante, lors de l'extrême tension entre la Grande-Bretagne et l'Égypte provoquée par la crise de Suez, Nasser, dans l'un de ses tristement célèbres discours télévisés, exhorta les Britanniques à un peu de retenue. Une émission de la BBC l'avait traité de chien, ce qui l'avait rendu fou de rage. Sa réaction ? Leur rappeler l'époque où les graffitis sur les murs du Caire et de Port-Saïd insultaient les Britanniques en attaquant le socle de leur empire, par un simple énoncé : « Votre roi est une femme. » Soixante-cinq ans plus tard, ce commentaire sarcastique avait toujours cours parmi les hommes égyptiens. Soixante-cinq ans plus tard, l'imagination masculine ne parvient toujours pas à imaginer une femme aux commandes.

Les hommes âgés d'une vingtaine ou d'une trentaine d'années, qui travaillèrent pour moi pendant plusieurs années, acceptaient difficilement ma férule. Ma crinière bouclée et indisciplinée révélait le fait que je ne portais pas le voile tout en signalant mon côté indomptable. Ma voix de stentor démentait davantage encore la modestie féminine. Si les membres du personnel me respectaient, ils avaient du mal à concilier mon comportement avec leur idéal de la femme honorable. Leur respect était avant tout d'ordre économique. En tant que l'une des fondatrices de Diwan, je versais leurs salaires. Mais ils me respectaient aussi personnellement. Au lieu de dire à mes employés qu'ils travaillaient pour moi, je leur rappelai qu'ils travaillaient avec moi, même si j'étais la garce décrite plus haut. J'avais conscience du gouffre qui nous séparait, mes collaborateurs masculins et moi. Nous n'étions pas issus de la même Égypte, et nous n'habitions pas la même Égypte. Campagnards, ils étaient venus chercher du travail en ville ; j'étais une citadine, née et élevée au Caire. La plupart étaient musulmans ; ma famille était de confession mixte. Ils étaient diplômés d'écoles publiques ; j'avais fréquenté des établissements privés, dont les frais de scolarité se réglaient en devises étrangères, et j'avais deux masters. Mon assurance et mon impudence les perturbaient.

Ils ne savaient pas trop comment réagir aux ordres venant de femmes, parce qu'ils ne connaissaient que leur mère, qui les adorait, ou leur épouse, qui leur obéissait. En Nihal, ils trouvaient une figure maternelle aimable à qui ils voulaient plaire. Elle s'intéressait à leurs problèmes et tentait d'aider leurs sœurs, leurs frères, leurs cousins à trouver un emploi chez Diwan ou dans des entreprises dirigées par des amis. Diwan devint une affaire de famille. La plupart des employés y avaient un parent. Le cousin de Samir était agent de sécurité à Héliopolis ; quatre cousins d'Abbas, le chauffeur de Hind, se répartissaient entre les deux magasins, le bureau de la société et son entrepôt. Longtemps avant d'être son chauffeur, Abbas avait été le cuisinier de Hind. Elle s'extasie encore sur ses pâtes sauce béchamel. L'excentrique Nehaya, cousine de Nihal, une guide touristique à la volonté de fer qui parlait allemand, devint notre acheteuse en articles Multimédia et papeterie. Nehaya et Shahira étaient de vieilles amies. Comme dans la plupart des familles, les secrets s'éventaient vite, les ragots étaient monnaie courante. Lorsque les employés tombaient malades et avaient besoin de plus que des soins de santé gratuits, Nihal obtenait des recommandations pour des médecins privés grâce à des amis ou des connaissances. En cas de situation grave, elle suggérait que nous partagions les frais en tant qu'associées. À l'époque où Diwan était encore un établissement plutôt modeste, nous fermions un soir par an (nous étions ouverts tous les autres) et emmenions l'ensemble du personnel au restaurant pour l'*iftar*, le repas de rupture du jeûne pendant le ramadan, traditionnellement partagé avec la famille et des amis. Nous ne faisions jamais passer cette sortie en frais professionnels parce que nous considérions cela comme un devoir, et que le personnel était une extension de notre famille.

Les hommes aimaient Nihal, en revanche Hind les déconcertait. Son silence était troublant, surtout associé à la perspicacité de son regard de lynx, tandis que des bruits couraient sur sa rapidité à mettre au pas ceux qui la défiaient. Amir, son adjoint, qui respirait l'humour et la gaieté, faisait ressortir sa sévérité. Il l'accompagnait quand elle devait sortir du bureau de l'immeuble Baehler pour des raisons professionnelles. Amir était là pour faciliter les échanges, exécuter les décisions prises lors des visites de magasins, où Hind examinait les rayonnages des textes en arabe, testait les vendeurs sur les fiches qu'elle avait préparées sur les nouveautés, rencontrait les éditeurs pour discuter de la présentation de leurs livres, négociait rabais et modalités de crédit. Malgré sa réserve, Hind était d'une humilité et d'une politesse désarmantes : elle se levait pour serrer la main des clients ou des employés. Elle se présentait toujours par son prénom, s'abstenant du moindre titre, ce qui, au sein d'une société classiste, défiait vraiment les conventions.

Je ne sais pas vraiment ce que les membres du personnel pensaient de moi – se voir soi-même, c'est ce qui est le plus difficile. Sans doute remarquaient-ils mon agressivité et mon sens de l'humour. Cela m'était égal. En revanche, j'espérais que mon ardeur au travail, la seule valeur incorruptible à ma connaissance, compensait mes autres lacunes. À l'arrivée de cargaisons de livres, je portais les cartons bien lourds aux côtés des employés, à contre-courant de la hiérarchie du lieu de travail et des stéréotypes du genre. Si les agents d'entretien ne nettoyaient pas correctement les toilettes, j'attrapais le balai à chiottes et m'en chargeais pour leur donner une bonne leçon. Un patron n'aurait évidemment pas procédé à une démonstration pareille, surtout dans le cas d'une tâche ménagère aussi dégradante. Même enceinte et malgré mes kilos supplémentaires, je continuai de faire des travaux manuels. Il fallait me voir : une redoutable libraire de trente-deux ans qui ne mâchait pas ses mots et trimballait des cartons. Ils en restaient bouche bée ! J'étais trop jeune pour ressembler à leur mère et trop vieille, selon les critères égyptiens, pour être enceinte.

La tension entre mon personnel masculin et moi atteignit un point culminant en 2006, un dimanche matin de janvier où il faisait froid. Je descendais à pied la rue du 26-Juillet pour me rendre au bureau. Je portais un jean de grossesse bleu foncé, le seul qui m'allait toujours mais qui irritait mon nombril proéminent. Un body noir sans manches contenait ma chair débordante. Je m'étais emmitouflée dans un cardigan noir en laine, trop grand, à col immense, dans l'espoir de neutraliser mon embonpoint.

Je serrais la courroie de mon sac d'ordinateur pour garder équilibre et force. À chaque pas, je me répétais : j'irai bosser même si je me sens mal, même si je me sens vulnérable. J'avais beau avoir déjà été enceinte, de Zein, je n'avais jamais été aussi accablée, épuisée, instable sur mes pieds. Et je craignais que les autres ne s'en aperçoivent.

Devant le magasin, un jeune homme se dirigeait dans ma direction, sourire aux lèvres, un tee-shirt à l'effigie de Michael Jackson époque *Thriller* flottant sur son torse maigre. À en juger par son âge et son jean délavé, il pouvait s'agir d'un ado ayant abandonné l'école, peut-être en apprentissage chez un mécanicien ou un plombier. De fines gouttes de sueur constellaient son front. Il s'approcha suffisamment pour que son odeur mêlée à un effluve d'eau de Cologne citronnée parvienne à mes narines. Il m'adressa la parole, je retirai mes écouteurs pour l'entendre. Sans doute avait-il une question sur Diwan. Sans ralentir, il répéta avec impudence : « Tu t'es bien fait baiser, vilaine fille. » Le sang me monta à la tête. Je vis rouge. Je bouillonnais de rage. Rassemblant autant d'énergie que le permettait la fureur qui me pétrifiait, je hurlai : « Bien sûr qu'on m'a baisée. J'ai écarté les cuisses comme l'a fait ta mère qui a accouché d'un petit tampon visqueux plein de sang qui se fait passer pour un mec. » Les injures jaillissaient de moi comme l'air d'un ballon qui se dégonfle. Le garçon piqua un sprint. J'essayai de le poursuivre, mais mon corps gonflé me ralentissait ; j'étais plus en colère contre ma colère qui me coupait le souffle ; plus en colère contre mon corps qui m'immobilisait.

Deux agents d'entretien assistèrent à la scène depuis le vestibule qu'ils étaient en train de nettoyer. Je désignai du doigt le type qui se sauvait, mais il avait déjà disparu. Ils se précipitèrent vers moi. D'une main, j'attrapai la poignée chromée de la porte ouverte et tentai de hisser mon corps plié en deux, tandis que, de l'autre, je m'efforçais de remettre la courroie de l'ordinateur sur mon épaule tremblante. Je détournai le regard de la rue et le plongeai dans la librairie pour suivre l'onde de choc suscitée par mon explosion de colère. Les employés du matin me dévisageaient comme si j'étais une étrangère ressemblant à quelqu'un qu'ils auraient connu autrefois. En uniforme de Diwan, une pile de livres dans la main, l'un était debout sur un escabeau branlant qu'un autre maintenait. Le temps semblait suspendu, ils étaient tous sans voix. Le caissier, qui tenait des bons-cadeaux, pivota et s'abîma dans la contemplation de son tiroir. L'agent de sécurité, planté d'ordinaire devant les détecteurs de métaux pour s'assurer que les voleurs ne nous fauchaient qu'une petite quantité d'articles, fut le premier à bouger.

Il poussa vers moi une chaise dont les pieds raclèrent le sol et me fit signe de m'y asseoir. Jambes écartées, bras ballants derrière moi, tête rejetée en arrière, j'inspirais l'air par bouffées saccadées. Je récupérai en regardant le dos des volumes qui garnissaient les étagères : chacune me paraissait symboliser l'un de mes choix. L'instant d'après, la panique me submergea de nouveau avec la prise de conscience des conséquences de mes jurons : mon personnage d'intello énigmatique venait de céder la place à celui d'une mégère mal embouchée. J'avais gangrené mon image professionnelle de femme éloquente et férue de littérature par mon vocabulaire de charretier, une langue que mes employés n'auraient jamais imaginé que je puisse parler. (De quoi sans doute vous étonner puisque je passais un putain de temps à abreuver d'injures Hind et Nihal, mais, par souci des convenances, j'évitais devant le personnel.) Impossible à abolir. Je n'avais d'autre possibilité que de feindre que cela ne s'était pas produit. Si j'abordais le sujet directement, j'étais persuadée que ce serait interprété comme de la faiblesse, ou pire, un regret. Aussi forte que soit mon envie de parler à Hind, je savais qu'elle me conseillerait de choisir mes combats et de garder mon énergie. Je décidai d'épuiser le sujet d'abord : l'histoire ferait le tour des employés de la soirée, parviendrait au siège, chacun l'enjolivant de détails de son cru avant de la colporter. Elle circulerait probablement jusqu'aux établissements contigus, la Banque d'Alexandrie au coin de la rue, Thomas Pizza à côté. En cours de route, inéluctablement, elle serait remplacée par un nouveau drame – détournement de fonds ou combines parallèles à l'entreprise. Les Égyptiens aiment les émotions fortes, or rien n'est aussi passionnant que les petites transgressions et la vie privée des autres. Aussi gardai-je l'épisode par-devers moi, plutôt contente à l'idée de la contrariété de Samir lorsqu'il ne l'apprendrait qu'en seconde main.

Cet après-midi-là, je retrouvai une vieille amie au Café Diwan.

« Tu lui as sorti ça ? » Elle hurla de rire, ses yeux noisette pleins de larmes. Elle tenta de respirer profondément tout en regardant mon gros ventre appuyé au bord de la table. Alors qu'elle imaginait la scène, elle fut saisie d'un autre fou rire.

« Calme-toi, tu veux ? Tu me fous la honte sur mon lieu de travail, la morigénai-je, consciente des regards désapprobateurs décochés par les convives des tables alentour.

– Trop tard ! » s'exclama-t-elle, hilare. Puis, reprenant son sérieux, elle ajouta avec un soupir : « Merci.

– De quoi ? Pour la rigolade ?

– De l'avoir envoyé paître. Sais-tu le nombre de fois où j'ai été harcelée et où, bien intentionnés, mes amis et les membres de ma famille m'ont expliqué que réagir aurait été un manque d'éducation. Il est temps que les femmes se défendent.

– Je dois malgré tout empêcher que l'histoire se répande. Je n'ai aucune envie que ma mère l'apprenne, sinon elle m'en rebattra les oreilles.

– *Tante** Faiza serait fière. Elle ne le reconnaîtra pas, mais j'en suis certaine. » Mon amie eut un moment d'hésitation avant d'ajouter : « Une fois qu'elle aura surmonté le choc. »

Même si j'avais le sentiment d'être démasquée parce que mon vocabulaire de mots orduriers était offert en pâture, mon amie avait raison : d'une manière surprenante, la révélation me rasséréna. Cette matinée de dimanche s'avéra un tournant dans l'idée que je me faisais de moi-même et de l'opinion qu'on avait de moi. Tandis que l'histoire de ma réplique ordurière circulait dans Diwan et au-delà, on m'accorda un autre genre de respect. Une admiration toutefois complexe. Mes employés masculins ne me considéraient comme l'une des leurs, digne par conséquent de leur respect, que si j'adoptais une conduite associée à la virilité, comme les jurons. Avais-je assimilé leurs normes patriarcales ? J'avais franchi une ligne de démarcation pour être ensuite entravée par une autre.

J'étais évidemment soulagée de ne pas avoir à présenter d'excuses dès que je lâchais un gros mot ou que je restais naturelle. Le langage grossier devint peu à peu une source de pouvoir. Chaque juron était une petite rébellion contre ma famille, ma classe sociale, les pressions du genre. Au fur et à mesure de l'assouplissement des convenances, j'avais l'impression de devenir moi-même en résistant aux attentes de mes salariés, voire de mon père qui jurait sans arrêt, et m'avait mise en garde contre l'absence de réserve. Je pensais à la réponse d'Amir concernant la discipline de mes employés. J'avais tiré une leçon machiavélique sur la façon de gérer les hommes dans cette société: inspirer la peur est plus important qu'inspirer l'admiration. Au fil du temps, j'appris à exercer ce précepte stratégiquement, à petites doses. Une réserve de gros mots est comparable à un arsenal de bombes nucléaires: il suffit qu'on sache que vous en possédiez pour ne plus avoir besoin de s'en servir.

C'est à peu près à cette époque-là que des personnes – éditeurs, clients, relations – m'attribuèrent une nouvelle étiquette, récurrente sur les étagères du rayon Entreprise et Gestion: entrepreneur. Elle me hérissait autant que les autres. Curieuse d'apprendre comment d'autres femmes s'y étaient prises pour diriger et exercer un pouvoir professionnel, je me plongeai dans la lecture comme à l'ordinaire. Avant le XXe siècle, les femmes avaient créé des petites sociétés pour arrondir leurs fins de mois ou remplacer le revenu qu'un époux aurait dû verser. Comme elles étaient avant tout responsables de leurs enfants et de leur foyer, la plupart de leurs activités professionnelles étaient liées à la féminité: couture, soins capillaires, produits de beauté, ménage et accouchement. Je découvris

Sarah Breedlove, la première millionnaire partie de rien. Afro-Américaine, Sarah Breedlove avait créé et commercialisé une ligne de produits de beauté et de soins capillaires destinés aux femmes noires, intitulée Madame C.J. Walker (elle avait changé de nom lorsqu'elle avait épousé son troisième mari, Charles Joseph Walker). Elle mourut en 1919, laissant un héritage d'activisme et d'œuvres sociales ainsi qu'une fortune de 600 000 dollars, soit environ l'équivalent de 9 millions de dollars actuels.

C'était une anomalie, une femme qui avait miraculeusement transcendé sa condition. Je l'imaginais à une extrémité du spectre du travail féminin; à l'autre, il y avait les Égyptiennes de l'époque actuelle – mères, filles, épouses abandonnées, veuves, contraintes par leur situation à des degrés divers. Parmi celles-ci se trouvait Sabah, ma femme de ménage. Je n'ai jamais su son nom de famille. Elle avait travaillé pour un couple d'Américains que je connaissais; à leur départ du Caire, ils me suggérèrent de l'embaucher. J'acceptai. Elle hésita. Elle n'aimait pas être employée par des Égyptiens qui, elle le savait d'expérience, traitaient mal leurs domestiques. Il leur suffit de préciser que Numéro Un était américain pour qu'elle change d'avis.

Sabah était une femme menue à la poitrine plate, dont j'enviais l'agilité. Elle avait un teint cireux, couleur graine de sésame. Je ne remarquais qu'il lui manquait des dents que lorsqu'elle souriait, ce qui se produisait rarement. Ses cigarettes étaient ses compagnes préférées. Assise sur l'un des tabourets de la cuisine, un talon coincé sous une fesse, elle tirait des bouffées tout en parlant à sa cigarette ou à elle-même (ce n'était jamais clair). Sabah menait une double vie. Tous les jours, elle arrivait chez nous, vêtue d'un chemisier à manches longues et d'une jupe balayant le sol, la tête et le cou couverts d'un foulard aux couleurs vives noué sous le menton. À peine entrée, elle se changeait et mettait un tee-shirt déchiré, trop grand pour elle, et un pantalon flottant à l'entrejambe et dont elle retroussait les ourlets. Elle attachait ses cheveux à la manière de Rosie la Riveteuse[1]. Elle refusa l'uniforme que je lui proposais. Je lui expliquai que les employés de Diwan en portaient, eux aussi, et que je tenais à ce que tous ceux qui travaillaient pour moi soient présentables ; n'importe quelle forme de travail devait s'effectuer avec fierté. Peine perdue. Je supposai que Sabah avait raconté à ses voisins qu'elle était infirmière, peut-être le métier de femme de ménage se situait-il trop bas dans la hiérarchie sociale.

Sabah avait les clés de notre appartement. Elle ne venait pas avant midi parce qu'elle aimait veiller tard pour regarder la télévision et aussi parce que les bus et minibus rouges qu'elle devait prendre depuis Haram, son quartier, étaient trop bondés le matin. Elle partait une fois ses tâches effectuées.

1. *Rosie the Riveter* en anglais. Icône fictive de la culture populaire américaine, en bleu de travail et foulard rouge dans les cheveux, symbolisant les six millions de femmes qui travaillèrent dans l'armement pendant la Seconde Guerre mondiale alors que les hommes étaient partis au front.

Nos chemins se croisaient rarement, mais cela ne nous dérangeait ni l'une ni l'autre. Sa dernière corvée consistait à laver le sol. La première fois que je la vis, pliée en deux, passer un chiffon à la main en décrivant des cercles, je lui achetai un balai serpillière pour faciliter les choses. Après m'avoir remerciée, elle se borna à le laisser, intact, dans le placard.

Ce que je connaissais de la vie de Sabah, je le devais à Samir, qui la rejoignait parfois pour en griller une entre deux courses. Son mari, au chômage, fumait la chicha au café toute la sainte journée. Il finit par disparaître, allégeant le fardeau de Sabah mais la laissant avec la certitude qu'elle serait seule à subvenir aux besoins de son fils et de sa mère âgée. Je savais que 30 % des ménages égyptiens avaient à leur tête des femmes (divorcées, veuves ou célibataires) ; elles étaient les principaux soutiens de la famille. En quoi leurs histoires étaient-elles différentes ? Pire, en quoi étaient-elles similaires ? N'étaient-elles pas des entrepreneuses à part entière ? Elles devaient faire preuve de créativité pour résoudre les problèmes de la vie quotidienne, prenaient des risques professionnels aux conséquences incertaines. Sollicitées au-delà de leurs capacités, ces femmes s'en sortaient, exactement comme Sabah – jusqu'au jour où un incident faisait basculer cet équilibre délicat et éprouvant.

« Nous avons un problème, susurra Samir sous sa moustache mal taillée, manifestement enchanté de la nouvelle qu'il devait transmettre.

– Quoi encore ? lançai-je, ouvrant mon agenda pour y ajouter une tâche supplémentaire.

– Le fils de Sabah est en prison. Elle a besoin d'argent, mais elle n'ose pas vous demander de lui en prêter.

– Pourquoi est-il en prison ?

– Je n'en sais rien », répondit Samir en feignant l'ignorance. Comme je haussais les sourcils, contrariée, il rectifia : « Bien sûr que je suis au courant, mais Sabah me tuerait si je vous le disais et j'ai juré sur la tête de mes enfants que je ne le ferai pas.

– Pourquoi ne veut-elle pas me demander de l'aide ?

– Elle croule déjà sous les dettes.

– Elle devrait commencer par arrêter de fumer.

– C'est toujours ce que disent des gens comme vous. Vous ne vous rendez pas compte que la cigarette est notre unique plaisir dans la vie… enfin, et l'autre chose aussi.

– Que compte-t-elle faire ?

– Prendre un deuxième boulot, m'expliqua Samir, non sans scepticisme.

– Elle parvient tout juste à s'en sortir ici, la journée n'est pas extensible à l'infini.

– Je répète que vous êtes une femme dont l'ombre protège les autres du soleil de plomb. Faites ça pour elle. »

Plus tard dans la journée, j'eus une idée si bien que je partis tôt du bureau. Je priai Samir d'arrêter la voiture devant un magasin d'articles ménagers, où je pris deux moules à gâteau non adhésifs.

Je rentrai chez moi où je trouvai Sabah effondrée sur la table de la cuisine, encore plus écrasée par le fardeau qu'elle portait en permanence. La seule preuve qu'elle était encore consciente provenait de la fumée qui s'échappait de sa cigarette. Dès qu'elle s'aperçut de ma présence, elle se leva et entreprit de mettre de l'ordre à l'aveuglette. Je lui intimai de se rasseoir, et elle obtempéra.

« Il y a un nouveau café à quelques pas de Zamalek. Je connais les propriétaires, alors j'ai proposé de leur fournir des gâteaux à la carotte. Je vais te montrer comment les préparer puis j'en fixerai le prix. Tu pourras les faire ici en plus de ton ménage et te mettre d'accord avec Samir pour qu'il les livre pendant ses courses. Au début, je t'apporterai tous les ingrédients. Ce que tu gagneras sera à toi. Si ça marche, tu pourras t'approvisionner toute seule. »

Je savais que je lui avais fait une proposition qu'elle pouvait accepter. Quand elle m'étreignit au-dessus de la table, il me sembla sentir ses os glacés. Elle pleurait. Je détachai une feuille de mon carnet et la lui passai avec mon stylo pour qu'elle y note la recette. Elle secoua la tête.

« C'est vous qui écrivez. Avec des grosses lettres bien lisibles. »

En l'espace de deux mois, Sabah achetait elle-même ses ingrédients ; elle produisait 192 gâteaux à la carotte par jour. L'appartement sentait la cannelle et le glaçage à la vanille.

Je songeais aux autres femmes que la vie condamnait à une non-existence, merveilleusement incarnée par Judith Shakespeare, la sœur de fiction que Virginia Woolf décrit dans *Une chambre à soi.* Elle restait à la maison tandis que son frère fréquentait l'école, son ambition entravée par le genre. La nécessité de son éventuel mariage lui interdisait la moindre carrière. Sabah aurait-elle pu être Mme C. J. Walker au lieu de l'une des innombrables sœurs de Judith Shakespeare au destin contrecarré ? Pourquoi ne considère-t-on les femmes entrepreneuses que comme un phénomène contemporain ? Textes historiques pompeux et mœurs culturelles nient le travail de nos aïeules – domestique, professionnel ou autre –, en faveur du progrès, occultant les histoires inédites et nous empêchant d'avoir conscience de ce dont nous sommes capables.

Et pourquoi, lorsque je me tourne vers mes ancêtres entrepreneuses, je ne trouve que Walker ? Encore une fois, c'est le problème du récit unique, même si ce récit est novateur. Où sont les Égyptiennes ayant assumé des responsabilités ? La vie de Sabah n'était pas seulement entravée par la défaillance des systèmes de son environnement, mais par l'absence de précédents dans notre imaginaire collectif. Et parmi les rares entrepreneuses qui existaient, certaines avaient choisi de ressembler à un homme. Ainsi, Hatchepsout, la cinquième pharaone de la XVIIIe dynastie, considérée comme l'une des souveraines les plus compétentes, qui s'intéressait davantage au commerce qu'à la conquête, s'était fait représenter avec un corps d'homme et une barbe postiche. La croyance selon laquelle il y a une absence de femmes à la tête de petites ou de grosses entreprises, de femmes dirigeantes, alors qu'il y en a eu tout au long de l'histoire, est paralysante. Hind a reçu le prénom de l'une de ces femmes puissantes, la fille d'Utbah Ibn Rabi'ah, qui possédait plus d'une centaine de chameaux dans l'Arabie du début du VIIe siècle. Pourtant, on se souvient d'elle avant tout comme l'ennemie jurée du prophète Mahomet et comme la fille d'un homme de pouvoir.

Khadidja, une autre femme puissante de notre panthéon, est aussi définie essentiellement par ses rapports aux hommes et à leurs institutions. Née dans la seconde moitié du VIe siècle au sein d'une famille de négociants de la tribu Quraych, qui gouvernait La Mecque, elle est d'abord connue comme Khadidja bint Khuwaylid, puis comme l'épouse du prophète Mahomet. Objet d'un immense respect, elle avait la réputation d'être impartiale. Ayant hérité d'une fortune de ses parents, Khadidja continua de commercer et de s'enrichir longtemps après leur mort et celle de ses deux maris. On raconte que sa caravane de chameaux dépassait en longueur toutes celles qui faisaient du commerce avec la Syrie et le Yémen, centres d'échanges commerciaux de l'époque. Elle recruta Mahomet pour piloter l'une de ses caravanes en route vers la Syrie, et son honnêteté, son ardeur au travail l'impressionnèrent. Elle avait quarante ans, lui vingt-cinq. Elle confia à un ami mutuel le soin de le demander en mariage. Ce fut grâce à sa prodigieuse richesse qu'il eut « une pièce à lui » au début de sa carrière religieuse.

C'est là qu'il y méditait, recevait la parole de Dieu et remettait en question ses révélations. Khadidja croyait tellement en lui qu'elle devint la première convertie à l'islam et lui permit de se lancer dans l'aventure comme messager de Dieu. Elle s'occupa alors de lui, apaisant le stress et la pression de ce nouveau rôle. Quatre filles naquirent de leur union monogame qui dura vingt-cinq ans. Mahomet semble n'avoir eu l'idée de la polygamie, pratique courante à l'époque, qu'après la mort de Khadidja en 619 après J.-C. Il épousa successivement dix femmes, sans compter les concubines.

Malgré son influence considérable, c'est surtout pour son rôle d'épouse dévouée que Khadidja reste gravée dans les mémoires. Je ne découvris sa vie complète qu'une fois adulte. Son mauvais traitement par l'histoire faisait écho à mes rencontres contemporaines, comme celle avec l'éventuel franchisé refusant de me serrer la main. Si le prophète Mahomet acceptait le statut prédominant de son épouse, comment ce franchisé, si désireux de reproduire les pratiques de l'époque du prophète Mahomet, pouvait-il nous trouver si indignes ? Tant d'hommes consacrent leur vie à l'étude des livres sacrés dans l'espoir de s'élever vers la sainteté. Sauf qu'ils puisent dans ces textes religieux de quoi justifier leur mauvaise conduite, tandis que les hommes laïcs se targuent d'être des autorités morales pour atteindre les mêmes objectifs cruels. Nos croyances nous isolent les uns des autres, nous rendant aveugles à notre hypocrisie.

À l'évidence, les femmes ne sont pas en reste. Si la conscience d'être peu nombreuses encourage la concurrence, elle étouffe aussi la solidarité. La vie a confirmé l'assertion de Virginia Woolf : « Les femmes sont dures avec les femmes. Les femmes n'aiment pas les femmes. » Même si l'épisode suivant date de plus de dix ans, je ne parviens pas à l'effacer de ma mémoire. J'empilais des livres et rangeais des présentoirs dans la librairie de Héliopolis lorsqu'une femme d'un certain âge, bien mise, m'aborda.

« Je veux parler au propriétaire.

– J'en suis une, répondis-je en posant la pile d'ouvrages sur une table à proximité.

– Vous devez être la secrétaire, lança-t-elle, méprisante. Dépêchez-vous d'aller me chercher un décisionnaire. »

D'un pas lourd, je montai l'escalier menant au Café. Je commandai une tasse et répondis aux appels que j'avais manqués. Au moment où je pris le risque de redescendre dans la libraire, elle était partie. La tâche subalterne qui m'occupait à son arrivée était-elle la cause de sa supposition ? Sa brusquerie prouvait-elle l'endoctrinement patriarcal ou son refus d'accepter la réussite de ses consœurs ? Quelle qu'en soit la raison, c'était blessant parce que cela venait d'une femme.

Nous avions beau être débordées et surchargées par notre nouvelle filiale, nous avions déjà commencé à discuter de l'ouverture d'une deuxième. Nous étions ambitieuses, nous étions insatiables, et j'étais peut-être outrecuidante. Tout semblait possible. Un certain altruisme motivait également ces nouveaux projets : nous souhaitions avoir davantage d'impact sur un plus grand nombre de gens. Au cœur de cette effervescence, je donnerai naissance à Zein et Layla en moins de deux ans. Ce qui me valut de nouveau qualificatifs : pionnière, prospère, mère, mère qui travaille. Autant d'étiquettes dans lesquelles j'avais du mal à me reconnaître. J'espérais y parvenir rétrospectivement. Les notions de pouvoir et de réussite me paraissaient étroites, limitées aux « vraies » professions plutôt qu'au labeur féminin non rémunéré. Le travail domestique, les soins aux personnes n'étaient pas reconnus, de sorte que quand on me félicitait par une récompense ou un article liés à mon travail à Diwan, la validation me semblait vaine.

En 2014, un journaliste du *Forbes Middle East* me contacta. Il faisait partie d'une équipe qui dressait la liste des « Deux cents femmes les plus puissantes du Moyen-Orient ». J'étais classée à la soixantième place. Lorsque je l'interrogeai sur la façon dont ils évaluaient le pouvoir en question, il me répondit que c'était une combinaison complexe de facteurs. Pour les hommes, le classement se faisait en fonction de leur richesse : une variable qui, même si elle restait compliquée à calculer, avait le mérite de la clarté. Je me demande bien pourquoi…

Toutes les lauréates furent invitées à une cérémonie de remise de prix au complexe balnéaire One &

Only de Palm Jumeirah, un archipel artificiel situé à Dubaï. Une telle splendeur enveloppait l'hôtel que c'en était presque caricatural. Je marchai dans un couloir au sol dallé de marbre jusqu'à atteindre le tapis rouge, de part et d'autre duquel s'affichaient les photos des lauréates. Davantage de marbre, d'or, de nacre et d'albâtre ornait la salle de bal. Des brassées d'orchidées composaient les centres de table. C'était une noce avec beaucoup de mariées et leurs demoiselles d'honneur, et trop peu d'époux.

J'ai contemplé avec enthousiasme les autres femmes puissantes. La plupart étaient accompagnées par leur meilleure amie, leurs filles ou leur mère ; j'eus un pincement au cœur : j'aurais dû emmener Hind ou Nihal, voire ma mère, qui se débrouillait toujours pour instiller sa bonté piquante dans mes moments de triomphe. Comme en 2011, lorsque *Time Magazine* nous avait interviewées, Hind et moi, ajoutant une photo de deux « improbables entrepreneuses ». Mes sourcils en broussaille avaient un peu gâché la fierté que tirait ma mère de voir pour la première fois ses filles dans *Time Magazine*.

« Tu n'aurais pas pu les faire épiler, ma chérie ?

– Maman, si mon apparence avait été un élément de ma réussite, je te promets que je m'en serais occupée depuis des lustres. »

Abstraction faite de la critique de Faiza, je me sentais ce jour-là négligée et mal fagotée en comparaison des autres femmes qui arboraient des robes de bal style princesse Jasmine, des abayas émiraties et autres tenues traditionnelles, des tailleurs. Je portais une robe portefeuille en soie kaki et des ballerines plates. On me présenta à une speakerine qui me dominait de la taille en se balançant comme un pendule sur ses talons. Elle m'entraîna vers l'une des toiles de fond, me plaça devant, en biais avec mon pied gauche en avant, et commença à m'interviewer face caméra. Je me reprochai de n'avoir mis ni fond de teint ni poudre, ce que je ne faisais que pour les mariages : mon visage aurait l'air brillant sur la vidéo, ce qui formerait un contraste avec le teint velouté de l'intervieweuse.

Une voix tonitruante annonça l'arrivée du cheik Machin-Chose, et le début de la cérémonie. On poussa « les femmes les plus puissantes » aux premiers rangs, leurs accompagnatrices vers des tables plus éloignées. Les lumières se tamisèrent, puis une musique dramatique accompagna un spectacle au laser. Finalement, mon nom fut appelé. Je me levai, montai sur l'estrade, serrai la main du cheik, reçus une plaque de verre gravée d'or, souris pour les caméras, redescendis. Au terme de la distribution des récompenses, je coinçai la plaque froide entre mes paumes et, le dos rond, je me faufilai dans le noir jusqu'au fond de la salle pour m'éclipser discrètement.

Au cours des mois et des années suivantes, je réfléchis au malaise qui avait assombri cette soirée. Toutes ces femmes félicitées pour leur pouvoir par d'autres femmes, entourées de si peu d'hommes, hormis le cheik qui distribuait les prix. Sans doute n'avions-nous pas besoin de formuler ce que nous savions déjà : la gêne qu'éprouvent les hommes à célébrer les femmes. Quand j'avais une petite vingtaine d'années, j'assistais à nombre de fêtes guindées lors de la Journée internationale des droits des femmes. Les rares hommes de service présents lâchaient systématiquement des paroles hyperboliques et doucereuses, lesquelles ne faisaient qu'intensifier leur embarras manifeste.

Des semaines après la cérémonie, je reçus une photo de moi format poster, avec la légende « Les femmes les plus puissantes du Moyen-Orient » au-dessus du logo *Forbes*. Mes bras fermement croisés suggéraient à la fois force et isolement. Mes filles furent tellement fières de moi qu'elles décidèrent de l'accrocher dans la cuisine, près du réfrigérateur, au-dessus de la poubelle.

5

Grossesse et Parentalité

Après Hind et ma mère, les étagères de Diwan furent les premières au courant de ma grossesse. Je piquai subrepticement *What to Expect when you're Expecting*[1] sur l'une d'elles puis je repartis dans la clandestinité. À l'instar de ma mère, j'abordais le changement avec prudence. Je me souviens de lui avoir résumé le livre – la description des sensations, les transformations corporelles à prévoir, ce qui était recommandé ou interdit pendant ce bouleversement temporaire – sous son regard consterné. Je compris que je tentais d'une certaine façon de contrôler l'incontrôlable. J'espérais reconquérir mon autonomie si je pouvais faire une liste des choses à entreprendre en rapport avec ma grossesse.

1. De Heidi Murkoff et Sharon Mazel. Littéralement : *À quoi s'attendre quand on attend un enfant*. Non traduit en français.

« Je me rappelle que je passais des heures à fumer dans la salle d'attente du médecin quand j'étais enceinte de Hind.

– Tu fumais ? m'exclamai-je, horrifiée.

– Bien sûr que oui. Et je n'avais pas renoncé à mon whisky. Le médecin m'avait affirmé que mon stress s'intensifierait si je cessais de fumer et de boire. J'avais ma trinité pour m'aider à tenir le coup : Virginia Slims, Johnnie Walker et *Comment soigner et éduquer son enfant* du Dr Spock.

– Au moins, tu lisais », commentai-je, me persuadant qu'une bonne habitude sur trois était un résultat acceptable.

Notre conversation illustrait le fossé entre générations. Au début, Diwan n'avait pas de rayon très étoffé sur la grossesse et la parentalité, or, je savais par mes recherches sur Internet et mes visites de librairies à l'étranger que c'était indispensable. Mais notre culture compliquait les choses. En Égypte, les membres des familles élargies vivent proches, les femmes enceintes sont conseillées et suivies par les mères, parentes, voisines. De tout temps, la parentalité a été une affaire commune. Nous apprenons des autres, non des livres.

Un fait corroboré par l'inventaire en arabe de Hind, lequel remplissait une seule étagère, composée surtout d'encyclopédies de prénoms d'enfants.

« Le Dr Spock m'a servi de guide pendant ta petite enfance, je ne l'ai pas lu pour découvrir que mon ventre serait proéminent ! s'énerva ma mère.

À la mort de ma propre mère, j'avais seize ans. Elle a emporté ses conseils avec elle. »

Une fois de plus, ceux de ma mère influencèrent mes achats : je commandai le livre du Dr Spock pour Diwan. Publié en 1946, c'était devenu l'un des ouvrages les plus vendus de l'histoire, pas très loin derrière la Bible. Le Dr Spock assurait aux femmes qu'elles se connaissaient mieux qu'elles n'en avaient conscience : il les encourageait à suivre leur instinct, à être affectueuses, à prendre en compte les besoins de leur bébé. Son ton bienveillant, son côté accessible avaient été payants. À l'époque où je m'y plongeai, cinquante ans après sa parution, le livre avait été traduit en quarante-deux langues et vendu à plus de 50 millions d'exemplaires. Je perçus des échos des propos de ma mère dans les recommandations pleines de bon sens du Dr Spock.

« Mais est-ce que, au moins, tu as fait de l'exercice physique ? Du yoga, peut-être ? » me rappelai-je lui avoir demandé.

Ce qui avait débuté comme une quête de conseils se mua en un rapprochement mère-fille. En revanche, je n'avais pas prévu que je finirai par adopter la vision du monde de ma mère contre laquelle je m'étais révoltée presque toute ma vie.

« Des exercices ? Arrête de me poser ce genre de questions. » Elle s'interrompit puis tenta de s'expliquer. « Les Françaises enceintes n'arrêtent pas de manger du brie ni les Japonaises des sushis. La seule chose à exercer, c'est ton bon sens. » Sur le moment, son attitude m'avait semblé une relique de son époque. À présent, je me demande si elle n'avait pas raison.

Au terme de ces échanges, je me posais toujours la même question : qu'est-ce que des femmes que séparaient trois ou quatre décennies avaient de commun en matière de bon sens ? J'ai mis au monde ma première fille Zein en 2004, ma mère m'a eue en 1974 et sa mère lui a donné naissance en 1933. Hormis notre lignée génétique, qu'est-ce que nos expériences dans ce domaine avaient en commun ? Ma grand-mère maternelle, Fotna Wahba, avait eu ses six enfants en l'espace de quinze ans, le premier en 1926, dans son appartement de Zamalek avec vue sur le Nil, aidée par Ayousha, sa sage-femme. Deux des six, des jumeaux, n'avaient pas survécu : le garçon était mort à trois mois, la fille, plus résiliente, avait tenu trois mois supplémentaires. Ma grand-mère paternelle, Susannah, une femme aux yeux verts et aux cheveux roux, issue d'un minuscule village des environs de Mansourah, premier avant-poste de l'invasion culturelle de l'Égypte par Napoléon en 1798, avait commencé sa carrière de procréatrice vers l'âge de seize ans, accouchant de mon père en 1921. Ce travail s'était étiré quinze ans durant et avait produit huit ou neuf bébés (le nombre d'enfants variait selon l'interlocuteur), tous à la maison grâce à une sage-femme. Mon père et ses frères et sœurs avaient eu la chance de survivre aux épidémies de malaria et de choléra qui s'étaient propagées en Égypte pendant leur jeunesse. Comme beaucoup de femmes n'appartenant ni à la classe supérieure ni à la moyenne, Susannah avait vécu et était morte sans un nom de famille dont nous puissions nous souvenir.

Dans les années soixante, la norme passa de l'accouchement à la maison à celui à l'hôpital. Un processus rationalisé à des fins d'efficacité : le nombre de naissances par césarienne augmenta, dont celles de ma sœur et la mienne – ma mère, comme tant d'autres de sa génération, n'avait pas vraiment eu voix au chapitre. Et on y avait eu de plus en plus recours : de nos jours, en Égypte, 52 % des accouchements à l'hôpital sont effectués par césarienne, un pourcentage énorme (au regard des 30 % aux États-Unis, d'après le CDC, un organisme américain de santé publique).

« Je mourais de soif après avoir repris conscience. J'ai supplié l'infirmière de me donner de l'eau. Elle s'est contentée de me jeter un regard et de me dire : "Est-ce que j'ai l'air d'une putain de roue à eau ?" J'étais toute seule, ton père était en voyage, j'étais effrayée, à la merci de cette peste.

– Qu'est-ce qui s'est passé ?

– L'infirmière qui lui a succédé pour m'examiner était plus gentille et j'ai pu lui demander si tu avais des malformations congénitales. J'avais quarante et un ans. Peu de femmes avaient des enfants à cet âge. Toutes mes amies avaient eu les leurs vingt ans plus tôt. Sans compter l'absence d'échographes. Les choses auraient pu mal tourner.

– Pas à cause de l'alcool et des cigarettes, mais de ton âge ?

– Exactement.

– Tu ne savais même pas si tu attendais une fille ou un garçon ?

– D'après la sagesse populaire, les femmes qui attendent des filles deviennent plus jolies, alors j'étais sûre d'attendre des filles. »

Les enfants se rebellent contre leurs parents. Les femmes de la classe sociale et de la génération de ma mère avaient échappé aux recommandations écrites sur la grossesse, alors que ma génération avait soif de connaissances. D'où sans doute le succès de *What to Expect when you're Expecting ;* publié pour la première fois en 1984, ce livre ouvrit la voie aux autres sur la maternité. Les premières années de Diwan, j'avais constaté un bond spectaculaire de guides, manuels, agendas sur le sevrage, l'allaitement, l'apprentissage de la propreté, le coucher, l'habillement, l'éducation des enfants et la discipline à leur inculquer. Certains se spécialisaient dans des groupes d'âge, le nombre d'enfants, le genre. Tous capitalisaient sur cette tendance relativement nouvelle de l'édition mondiale. J'en accumulais avec prudence, développais mon rayon en essayant d'équilibrer les idées qu'ils développaient avec celles avec lesquelles j'avais grandi. L'obsession moderne d'une grossesse parfaite pouvait-elle se répandre en Égypte ? Cela donnait l'impression d'être la perversion capitaliste de cette expérience fondamentale de la vie humaine. La banalité de la parentalité se muait en une mise en scène justifiant l'achat de vêtements spécifiques, de gadgets et, à présent, de livres.

Quand ma mère nous avait élevées, Hind et moi, presque cinquante ans auparavant, il n'y avait ni couches jetables, ni biberons anticolique, ni jouets présentés comme outils pédagogiques, ni tenues de grossesse conçues pour flatter et dissimuler. Cette industrie n'existait pas encore. Ma mère, couturière de formation et inconditionnelle des années soixante, faisait ses robes – celles de maternité ainsi que ses minijupes. Elle passait aussi d'innombrables heures à confectionner des couches en tissu réutilisables qu'elle faisait bouillir pour les désinfecter entre chaque utilisation. Même lorsque le paysage social commença à changer autour d'elle, ma mère demeura inébranlable dans ses convictions. Après la naissance de Ramzi, le fils de Hind, ma mère s'était empressée de dire à l'obstétricien qu'il n'y avait pas de meilleur stimulant pour la montée de lait que la bière – c'était expérimenté et testé par les anciens Égyptiens. Plus tard, alors que j'attendais mon deuxième enfant, Layla, je m'installai pour dîner avec des amis dans un bistrot de New York. Je commandai une bière. Le garçon refusa de me l'apporter. Ma mère fut consternée le jour où je lui racontai cette anecdote. Les femmes de sa génération ne voyaient aucune raison de changer uniquement parce qu'elles entamaient un nouveau chapitre de leur vie.

Quand j'étais enceinte, les gens ne cessaient de s'imposer dans ma sphère privée, me touchant le ventre, prodiguant des conseils non sollicités.

« Allaite les deux premières années ! » « N'allaite surtout pas ! » « Le lait maternisé, c'est un déchet toxique. » « Reste active ! » « Ne te surmène pas ! » Je n'en pouvais plus de ces remarques contradictoires, des gadgets et manuels qui promettaient de m'armer mais ne faisaient que m'oppresser. Peut-être ma mère en savait-elle davantage que je ne le lui accordais. J'avais beau ne pas être complètement acquise à ses méthodes de la vieille école, je me rendais compte que le consumérisme et le perfectionnisme contemporains ne valaient guère mieux.

« Et papa, alors ? lui demandai-je une fois, sérieusement.

– Ramzi ? s'étonna à son tour ma mère. La grossesse n'est pas l'affaire des hommes. »

Bien sûr, les choses avaient changé. En cherchant des livres à ajouter à notre rayon Grossesse et Parentalité, je ne cessais de trouver des titres destinés aux hommes tels que : *From Dude to Dad: The Only Guide a Dude Needs to Become a Dad*[1], insistant sur la transformation inhérente au fait de devenir un père (la transition implicite de « cool » à moins « cool » – de « mec » à « papa » – ne m'avait pas échappé). D'autres titres garantissaient la survie et le salut, par exemple : *The Expectant Dad's Survival Guide* : *Everything you Need to Know*[2] et *Diaper*

1. *De mec à papa : le seul guide dont un type a besoin pour devenir un père*, Skyler Wolf Jones et D.K. Godard, illustrateur Craig Dunn, 2013. Non traduit en français.

2. *Guide de survie du père qui attend : tout ce qu'il vous faut savoir*, Rob Kemp, 2010. Non traduit en français.

Dude: The Ultimate Dad's Guide to Surviving the First Two Years[1]. La représentation d'une couche sur la couverture (absente des titres destinés aux femmes) et du type qui la brandit était une manière d'insuffler de l'humour dans la nouvelle paternité. Un autre livre populaire, *Commando Dad: How to be an Elite Dad or Carer*[2], imaginait la paternité comme un champ de bataille, un terrain saturé de testostérone. Bien sûr, il existait d'autres ouvrages cherchant à initier les hommes à cette nouvelle étape de la vie avec moins d'humour. Quel que soit le ton, ma mère et sa génération trouvaient bizarre l'existence de ces livres et ce qu'ils sous-entendaient. En fin de compte, je n'en achetais pas pour Diwan – déjà un pari d'en avoir sur la grossesse. Une décision qui me ferait gagner du temps et de l'argent à investir dans des titres qui se vendraient.

De même que beaucoup d'entre nous, j'agis souvent sans comprendre pourquoi. La prise de conscience vient après. Tandis que je réglais mon exemplaire de *What to Expect*, je marmonnais avec désinvolture au caissier que c'était pour une amie. Même en le disant, je ne me rendais pas compte de la force de mon désir de me démarquer du statut de femme « enceinte ». Je devais trouver comment

1. *Le Mec avec les couches: le meilleur guide des pères pour survivre aux deux premières années*, Chris Pegula, Frank Meyer, 2017. Non traduit en français.

2. *Le Commando des pères: comment être un père d'élite ou soignant*, Neil Sinclair, 2012. Non traduit en français.

j'allais accepter ou nier mon état. Allais-je m'affirmer dans mon nouveau personnage de patronne enceinte ? Ou ignorer le changement ? Je m'empressai de décider de travailler davantage pendant ma grossesse pour donner le bon exemple. Peut-être avais-je peur de ce qui m'arrivait et avais-je envie de le minimiser aux yeux des autres. Mon corps avait évidemment un plan bien à lui.

Quand je recrutais de nouveaux employés, je leur posais toujours la même question personnelle: « Quelles aspirations avez-vous pour vos enfants ? » Les réponses variaient de: « Je veux en faire un bon musulman » à un regard vide ou à: « Je veux qu'ils émigrent dans un pays où ils auront de meilleures chances. »

Je demandais aussi: « Si vous rejoigniez la famille Diwan, pourriez-vous travailler avec l'équipe du soir ou juste celle du matin ? » Ouverts de 9 heures à 23 heures, nous ne fermions que le matin du premier jour de l'*Aïd el Adha*, aussi les horaires étaient-ils problématiques. Je la posais aussi parce que j'avais fini par connaître à fond les vicissitudes de l'existence des Égyptiens. La plupart des hommes de mon personnel avaient deux emplois pour arrondir leurs fins de mois, à moins qu'ils ne suivent des cours d'informatique. Le planning devint encore plus cauchemardesque quand il fallut répartir les employés entre les deux magasins pour tenir compte des vacances ou des arrêts maladie.

« Je peux travailler tant qu'il fait jour », expliquaient souvent les candidates féminines. Je comprenais le sous-entendu : les jeunes filles respectables ne rentrent pas chez elles après la tombée de la nuit. Dans le cas contraire, leurs voisins les jugent, un jugement qui leur vaut mauvaise réputation et réduit leurs chances de faire un bon mariage. En plus, rentrer tard impliquait de prendre les transports en commun, où les femmes étaient presque constamment harcelées par les chauffeurs ou les autres usagers. J'étais au courant des compromis que faisaient les femmes sous le patriarcat : elles rivalisaient avec leurs frères pour les ressources de la famille mais leur restaient subordonnées ; elles participaient aux travaux ménagers et s'occupaient des aînés ; leurs allées et venues étaient limitées ainsi que les gens qu'elles avaient le droit de voir. Pour couronner le tout, ce que mes collègues masculins ne se privaient pas de me rappeler, il était financièrement plus avantageux d'embaucher des hommes. En partie parce que la législation égyptienne du travail accorde aux femmes quatre-vingt-dix jours de congé maternité pour leurs deux premiers enfants. Les hommes travaillent plus d'heures, d'autant que le concept de congé paternité n'existe pas. Non sans ironie, je constatais que les lois destinées à garantir les droits des femmes – tel que le congé maternité payé – les rendaient également victimes de discrimination. Aussi foutrement pénible que soit l'embauche des femmes, je le faisais de toute façon puisque, étant femme, je voulais être une source d'inspiration.

Je ne partageais pas les préjugés de notre culture sur les femmes : la maternité se devait d'éclipser, et pas de doute, c'était vrai, toutes les autres responsabilités. Ce ne fut pas mon cas. Enceinte de Zein, je travaillai jusqu'à la veille du jour prévu pour ma césarienne à l'hôpital. Je revins à Diwan trois semaines plus tard tant j'avais hâte d'échapper à l'instabilité cauchemardesque que représente la maternité, de retrouver l'ordre des étagères et la sécurité familière du travail.

Certaines de ces émotions ne se révélèrent à moi que lors d'une conversation avec une inconnue. En 2008, une journaliste d'un magazine féminin m'interviewa sur l'effet que cela faisait de « tout » avoir, « tout » signifiant une brillante carrière et une famille. En réalité, ma situation était bien moins glamour qu'elle ne le supposait. Divorcée de Numéro Un, je me débattais entre une fille de deux ans, une autre de quatre et Diwan qui en avait six. Nous venions d'ouvrir une troisième librairie à Maadi, une banlieue située à une quinzaine de kilomètres de Zamalek, en amont du fleuve. Le quartier abondait en espaces verts luxuriants. On comptait une bonne proportion d'expatriés parmi ses résidents aisés. Pour tester l'emplacement, nous avions commencé par un petit point de vente dans le centre commercial Carrefour City récemment construit. Le succès presque instantané nous avait poussées à chercher un établissement traditionnel, et nous avions fini par nous installer Route 9, l'équivalent local de la rue du 26-Juillet. Le secteur était connu pour son affluence de piétons, si bien que nous avions pris le premier magasin que nous avions vu, bien qu'il soit situé à l'extrémité nettement moins chic. Nous avions misé sur notre image de marque, espérant qu'elle ferait sortir les gens des sentiers battus. Mais au bout de quelques mois, le doute s'empara de nous. La fréquentation des piétons était aléatoire et ne se concluait pas forcément par des ventes – les expatriés semblaient préférer emprunter ou échanger des livres qu'en acheter de nouveaux. Et ce avant même que les véritables répercussions de la récession mondiale ne se fassent sentir sur les multinationales, dont beaucoup logeaient leurs cadres à Maadi. Nous avions du mal à déplacer les employés et les marchandises entre les trois magasins.

J'avais accepté de rencontrer la journaliste à Maadi dans le nouveau Café. Les cheveux blonds décolorés, très maquillée, elle était moulée dans un haut à fleurs et une jupe noire. Elle arriva en avance, ce qui m'amadoua. Dès nos cappuccinos commandés, elle me posa la succession habituelle de questions oiseuses : d'où était venue l'idée de Diwan ? Quels étaient nos défis les plus importants ? Comment était-ce de collaborer avec ma sœur et mon amie ? Comment résolvions-nous nos différends ? Puis elle finit par l'inéluctable : « En tant que femme, comment conciliez-vous les exigences de la famille et du travail ?

– Je n'y arrive pas, répondis-je en déglutissant. Je n'y arriverai jamais. Je ne ferais pas confiance à celle qui prétend le contraire. Personne ne demande aux hommes comment ils s'y prennent pour concilier les besoins de leur famille, de leurs enfants et leur vie professionnelle. Je suis une mère active coupable. Je rate énormément de bains et de changements de couches. La nounou de mes enfants est là en permanence. Certains jours, je rentre dans un tel état d'épuisement que je n'ai pas envie de jouer avec mes filles, ni de leur lire une histoire avant qu'elles ne s'endorment. Mais c'est mon choix. Je veux que mes filles grandissent dans un foyer où leur mère travaille. Je les élève seule, j'en suis fière et pleine de gratitude. » La journaliste me fixait, éberluée.

Je lui avais dit la vérité, sans être complètement honnête. Je n'avais pas décrit la profondeur de mon angoisse existentielle. Mon inaptitude à choisir la bonne crème contre l'érythème fessier. Ni ma façon de récurer le trait blanc laissé par la crème sous mes ongles pour enlever la moindre trace de contact. Ni mon humiliation chaque fois que je ne parvenais à faire faire son rot à Zein, alors que c'était essentiel. Ni que je retenais ma respiration en fermant la grenouillère de Layla, priant de ne pas avoir oublié un bouton, ce qui m'aurait obligée à recommencer. Ni les pleurs des enfants que je ne pouvais pas plus apaiser que décrypter. Même mes victoires, comme celle de refermer symétriquement une couche souillée, me semblaient pitoyables.

Mon malaise avait précédé la maternité. Dès ma grossesse, je m'étais sentie clivée de mon corps. J'avais pris une quinzaine de kilos, mes pieds pesaient aussi lourd que des éponges imbibées d'eau. J'étais devenue encore plus maladroite. J'aimerais pouvoir oublier la réunion au Café de Zamalek où j'avais eu de terribles nausées matinales ! Après avoir présenté mes excuses, j'avais couru aux toilettes, remerciant Dieu qu'elles soient libres, me précipitant vers le W-C juste à temps. Sans, hélas, avoir eu la présence d'esprit d'enlever mes lunettes et mon foulard. Les lunettes étaient tombées dans la cuvette au milieu du vomi, le foulard avait été éclaboussé. Après avoir récupéré les deux, j'étais retournée à la réunion en espérant être la seule incommodée par l'odeur. À cause de moments pareils, les images de bonheur maternel des couvertures d'ouvrages sur la grossesse me restaient en travers de la gorge. Où étaient passés les visages marqués par le mal-être et l'aliénation ? Où avaient disparu l'inconfort et la frustration de l'allaitement ? Pourquoi personne ne m'avait prévenue que ces sensations que j'éprouvais intensifieraient mon sentiment de culpabilité ? Le jour de congé de la nounou, j'emmenais Zein chez Nihal (dont les enfants étaient désormais adolescents) afin qu'une autre que moi lui donne le bain et la nourrisse. Je n'avais pas envie de rester seule avec elle, de devoir faire face à mon incompétence. Dix ans plus tard, j'ai lu *L'Art d'écouter les battements de cœur*, un roman dont l'intrigue se déroule en Birmanie où la mère du protagoniste est présentée comme ayant subi la maternité « les mains vides ». Même si j'avais des livres à profusion et la présence de ma mère à mes côtés, cette description résumait parfaitement mes émotions. « Je suis sûre que vos enfants seront d'insatiables lectrices », conclut la journaliste pour essayer de détendre l'atmosphère.

Je me demande si j'aurais pu trouver mes propres ressources pour m'approprier ma grossesse et le début de ma maternité au lieu de chercher en permanence des conseils, une validation et un sentiment d'appartenance. Sans doute cette expérience est-elle intrinsèquement perturbante. La seule chose qui me permettait de me sentir moi-même au cours de ces années, c'était d'empiler des livres, de les classer avec soin sur nos étagères. J'oubliais mes enfants, l'échec de mon mariage, la fuite du plafond de la salle de bains. Je m'abandonnais à une sorte de transcendance qui ressemblait à une dérive, entourée par une pléthore de rayonnages, de grandes discussions, d'éclats de rire. Je me sentais à ma place à Diwan, non à la maison avec mes filles. Quand bien même je leur avais donné le jour, il me semblait que leur existence amoindrissait et menaçait la mienne. La parentalité mettait en évidence mes failles et mes limites.

Cette insatisfaction provenait en partie de l'idée que la procréation serait l'accomplissement ultime de ma féminité, un couronnement. De la supposition que l'amour désintéressé et le sacrifice illimité définissaient et représentaient le sens de ma vie et de celle des autres femmes. Dans ce purgatoire en suspens, nous étions censées renoncer à nous-mêmes. Avoir des enfants correspondait à la réussite – peu importe ce qu'ils deviendraient. Malgré tout ce pour quoi je m'étais battue, le mal que je m'étais donné pour créer Diwan, c'était mon statut de mère qui me valut le plus d'éloges. Ce qui me rappela les félicitations reçues pour mon mariage. Les gens se mariaient-ils par amour ou le mariage était-il la condition préalable à la parentalité, le résultat anticipé auquel nous étions prédestinés ? Le mien avait été volontairement sans enfant pendant sept ans. Des années dénuées de sens ? Non. Elles avaient été heureuses et fécondes. Ce fut la période de la création de Diwan.

Zein avait deux ans et Layla huit mois lorsque je m'intéressai au rayon sur la grossesse et la parentalité. J'avais rompu avec Numéro Un. Et besoin de trouver de l'aide pour progresser. Malgré l'énorme catalogue de titres dans ces deux domaines, presque aucun ne traitait du divorce ou de la monoparentalité. Je cherchai de l'inspiration dans d'autres rayons. Quelques ouvrages de développement personnel traitaient des mariages heureux, mais aucun des divorces heureux. Je me rabattis sur les romans. Peut-être aurais-je dû ranger la grossesse et la parentalité avec *Dans une coque de noix* de Ian McEwan, où un Hamlet fœtus prête l'oreille aux agissements de sa mère et concocte une vengeance depuis l'utérus. Ou avec *La Servante écarlate*, où des femmes fertiles deviennent des reproductrices possédées par des familles riches. Nous pourrions remonter jusqu'aux mythologies grecque et romaine, qui racontent la souffrance et le chaos de l'amour, du mariage et de la parentalité bien mieux que n'importe quel guide contemporain.

Bien sûr, la cellule familiale structure la plupart des romans. « Toutes les familles heureuses se ressemblent, mais chaque famille malheureuse l'est à sa façon » : l'incipit mémorable de Tolstoï inspira le « principe d'Anna Karénine », popularisé par Jared Diamond dans son essai *De l'inégalité parmi les sociétés* paru en 1977 : c'est l'absence de traits négatifs, non la présence de traits positifs (la thèse de Darwin) qui garantit la survie d'une espèce. On pourrait en dire autant du mariage. Nous présumons que les mariages heureux perdurent et que les malheureux se terminent par un divorce ; la permanence d'un mariage constitue une réussite, le divorce un échec. Pourquoi ? Il me semble au contraire qu'on peut considérer nombre de divorces comme des succès, tandis que certains mariages parfaits échouent – à combler, à faire évoluer, à rendre plus fort.

Et d'abord, pourquoi le mien n'a-t-il pas marché ? Le point de bascule se produisit quarante-huit heures avant que je n'accouche de Layla. (Quelques semaines après que j'eus abreuvé d'injures le harceleur et réduit au silence mes employés.) C'était un vendredi, le jour au Caire où l'on avait habituellement la sensation d'avoir une gueule de bois. Une allure ralentie. Des bruits assourdis. Je marchais rue du 26-Juillet en me dandinant, donnant la main à Zein et essayant, en y arrivant de moins en moins, d'ignorer la douleur lancinante qui vrillait ma jambe gauche à chaque pas. Le break argenté de Hind s'arrêta à côté de moi. Elle nous fit signe de monter. Même si mon immeuble n'était qu'à quelques rues, il me semblait que c'était à des kilomètres, aussi acceptai-je son invitation avec joie. J'attachai Zein dans le siège auto destiné normalement à Ramzi et m'installai à l'avant.

« Je ne peux pas en supporter davantage. Il faut la faire sortir.

– Elle ressent sans doute la même chose, répondit Hind.

– Tu ne te rappelles pas les dernières quarante-huit heures avant la naissance de Ramzi ?

– Il y a des événements que je m'efforce d'oublier. »

Impatiente de mettre un terme à notre échange crispé, Hind freina devant le garage de mon immeuble, alors que j'entrais d'ordinaire par la porte principale.

Je me souviens d'avoir aussitôt été sensible à l'étrange silence qui régnait dans l'appartement. Zein avait lâché ma main pour courir jusqu'à sa chambre. Le bruit de ses pas s'estompa peu à peu. Je m'engageai dans le couloir menant à la nôtre. Je ne l'appelai pas. J'appuyai simplement sur la poignée de porte. Penché sur la balustrade verte, le téléphone vissé à l'oreille, il me tournait le dos. Je ne dis rien. Je ne bougeai pas. Son ton était mélodieux et suave. J'avais beau ne pas vouloir écouter, j'entendais tout. Plus que ses paroles, la douceur de sa voix, sa posture décontractée me blessèrent. Je me bouchai les oreilles, mais c'était trop tard. Une brèche se creusa en moi. Je fixai le sol, certaine que mes entrailles s'y étaient déversées en tas. Enfin, je lui demandai sèchement de cesser de parler. Il fit volte-face. Il lui dit qu'il devait y aller.

« Je ne t'ai pas vue entrer dans l'immeuble, lâcha-t-il, sur la défensive.

– Je suis passée par une autre porte », expliquai-je de manière automatique.

Nous sommes ensuite partis pour le déjeuner familial du vendredi. Je pris Hind à part un instant et lui confiai ce que j'avais surpris. Son regard peiné correspondit au mien. Je me remplis le ventre, déjà plus que tendu, de nourriture et boisson. Après le déjeuner, je l'agressai en hurlant, mais je criais en réalité contre ma propre stupidité.

Deux jours plus tard, comme prévu, on me poussa en fauteuil roulant jusqu'à la salle d'opération. Il était là, les sourcils froncés, me regardant avec une expression indéchiffrable. Je me sentais vide. Cela arrivait à une autre. Je ne nous reconnaissais pas, ni lui ni moi. À l'époque, je refusais d'être une divorcée et que mes filles grandissent en se sentant privées de l'un de leurs parents.

À peine mon incision cicatrisée, je retournai travailler. Diwan m'avait toujours soignée de mes maux, mais cette fois ce fut différent. Il suffisait que le sujet du divorce ou du mariage soit abordé dans une conversation ou figure sur un titre de livre pour que j'aie l'impression de sortir de l'anonymat.

Or, je ne voulais ni parler ni qu'on parle de moi avant que je ne puisse mettre ma propre histoire au clair. J'en étais au point de me demander si Sabah, notre femme de ménage désormais fournisseuse de gâteaux à la carotte, ne connaissait pas davantage de mots anglais, captés chez ses employeurs américains, que ce qu'elle prétendait. Elle devait avoir remarqué que Numéro Un et moi ne prenions plus de repas ensemble. Ou que nos rapports, bien que courtois, étaient devenus tendus. Je l'imaginais cancaner à ce sujet avec Samir entre deux courses de ce dernier. En voiture, où je m'entretenais avec mes correspondants en français et en anglais, Samir ne parlait pas – je craignais malgré tout qu'il n'ait fini, lui aussi, par avoir assez de vocabulaire pour comprendre des bribes de phrases. Je me représentais la scène : Samir en train de siroter son thé et de raconter, avec une virtuosité théâtrale, mes problèmes conjugaux à des membres de mon personnel qui prenaient leur pause. Chaque fois que je sortais du bureau, j'aurais juré que je voyais se disperser un groupe d'employés. Au cours des mois suivants, quand Samir me conduisait à une séance de thérapie conjugale, je lui demandais de me déposer une rue plus loin. Pour faire bonne mesure, je l'envoyais effectuer une course afin qu'il ne voie pas l'immeuble où j'entrais.

Ma paranoïa s'accrut. J'entretenais des conversations avec les livres de Diwan – de plus en plus fréquemment avec une autrice en particulier, Elizabeth Gilbert. Nous venions d'ouvrir quand Numéro Un avait découvert son premier roman, *La Tentation du homard*. Il aimait sa voix. Il me poussa à en acheter plusieurs exemplaires. Je me rappelle l'avoir recommandé à tous ceux qui paraissaient curieux. Sans succès. J'avais sorti la cavalerie : un écriteau avec *Coup de cœur de Diwan* sur la pile intacte. Peine perdue. Des mois plus tard, vaincue, je renvoyais les exemplaires à l'éditeur. J'éprouvais du ressentiment. Je n'aimais pas que des livres me trahissent. En 2006, l'année des aveux de Numéro Un et de notre divorce, Elizabeth Gilbert revint en force dans ma vie avec un best-seller, *Mange, prie, aime*, une autobiographie où elle certifiait s'être découverte après son divorce. Le livre se vendit comme des petits pains. Chaque fois que je passais devant la pile ou que j'y ajoutais des exemplaires, à Zamalek, Héliopolis ou Maadi, l'autrice s'adressait à moi :

« Décroche, c'est la seule façon de te trouver.

– La ferme, Liz ! Tu ne connais pas ma vie.

– Aucune importance. Capitule.

– Va te faire foutre, tu connais la fin de ton histoire. »

Hind et Nihal ne me lâchèrent pas. Au milieu d'une réunion, je les voyais me couver de regards inquiets. Si elles se rendaient compte que je les avais surprises, elles me lançaient des sourires rassurants. Si cela ne suffisait pas, elles s'exprimaient : « Tu vas t'en tirer, tu en sortiras meilleure et plus forte, tu n'es ni la première ni la dernière. Ce sont des choses qui arrivent. »

Au bout de six mois de thérapie conjugale et d'une profusion de conseils d'amis proches ou de vagues relations, je dus faire face à ce que je redoutais le plus : décevoir ma mère. Jusque-là, elle s'était bornée à des commentaires sibyllins quand j'évoquais la liaison et ses conséquences. Je supposais qu'elle désapprouvait. Ce n'était qu'une toute petite partie de la vérité. Il me fallut plus longtemps pour découvrir une vérité plus profonde : les mères veulent que leurs filles aient une vie plus heureuse que la leur.

« Je prépare de la *molokhiya*[1] ou du *fatta*[2] pour le déjeuner d'aujourd'hui ? Qu'est-ce que les enfants préféreraient ? demanda ma mère lors de notre coup de fil matinal quotidien.

– Je crois qu'elles s'en fichent, maman. Elles ont huit mois et deux ans. Fais du *fatta*.

– Bien, je vais dire à Beshir de préparer une *molokhiya*. Les enfants doivent manger des légumes verts. »

Nos conversations se déroulaient toujours ainsi : elle me demandait mon avis, je le lui donnais, elle n'en faisait qu'à sa tête.

« J'avais une autre question à te poser : pourquoi es-tu encore avec lui ? Est-ce que ton père et moi t'avons élevée pour que tu manges de la merde et que tu en redemandes ? » Elle n'attendit pas ma

1. Ragoût de viande d'agneau, avec sauce tomate, épices et gombos.

2. Plat à base de pain pita, de pois chiche, de yaourt grec, d'huile d'olive et d'ail.

réponse. « Je dois parler avec Beshir, il n'avait pas mis assez d'ail la dernière fois. »

Le lendemain, j'eus recours à l'*isma*, le droit d'une femme à divorcer dans l'islam sunnite. Malgré sa valeur légale, c'était socialement mal vu : les danseuses du ventre insistaient sur l'*isma* quand elles se mariaient. Je ne divorçais pas parce qu'il m'avait trompée, mais parce qu'il m'avait prise pour une imbécile. Avec raison – j'en étais une. Je n'avais rien vu venir. Il y eut très peu de récriminations. Ni l'un ni l'autre ne voulaient être victimes.

La Liz romanesque n'avait sans doute pas tort. Je devais me rendre à l'évidence. Le lendemain, au travail, j'annonçai avec désinvolture mon divorce, puis je m'aperçus que mes enfants s'en sortaient admirablement bien et qu'elles étaient déjà ravies de profiter de chaque parent à tour de rôle. Chez moi, j'acceptai le vide et fis bon accueil au silence qui s'y était introduit. Je réorganisai mes placards, les remplissant de mes affaires. Je recommençai à voir mon vieil ami, le *Naked Chef*. Lors de nos rendez-vous réguliers, je préparais ses recettes, les disposais avec art sur des assiettes, et j'emportais les restes au bureau le lendemain. Une idée me consolait : dès que Zein et Layla auraient grandi, nous nous assiérions à la même table, partagerions plats et histoires. Il n'y aurait pas de restes.

Aussi bizarre que cela puisse paraître, mon triste état m'apportait un certain réconfort. On avait de la compassion pour moi, la femme trompée. Je me sentais provisoirement délestée de l'obligation d'être forte. Je suis sûre que, dans mon dos, les gens justifiaient l'infidélité de Numéro Un, l'attribuant au déséquilibre entre mon travail et ma vie privée. Que pouvait faire un homme à une femme qui pouvait se passer de lui, à part lui en adjoindre d'autres qui avaient besoin de lui ? Au fil du temps, je me rendis compte que je n'en voulais pas aux autres femmes. Libres d'agir à leur guise, elles n'étaient pas responsables de ma déception. Je ne détestais pas Numéro Un – ce qui me surprenait davantage – et je continuais à chérir notre relation. Peut-être sa transgression était-elle insignifiante dans l'ordre des choses. Peut-être ma gratitude à son égard l'emportait-elle sur la souffrance. Ses actes, notre rupture, me libérèrent d'une façon dont, seule, je m'étais révélée incapable. Pendant les dix ans de notre mariage, je ne m'imaginais pas complètement hors de ses paramètres. Je n'étais plus la jeune fille qu'il avait épousée, mais je n'étais pas encore devenue une adulte. À présent que j'étais délivrée de mes obligations, je me sentais davantage libre d'être la mère, l'(ex-)femme et la personne que j'avais envie d'être.

En fait, je ne me considérais pas vraiment comme une « femme trompée » ou une « ex-femme ». « Ex » suggérait une rature, une défaite. Après l'implosion de notre mariage, nous travaillâmes à établir une nouvelle relation. On ne laissa pas nos enfants utiliser notre divorce pour nous manipuler. Nous restions en contact étroit, nous confrontions nos impressions. Bien sûr, nous continuions à nous disputer. À propos de l'école, des soirées pyjamas, de la stratégie à adopter avec les brutes de la cour de récréation (mon préféré étant le fils d'un producteur d'émissions de télévision pour enfants, dont le père menaçait d'envoyer son chauffeur tabasser la nounou de Zein dans la cour de récréation). Mais on apprit à choisir nos batailles jusqu'à ce que le compromis devienne une habitude. Remariés l'un et l'autre. Redivorcés l'un et l'autre, nous n'avions pas besoin de nous expliquer nos échecs. Sans nous en rendre compte, nous devînmes amis et confidents, toujours conscients de nos défauts respectifs, toujours prêts néanmoins à écouter ou à conseiller l'autre.

Quinze ans après notre séparation, malgré les chamailleries habituelles, je suis convaincue que nous sommes devenus l'exemple d'un fiasco réussi : des divorcés heureux. Numéro Un a lu *La Libraire du Caire* pendant que je l'écrivais, en même temps que nos filles, que Hind et ma mère.

Nous avions passé un accord. Quand nos filles seraient assez grandes, nous leur parlerions des liaisons. Puis un jour : « Je suis au courant du secret de notre famille, déclara une précoce Layla, âgée de treize ans.

– Rien qu'un seul ? Comme c'est décevant ! la taquinai-je.

– Dad nous a dit qu'il t'avait trompée. » Elle m'avait prise au dépourvu, ce qui était manifestement son intention. Elle m'adressa un sourire faussement timide, essayant de jauger ma réaction.

« Bravo, je félicite ton père d'avoir assumé sa responsabilité. » Layla était évidemment insatisfaite. Elle voulait du spectaculaire, des complications, du carnage. Je refusai de céder.

« Je ne sais pas ce que j'aurais fait à ta place.

– Tu continues. Ce que j'ai fait pour vous, malgré vous. J'ai quitté votre père et brisé notre mariage, parce que je savais que tu me poserais la question un jour et je voulais avoir une réponse dont je serais fière. On continue.

– Ça a dû être dur de rompre.

– Pas autant que d'être dans l'incertitude et d'avoir des regrets.

– Tu dois en avoir. Tu n'as pas peur de vieillir seule ?

– Ne confonds pas solitude et sentiment de solitude. Les moments où je me suis sentie le plus seule, c'est quand j'étais en couple.

– Maman, est-ce que ça m'arrivera quand je serai plus vieille ?

– Je vais faire simple. Ne prends jamais une décision motivée par la peur, le sentiment de culpabilité ou ce que tu crois être plus facile. Choisis ce qui te semble vrai.

– Pourquoi tu ne veux pas simplement admettre que c'était dur et injuste ?

– Il y a très peu de choses justes dans la vie, mais ce qui compte, c'est ce qu'on en fait. Je ne suis ni une héroïne ni une pionnière, et je ne vaux pas mieux que les millions de femmes qui restent dans des mariages merdiques. J'ai eu les moyens de divorcer, voilà tout. J'avais un toit au-dessus de ma tête et des vôtres, j'étais financièrement indépendante. »

Je me penchai et l'embrassai sur le front. « Quand je prie pour Zein et pour toi, je demande que vous puissiez connaître le contentement et la gratitude, et que vous deveniez sûres de vous et autonomes. »

Zein, comme Hind, n'aborda jamais le sujet. L'une et l'autre préfèrent réfléchir seules.

Mon approche sans fioritures de mes responsabilités parentales était en contradiction flagrante avec celle des manuels. Pendant l'enfance et l'adolescence de mes filles, j'ai été aussi directe et franche que possible. Quand elles étaient plus jeunes et réclamaient un petit plaisir – une glace, des jouets ou la permission de se coucher plus tard –, je leur répondais : « J'ai envie de dire oui parce que je vous aime, mais c'est parce que je vous aime plus encore que je vais dire non. » Mon désir de leur être agréable passait après celui d'agir pour leur bien. Je leur déclarais souvent : « Je peux vous promettre mon amour inconditionnel de mère, en revanche, en ce qui concerne mon estime, elle ne vous est pas acquise, ce sera à vous de la gagner. » Je ne me privais pas de le leur répéter ! Et je le pense toujours. L'autorité et la parentalité sont inextricablement liées : nous sommes responsables de notre devenir, et ce que nous devenons est un acte volontaire. Ce que je vis autant que ce que vivent mes enfants ne laisse toujours aucune place à la victimisation.

Si je qualifie notre divorce de réussite, je ne peux pas encore en dire autant de l'éducation que nous avons donnée à nos enfants. J'attends de voir comment Zein et Layla vont évoluer. La pénible vérité, c'est que cela échappe complètement à mon contrôle. La parentalité et l'entreprenariat ne présentent aucune garantie. La citation de Reid Hoffman, cofondateur de LinkedIn, est bien connue : « Un entrepreneur, c'est quelqu'un qui saute de la falaise et construit un avion pendant la descente. » Les enfants et les autres aventures dans le même genre ne viennent pas avec un mode d'emploi. Nous nous lançons dans des entreprises en évaluant les risques avec beaucoup d'espoir, et la certitude que tout plan devra être modifié vu le nombre de choses susceptibles de survenir – et elles surviendront – en cours de route. Diwan en est un bon exemple : nous l'avons créé exactement comme nous l'avions imaginé, en espérant que ce serait une réussite. Afin d'assurer sa survie, nous dûmes l'adapter à notre monde en constante évolution. Hind, Nihal et moi étions rarement du même avis en ce qui concernait l'avenir de Diwan. À présent, après toutes ces années, nous sommes d'accord pour dire que peu importe celle qui avait raison ou tort, ce qui est fait est fait. Dans le cas de l'éducation de nos enfants, nous découvrons le résultat de nos efforts bien après le moment où nous aurions dû procéder à des changements – et nous ne cessons de nous le reprocher ou d'en accuser les autres.

Au fil de mes lectures et de mes rencontres, Diwan et l'Égypte se transformaient autour de moi. Comme toujours, mes étagères me dispensèrent un enseignement inattendu sur leurs changements. En consultant des catalogues d'éditeurs, je me rendis compte de la diversité croissante des livres sur la grossesse et l'éducation des enfants, qui évoluaient au fur et à mesure pour s'adapter aux normes politiques et sociales. Des mots tels que « famille » ou « soins aux enfants » ont commencé à proliférer, tandis que le terme « parent » changeait de statut. De figure d'autorité incitée à discipliner, un parent se muait en mentor élevant d'une manière holistique les enfants en tant qu'*individus.* Une rupture avec la génération de ma mère qui exigeait l'obéissance de sa descendance. Les filles s'occupaient de leurs parents, les garçons portaient le nom de famille. Les frères et les fils n'étaient tenus à aucun devoir. Notre génération s'attendait à ce que nos gamins soient des génies qui nous surpasseraient grâce à tout ce que nous leur avions donné. Notre espoir était empreint de la pression que nous infligions inconsciemment à notre progéniture et à nous-mêmes.

Ce passage d'une génération à l'autre, de parent sévère à parent conseiller, ne correspondait en rien à la façon dont Hind et moi avions été élevées. Nos parents échappaient à toute catégorisation. Mon père était strict mais plus indulgent que notre mère. Il nous répétait : « Vous êtes nulles à moins de prouver le contraire. Et une fois que vous l'avez prouvé, prouvez-le de nouveau dès votre réveil le lendemain. Dès lors que vous croyez avoir réussi, félicitations. Vous avez fait votre premier pas sur le chemin de l'échec. » Il avait soixante-dix ans lorsque Hind et moi étions adolescentes. Ayant survécu à un cancer du poumon, il nous chapitrait au quotidien sur les dangers du tabagisme. L'alcool et le jeu ne lui posaient aucun problème. Conscient de sa mortalité, il était résolu à ce que nous nous épanouissions après son décès. Ainsi, sans s'en rendre compte, il déployait un féminisme à deux vitesses : s'il tenait à ce que ses filles soient indépendantes dans tous les domaines, il veilla à ce que sa femme n'ait aucune véritable autonomie de son vivant. Ce fut ce qu'il nous avait inculqué qui permit tout : Diwan et le divorce.

L'éducation de ma mère fut plus stricte, à l'instar de celle qu'elle avait reçue. Elle avait fréquenté un collège catholique géré par des religieuses, la Mère-de-Dieu, puis le lycée franco-égyptien de Zamalek. Au lycée, elle avait appris la discipline, sa langue de prédilection ; l'arabe, sa langue maternelle ; le français, auquel elle vouait un culte, la langue des colonisateurs de son pays. Ma mère faisait peu de cas des opinions et de l'indulgence. Dans notre famille, on ne demandait pas leur avis aux enfants ; nous étions censés obéir. Jamais elle ne fit de différence entre Hind et moi. Enfants, nous avions droit aux mêmes punitions et aux mêmes récompenses. Son impitoyable parité me rappelle un dicton égyptien : sous l'oppression, l'égalité est la justice. Sa liste militante de choses à faire (je continue à en dresser) structurait notre temps libre. S'étant fixé le but de nous instruire, et de s'instruire, elle nous emmenait dans tous les musées, galeries d'art et théâtres de la ville. Elle récupérait les programmes qu'elle conservait pour nous les remettre quand nous serions plus grandes ; Hind et moi faisons la même chose pour nos enfants lorsque nous les traînons contre leur gré à des manifestations culturelles. Dans notre enfance, passer nos étés à respecter le planning rigoureux établi selon les goûts de notre mère en matière de culture nous indignait. Elle avait raison, bien sûr, comme toujours. Elle nous apprit à apprécier la littérature, la musique, l'art et la danse, ce dont je lui fus tardivement reconnaissante. Avec le temps, je fus en mesure de comprendre à quoi correspondait la rigueur de mes parents : à un surcroît d'amour et de dévouement. Ils nous élevèrent de manière stricte et nous donnèrent des opportunités qu'ils n'avaient jamais eues, non pour faire de nous des génies, mais des personnes capables de surmonter toutes les crises.

L'une des meilleures ventes de Diwan, *La Trilogie du Caire* de Naguib Mahfouz, est une chronique de la vie de trois générations de la famille d'Al-sayed (« monsieur ») Ahmed Abd al-Gawwad au Caire, de 1918 à la révolution de 1952. Le *pater familias*, qui dirige sa famille avec une autorité inflexible le jour, entretient des liaisons avec des danseuses et des chanteuses le soir. La docilité exaspérante de son épouse Amina, qui attend patiemment et consciencieusement son retour, met en évidence la puissance et l'hypocrisie de son mari. Elle pose une lampe à gaz en haut de l'escalier pour l'éclairer quand il monte jusqu'à sa chambre, lui lave les pieds, ne parle que s'il lui adresse la parole, le déshabille, range ses vêtements et, dès qu'il n'a plus besoin de rien, se retire dans ses appartements. Levée à l'aube, elle fait ses prières, réveille la servante et les enfants, veille à ce qu'ils soient nourris et envoyés à l'école chaque jour que Dieu fait.

Jusqu'à l'âge de vingt ans, je ne pouvais considérer ma mère comme une personne avec des ambitions personnelles et des expériences passées avant ma venue au monde. À vingt ans, j'avais essayé de la connaître. Je m'étais confiée à elle. Je m'exprimais comme s'il s'agissait d'une amie, avec un vocabulaire correspondant à la situation. Je jurais. Beaucoup. Contrairement à ma mère qui ne proférait aucun gros mot. Quand elle racontait l'histoire de l'infirmière qui avait refusé de lui donner de l'eau, elle ne la qualifiait que de peste – loin du terme que j'aurais choisi. À contrecœur, elle avait commencé à me livrer des bribes de sa vie et de son mariage que j'ignorais. Au point que j'en étais venue à me demander si je n'en savais pas trop sur la vie conjugale de mes parents. Puis je me rendis compte que Numéro Un et moi avions fait exactement pareil avec nos filles adolescentes.

En tant que parent, je fis moi-même face à cette discordance entre la mère et la personne. Mes amies se sacrifiaient pour leurs enfants, dissociaient soigneusement leur identité. Cela se compliquait à mesure que nos enfants grandissaient, car de moins en moins de choses leur passaient par-dessus la tête. Ils comprenaient ce qu'ils voyaient et entendaient, à la manière de Layla quand elle m'interrogea sur les aventures de Numéro Un. Pour le meilleur ou pour le pire, je n'avais pas le temps de cloisonner mes rôles : j'étais la même Nadia avec eux qu'au travail ou au bar avec des amis. Je buvais et jurais devant mes filles autant qu'en leur absence. Elles avaient appris les méfaits du tabagisme à l'école et cela les terrifiait. J'arrêtai de fumer mais je continuais à en griller une parfois, sans me cacher dans la salle de bains comme d'autres mères de ma connaissance. Lorsqu'elles m'interrogeaient sur la sexualité, la drogue, l'alcool, je m'efforçais de leur dire la vérité. Je préférais en dire trop que d'être obligée de mentir. Je suis persuadée que je leur ai transmis mes névroses, comme tous les parents. Plus je cherchais des modèles, des conseils, des recommandations susceptibles de m'aider à faire « bien » les choses, plus je devenais convaincue que tenter de contrôler la grossesse et l'éducation des enfants est une tâche digne de Sisyphe. Nous faisons de notre mieux en espérant seulement limiter les dégâts.

Si je ne pouvais voir ma mère que comme ma mère, je ne parvenais pas à me considérer autrement que comme moi-même. Ma mère affirmait que la parentalité l'avait rendue humble. L'avait brisée et construite. Mon père, lui, s'était senti pris en otage. Je finis par comprendre le sens de leurs commentaires. Soudain, il y avait deux êtres de plus sur Terre pour lesquels j'étais prête à donner ma vie. Si j'avais eu conscience de l'intensité de cet engagement, je me demande si j'aurais fait le choix de la maternité, celui d'exposer d'autres et moi-même aux risques d'une telle douleur.

Comme le mariage, la parentalité est une lutte de pouvoir. Un ultime bras de fer en matière d'éducation entre père et mère. Mes parents avaient réussi à s'approprier chacun un territoire et ils se gardaient d'empiéter sur celui de l'autre. À la mort de mon père, ma mère en avait conquis de nouveaux, comblant le vide qu'il avait laissé. Son amour pour ses petites-filles prit le pas sur celui qu'elle éprouvait pour Hind et moi, et son comportement de grand-mère l'illustrait. Elle me morigénait quand elle avait l'impression que je ne traitais pas chacune de mes filles de la même manière. Je rétorquais qu'elles n'avaient pas le même âge et donc qu'elles n'avaient pas accès aux mêmes privilèges. Ma mère ne manquait pas de déclarer que son attitude – traiter Hind et moi d'une façon aussi similaire que possible – était supérieure. J'ai beau écouter ma mère, je ne suis pas toujours ses conseils. Dans le même esprit, Numéro Un et moi prenons les grandes décisions ensemble, sans nous disputer sur les détails. Notre divorce et la relation qui en a découlé nous ont libérés de la lutte de pouvoir inhérente à l'éducation des enfants partagée au quotidien.

Le contrôle est la seule addiction que j'ai passé ma vie à essayer de vaincre. Je me suis bercée d'illusions en pensant que je pouvais tout contrôler, y compris mon désir de tout contrôler. La vérité, c'est que la plupart des choses auxquelles nous tenons échappent à notre contrôle. Il faut s'en accommoder. Je l'ai fait. Je le fais. Je me souviens du moment où j'étais allongée sur la table d'accouchement en métal froid à la naissance de Layla. Je percevais que le soulagement était proche. Une aide-soignante m'apporta le bébé pour que je l'embrasse puis l'emmena vers une table voisine. J'observais ceux qui coupèrent le cordon et aspirèrent ses voies respiratoires avant de m'adresser au médecin.

« Ligaturez mes trompes, lui ordonnai-je avec le plus d'autorité possible.

– Vous en avez discuté ? » Le médecin regarda Numéro Un.

« Ce sont les miennes, pas les siennes. Ligaturez-les ! »

Pourquoi voulais-je que ce soit fait, et vite ? Je n'en étais pas sûre. Ma revendication était peut-être un cri de guerre féministe ou un rejet de la croyance culturelle selon laquelle les femmes doivent avoir autant d'enfants que possible. Mes trompes n'étaient qu'un boulet. À moins que je n'en aie eu simplement assez des douleurs endémiques du corps féminin. En revanche, je sais ceci : je ne pouvais contrôler ce qui se produisait dans mon corps pendant la grossesse. Et je ne peux contrôler ce que deviendront mes enfants. La seule chose qu'il est en mon pouvoir de contrôler, c'est de ne plus jamais me retrouver dans une situation pareille.

6

Classiques

Si nos clients avaient fini par comprendre que Diwan n'était pas une bibliothèque, ils souhaitaient toujours que ce soit davantage qu'une librairie. Je me rappelle un échange avec le Dr Medhat, l'un de nos habitués les plus caustiques et les plus attachants. Vous vous souvenez peut-être de lui dans le chapitre « Essentiels d'Égypte », quand sa recherche d'un titre sur l'Égypte ancienne avait suscité une tirade sur le respect insuffisant de Diwan pour l'époque des pharaons.

Ce jour-là, l'éclat commença ainsi : « Comment se fait-il qu'il n'y ait pas d'ouvrages sur l'Égypte ancienne dans votre rayon Classiques ? » La faculté d'indignation de Medhat ne manquait jamais de m'impressionner. Quoi qu'il en soit, j'admirais sa passion. « Où est *Sinouhé l'Égyptien* ?

– Il est épuisé.

– C'est votre devoir de le publier en tant que librairie, au lieu de remplir les étagères de substituts.

– Diwan n'est pas une maison d'édition, expliquai-je en guise d'excuse.

– Pourquoi pas ? insista-t-il. Vous devriez faire pour l'édition ce que vous avez fait pour la vente de livres.

– Vous avez peut-être raison », obtempérai-je.

Avec certaines personnes, il est plus sage de tomber d'accord que de poursuivre une conversation vouée à l'échec. Hind, Nihal et moi réfléchissions depuis des années à cette suggestion. Hind fut celle qui avait fini par mettre le holà en citant un proverbe égyptien : « Le pain, c'est l'affaire du boulanger. » Diwan est une librairie ; nous vendons des livres. Au cours des sept dernières années, nous avions ouvert quatre magasins – Zamalek en 2002, Héliopolis en 2007, Maadi en 2008 et dans l'enceinte de l'université du Caire en 2009.

Malgré sept ans d'interactions similaires avec le Dr Medhat, ses attaques me prenaient toujours un peu au dépourvu. En raison de sa dévotion justifiée pour l'Égypte ancienne, notre rayon Classiques était la cible de ses critiques les plus vives.

« Docteur Medhat, j'ai essayé de mettre dans ce rayon des ouvrages de littérature éternelle qui valent la peine d'être relus.

– Chère amie, vous connaissez sûrement l'article de Calvino sur l'avantage de se replonger dans les classiques à l'âge mûr. Il nous rappelle que la relecture des grandes œuvres est nécessaire non parce qu'elles nous enracinent dans le passé, mais parce qu'elles parlent à notre présent.

– N'est-ce pas subjectif ?

– Non, la plupart des livres sont comme les êtres. Ils vivent et meurent. En revanche, les classiques sont intemporels. Je remarque que vous y avez ajouté de célèbres titres du panthéon occidental », constata-t-il en passant en revue les étagères. Il laissa courir ses doigts sur le dos de *Gilgamesh*, l'*Illiade*, l'*Odyssée*, l'*Énéide*, *Les Contes de Canterbury*. « Et certaines de nos épopées orientales. » Il s'interrompit le temps d'examiner un volume. « *Les Mille et Une Nuits* ! Sérieusement ? Vos étagères ont du pouvoir, utilisez-le à bon escient.

– Je n'y manque pas, docteur. Je vous assure. »

Il ne m'était jamais venu à l'esprit que la place des *Mille et Une Nuits* dans mes rayonnages puisse être sujette à controverse. Ni qu'il ne s'agissait pas d'un classique. Son contenu offensait les vents dominants du conservatisme qui soufflaient sur l'Égypte. Mais tous autant que nous étions – clients, libraires, lecteurs, bouquinistes –, nous avions un rapport personnel à l'œuvre. Ce qui lui insufflait une vie qui la dépassait de beaucoup, illustrant parfaitement l'assertion de Calvino.

Qu'est-ce qui fait d'un livre un classique ? Une littérature frivole et sans prétention intellectuelle d'une époque donnée peut devenir essentielle à la suivante, celle de Dickens par exemple. Des romans d'espionnage, tels ceux d'Ian Fleming, sont publiés de nos jours comme des « classiques ». Qui décide que telle ou telle littérature est intemporelle ?

Certains chefs-d'œuvre sombrent dans l'oubli ou sont détruits, puis redécouverts dans une ère plus sensible à leurs idées ou à leur esthétique. Certains livres correspondent à leur époque mais n'ont aucun avenir – ils ont du succès et disparaissent rapidement des mémoires. Qui se souvient de Sully Prudhomme, premier lauréat du prix Nobel de littérature ?

Enfant, j'adorais *Les Mille et Une Nuits*. La plupart des lecteurs connaissent ce roman : un recueil de contes traditionnels du Moyen-Orient compilés pendant l'âge d'or de l'islam, dont le titre arabe est *Alf Layla wa Layla*. Les histoires, réunies dans un récit qui englobe tous les autres (ce qu'on appelle un récit cadre), puisent leur source dans le folklore et la littérature médiévale de Perse, d'Arabie, d'Inde et de Grèce, remontant aussi loin que le xe siècle. Dans l'histoire cadre, deux rois, Shahrayar et Shahzaman, découvrent les infidélités de leurs épouses et jurent de se venger de la gent féminine. Afin de ne plus jamais être cocufié, Shahrayar épouse une vierge par soir, la déflore et la décapite le lendemain matin. Comme vous vous en souvenez, une femme, Shéhérazade, la fille du vizir, met fin à ce bain de sang en se montrant plus astucieuse que le roi, à qui elle raconte chaque soir une histoire qui se termine par un suspense empêchant le roi de la tuer, du moins jusqu'à la nuit suivante. Mille et une nuits plus tard, le roi accorde son pardon à Shéhérazade, et ils vivent heureux jusqu'à la fin des temps.

Fatma, la nounou de mon enfance devenue cuisinière de la famille, avait un talent de conteuse. Bien qu'elle ne sache pas lire, elle avait mémorisé nombre de contes de Shéhérazade. Je ne pouvais m'endormir qu'après un épisode de Sinbad le Marin, d'Ali Baba ou d'Aladin. Dans ces années-là, une émission intitulée *Fawazir Ramadan* (*Énigmes du ramadan*) était diffusée tous les soirs à la télévision pendant le mois sacré. En 1985, le thème de la série consistait en une adaptation des *Mille et Une Nuits*, et j'étais évidemment accro. La star, Sharihène, exécutait des numéros de danse occidentale et de danse du ventre avant de présenter l'énigme du jour. *Shéhérazade*, la suite symphonique de Rimski-Korsakov, ainsi que des airs folkloriques égyptiens composaient la bande-son. Cette même suite symphonique et la chanson *Alf Layla wa Layla* d'Oum Kalthoum, qui dure une heure, m'ont accompagnée en boucle pendant que j'écrivais le livre que vous avez entre les mains.

Bref, j'étais obsédée. Shéhérazade était mon héroïne. Je m'étais promis si j'avais une fille de l'appeler ainsi. J'admirais l'autorité, l'ingéniosité du personnage. Quand j'attendis ma fille aînée, mes proches – Numéro Un, Faiza, Hind – firent tout pour me dissuader de lui donner ce prénom si ésotérique. Je cédai et choisis Zein. De nouveau enceinte un an plus tard, j'appelai ma deuxième fille Layla.

La vente de ce livre à Diwan n'était pas une mince affaire. Nous venions d'ouvrir notre dernière succursale, une grande boutique dans l'enceinte de l'université du Caire, le jour où une étudiante le demanda. J'écoutai Mahmoud, un nouvel employé, lui répondre que nous étions en rupture de stock. Connaissant parfaitement le contenu de chacune des étagères, je savais que c'était faux. J'observai la scène depuis l'une des tables du Café qui parsemaient le magasin. À chaque ouverture d'une succursale, Hind, Nihal et moi passions nos journées à surveiller le personnel et, tout aussi important, à découvrir les habitudes et besoins de nos nouveaux clients. Le cadre de l'université du Caire était bien davantage qu'un point de vente supplémentaire. C'était un symbole utopique de l'éducation accessible. Fondée en 1908, l'université était le résultat du lobbying et de la collecte de fonds d'intellectuels égyptiens pour créer une institution laïque, moderne, indépendante, la première du genre. Grâce à une dotation de la princesse Fatma Ismaïl, fille du khédive[1] Ismaïl, l'université avait d'abord accueilli les hommes, puis les femmes.

La nouvelle librairie représentait une immense ambition pour moi, un rêve réalisé. Nous avions créé notre vaisseau amiral pour combler un déficit culturel, mais il s'adressait à l'élite littéraire. Nos deux autres succursales, celles de Héliopolis et de Maadi, étaient situées dans des quartiers résidentiels où vivaient les classes aisées et moyennes qui y

1. Vice-roi.

faisaient leurs achats. Nous avions visé des adultes disposant de revenus semblables aux nôtres. Ce faisant, nous avions négligé une grande partie de la population égyptienne : les jeunes de différentes classes sociales. Il fallait que Diwan soit abordable, accessible, bien organisée afin d'avoir du succès auprès des jeunes générations. Nous devions établir une relation jusque-là inexistante.

Une nouvelle relation pétrie de contradictions. En l'honneur de l'inauguration, Minou avait conçu un sac où figurait la coupole iconique de l'université, entourée de mots inspirants calligraphiés en arabe et en anglais. L'ironie de la chose, c'était que le prix de production d'un sac était supérieur à la marge bénéficiaire d'une transaction moyenne dans la succursale du campus, où les étudiants achetaient surtout des produits au Café et de la papeterie bon marché. Quand ils faisaient l'acquisition d'un livre, il s'agissait d'un format poche le moins cher possible. Chaque sac distribué nous faisait perdre de l'argent. Hind et Nihal suggérèrent de n'en donner que pour les emplettes les plus importantes. Je refusai, de crainte que Diwan ne doive changer et ne devienne une version édulcorée d'elle-même pour survivre dans ce nouvel environnement. Si l'idée était en soi déplaisante – les quartiers huppés avaient droit au gros lot, tandis que les plus modestes n'obtenaient que la contrefaçon –, sa conséquence logique l'était davantage : Diwan, et la culture de la lecture qu'elle représentait, était une activité de classe qui ne s'épanouissait que parmi ceux qui en avaient les moyens. Je me rappelai ma conversation avec le journaliste qui avait prédit l'échec de notre entreprise avant même sa naissance : « Les Égyptiens ne lisent plus ». Si nos magasins rentables devaient compenser ceux aux résultats moins performants, Diwan deviendrait une œuvre philanthropique, non une entreprise. Minou m'avait mise en garde contre notre expansion trop rapide. Je l'avais envoyée paître. Ce qui était fait était fait.

L'étudiante qui avait demandé un exemplaire des *Nuits* tourna les talons. Comme elle se dirigeait vers la porte, je l'interceptai, me présentai, notai ses coordonnées et lui promis que Diwan prendrait contact avec elle. Je la regardai sortir de la librairie et rejoindre ses amis dans la vaste cour où nous avions accroché deux immenses peintures murales de Minou. J'étais fière de notre aménagement extérieur conçu par Nihal : des tables jaune vif avec des chaises noires placées apparemment au petit bonheur la chance étaient une invitation à s'installer. Contrairement aux sièges de notre Café de Zamalek prévus, selon les instructions de Hind, pour décourager la clientèle de s'incruster, ceux-ci étaient réellement confortables.

Je pivotai pour apostropher Mahmoud :

« *Alf Layla wa Layla* est en stock. Juste là.

– Je suis désolé de ma distraction. Je n'ai sans doute pas fait assez attention.

– Tu as un regard d'aigle.

– Je suis un bon musulman.

– Et moi une bonne libraire.

– Vous ne devriez pas le vendre.

– Tu ne devrais pas mentir.

– Vous savez que des gens veulent l'interdire. Je suis d'accord avec eux. Il y a des éléments dans ce livre que notre foi ne permet pas. Des éléments impies. »

J'avais suivi de près l'affaire qu'il évoquait. Un groupe d'avocats conservateurs se faisant appeler « Avocats sans frontières » avait saisi la justice afin de retirer de la circulation une édition populaire des *Nuits* publiée par un organisme gouvernemental et revue par l'auteur emblématique Gamal al-Ghitani. Ils voulaient la remplacer par une édition aseptisée. Ils étaient scandalisés par la sensualité du style et la glorification du vin, qu'ils estimaient dangereuses pour la jeunesse égyptienne, un prélude au péché. Mahmoud partageait leur avis. Moi pas. Je m'étais juré de garder l'édition complète dans mes rayons jusqu'à la décision du tribunal.

« Ces histoires ont été écrites à une époque où la civilisation islamique était au faîte de sa puissance. L'érudition, la conquête, la production culturelle étaient à leur apogée. Pourquoi ne peux-tu pas célébrer cela ?

– Comment est-ce possible que vous n'en voyiez pas la pornographie ? s'offusqua Mahmoud.

– Comment est-ce possible que tu n'en voies que la pornographie ? N'y a-t-il pas une différence entre la pornographie et l'art ? ripostai-je. Tes convictions te regardent ; ta réaction a fait perdre la vente d'un livre à l'entreprise. Voilà ce que tu vas faire. Attends un jour. Appelle la cliente. Dis-lui que tu l'as retrouvé. Je vérifierai dans la base de données que la transaction a bien eu lieu. Dans le cas contraire, tu sais à quoi t'attendre. »

Mahmoud n'était pas le seul à avoir cette attitude. Au cours de l'histoire, les *Nuits* avaient généré des réactions virulentes de la part de critiques réactionnaires. Certains considéraient qu'une censure modérée suffisait à masquer sa lascivité sous-jacente. D'autres interdisaient carrément l'ouvrage. Antoine Galland, l'orientaliste français, avait procédé à un exorcisme personnel des *Nuits* lorsqu'il les avait traduites pour la première édition en français au début du XVIIIe siècle. Le gouvernement américain les avait interdites grâce à la loi Comstock de 1873, adoptée pour légiférer sur la moralité publique. L'ouvrage est toujours frappé d'interdiction en Arabie Saoudite.

En Égypte, *Alf Layla wa Layla* était l'un des nombreux champs de bataille où se déroulait une guerre sur la politique de l'identité et de la culture. Tout au long du siècle dernier, les gouvernements égyptiens avaient louvoyé entre laïcité et conservatisme sans idéologie claire ou cohérente, aggravant les fractures sociales. Débats et débâcles s'étaient déployés au fil de multiples décennies entre lecteurs outrés, autorités, intellectuels et pouvoir judiciaire. En 1985, un autre groupe d'avocats conservateurs intenta un procès contre un éditeur et deux libraires qui avaient publié et vendu une version libertine d'*Alf Layla wa Layla*. Le juge déclara que le tirage serait confisqué et condamna chacun des trois coupables à une amende de cinq cents livres égyptiennes. Leur délit : ils avaient enfreint les lois antipornographiques d'Égypte et menacé le tissu moral du pays. Le juge précisa qu'il n'interdisait pas toutes les versions, uniquement celles qui contenaient plus de cent histoires détaillant l'acte sexuel. Les intellectuels égyptiens s'indignèrent de cette création d'une nouvelle dichotomie : l'islamisme contre la pornographie. À l'époque, mon père lisait régulièrement les articles du journaliste progressiste Anis Mansour, qui protestait contre le déferlement de l'islamisation dans le pays. Mon père comprenait que cette vague était inéluctable et irrépressible. Le chef du Service de la moralité au ministère de l'Intérieur décréta que le livre représentait une menace pour la jeunesse égyptienne. Niant que les histoires faisaient partie de notre patrimoine, il prétendit qu'il fallait conserver l'œuvre au musée. Sa myopie intellectuelle exaspérait ma mère, grande défenderesse des musées devant l'Éternel.

D'autres épisodes de censure se produisirent et les jugements évoluèrent. Les provocations des *Nuits* – notamment ses métaphores, ses symboles et ses abstractions sexuelles – furent oubliées pendant un certain temps. Ces images restèrent pourtant tapies dans nos esprits. Les livres continuèrent d'être des champs de bataille, même quand l'objet des luttes changeait. Les premières objections avaient des causes politiques et religieuses, puis le sexe devint une cible. Quelle que soit la justification invoquée – sexualité, politique, religion –, l'opinion réactionnaire avait tendance à l'emporter. En 2010, toutefois, des mois après l'échange avec l'étudiante, la littérature triompha. Non que le jugement sur la place du livre dans le rayon Classiques de Diwan soit incontesté. Le Dr Medhat avait plus de partisans que je ne l'imaginais.

Certains d'entre eux, dont des étudiants de l'université du Caire, ne trouvaient pas l'œuvre assez littéraire pour être qualifiée de classique. Je leur rappelais que ces contes avaient inspiré des trésors du panthéon de la littérature, rangés dans les mêmes rayonnages. Le *Décaméron* de Boccace. *Les Contes de Canterbury* de Chaucer. *L'Heptaméron* de Marguerite de Navarre. Dans *Candide*, Voltaire fait référence à Sinbad. Et qui peut oublier le poème de Tennyson, *Recollections of the Arabian Nights*, ou *The Thousand-and-Second Tale of Scheherazade*[1] d'Edgar Allan Poe ? Il est difficile de lire Borges sans en entendre des échos. *Donazadiade*, la novella de John Barth, *Les Enfants de Minuit* de Salman Rushdie, même le *Misery* de Stephen King, dont le protagoniste est forcé d'écrire un roman sous peine de mort, rappellent la situation désespérée de Shéhérazade.

Cette liste impressionnante ne suffisait pas à convaincre les clients sceptiques quant à l'intérêt du

1. Littéralement : *Le Mille et Deuxième Conte de Shéhérazade.*

livre. Je me mis en quête de différentes éditions des *Nuits*, à la recherche des changements, transformations et mutations apportés au texte. Je savais que ce ne serait pas facile. Ces histoires avaient été transmises oralement avec une aisance qui garantissait leur survie au fil des générations en même temps qu'elle la menaçait. Je savais exactement où commencer : mon libraire préféré, Hag Mustafa Sadek. Quand j'allai le voir à son stand du marché du livre d'occasion de Sour El-Ezbekiya, il me proposa de venir à son véritable magasin un vendredi, après la prière de la mi-journée. J'attendis qu'un nombre approprié de vendredis s'écoule après notre conversation pour qu'il ait le temps de faire sa prospection. Hag Mustafa avait hérité de l'affaire familiale, laquelle comprenait la librairie, l'entrepôt et le stand de son arrière-grand-père. Mustafa et ses confrères bouquinistes de Suur El-Ezbekiya vendaient sur ce marché alternatif, antithèse des éditeurs publics et des librairies en faillite de l'époque. Leur réseau informel, diffus, qui échappait à la réglementation et à la surveillance, était d'une efficacité bien supérieure au système déficient organisé par les fonctionnaires. Mustafa et ses collègues pouvaient tout retrouver pour peu qu'on y mette le prix.

Hag Mustafa avait des yeux couleur de miel et des dents blanches comme du lait. C'était un homme jovial, toujours vêtu d'une saharienne des années quatre-vingt. Il me donnait le titre honorifique de *doktora*. Je descendis l'escalier raide menant à son magasin, une caverne remplie de livres.

Quelques-uns étaient posés sur des étagères, mais la plupart étaient empilés sur le sol en colonnes chancelantes, étiquetées avec des bouts de papier. Comme à l'ordinaire, il m'offrit une tasse de café turc bien serré. Il chercha mon trophée dans les tas accumulés sur son bureau avec un plaisir manifeste. En fin de compte, il brandit un vieux volume à couverture en carton usé, taché et perforé. Je sus tout de suite qu'il s'agissait d'une édition rare de 1892 publiée par Matba'at Boulaq, première imprimerie d'Égypte fondée par Mohamed Ali Pacha en 1820. Hag Mustafa savait reconnaître un trésor : « C'est un morceau d'histoire, les trous n'y changent rien.

– Hag, tu es un chef ! »

D'habitude, je mesurais soigneusement mes réactions face à Mustafa, car je savais qu'il étudiait les expressions de ses clients pour les amener à desserrer un peu plus largement les cordons de leur bourse. Mais mes meilleurs efforts pour garder un visage impassible ne dupaient pas ce commerçant aguerri. D'autant que j'étais cette fois trop enthousiaste pour me ressaisir.

« Mets-le au congélateur. Ça tuera ce qui reste de parasites, reprit Mustafa. Négocions à présent. Sois gentille. »

Il jouait à être la proie, sachant parfaitement qu'il était le prédateur.

L'édition Matba'at Boulaq de Mustafa commence par la juxtaposition de la foi et de la sexualité, une cause susceptible de provoquer l'animosité des conservateurs. Les strophes de l'introduction invoquent Allah, comme les poètes occidentaux pourraient invoquer Dieu. Le nom d'Allah figure en bonne place à côté de l'impressionnant catalogue traitant de sexualité, d'éros et d'adultère. Le recueil transgresse les frontières des races, des classes sociales, ou de la bienséance. Nombre des idées sous-jacentes n'en sont pas moins normatives et conventionnelles, tel le cliché sur la sexualité féminine vue comme une menace. Tout au long du texte, le désir féminin doit être contrôlé, maîtrisé, exploité comme un instrument au service du plaisir masculin. Hommes pieux, femmes vertueuses, guerriers courageux, vierges, démons et catins connaissent tous une fin correspondant à leurs actes. Certaines versions modernes ont recours à des euphémismes ampoulés, une tentative d'échapper à la censure à laquelle de plus anciennes variantes indécentes avaient été confrontées. Dans ces éditions, le vocabulaire sexuel est expurgé de la moindre allusion charnelle. Les rapports physiques sont décrits d'une manière impersonnelle. Après le coït, les amants reprennent leurs relations comme s'ils avaient échangé des saluts courtois au lieu de fluides corporels. Rien n'a de réalité : c'est métaphorique, allégorique, fantasmatique. Pourtant, même ces versions expurgées sont condamnées par des commentateurs réactionnaires. Elles sont coupables par association.

Après Hag Mustafa, ma prochaine étape fut Hag Madbuli, un marchand de journaux devenu libraire puis éditeur. L'illustre entrepreneur gérait magistralement ses relations avec la censure gouvernementale. Il sévissait depuis toujours. Ma mère se souvenait qu'elle le voyait l'été sur la plage Montazah à Alexandrie, dans les années soixante, portant une *galabeya* blanche et un pardessus beige. Des livres entourés d'une courroie en cuir dans les bras, il criait : « *Livres nouveaux** ! » Il avait fini par abandonner le kiosque à journaux en bois de son père et avait ouvert avec son frère un magasin sur la place Talaat Harb au Caire. Bien qu'illettré, c'était l'un des hommes les plus malins du métier. Il avait commencé son activité d'édition à la fin des années soixante-dix en enrôlant des étudiants en langues étrangères. En échange de crédit dans son établissement, ils traduisaient des textes qu'il publiait et vendait à des prix défiant toute concurrence. Quand j'étais étudiante en 1990, il m'avait permis d'accéder à la littérature interdite. Entre deux cours, je quittais le campus, traversais la place Tahrir et empruntais la rue Talaat-Harb jusqu'à son magasin. Tout le monde savait que si on ne trouvait pas un livre, Hag Madbuli l'avait. Je lui avais acheté les œuvres de féministes égyptiennes telle Nawal El Saadawi, ainsi que la plupart des titres bannis du moment. Le bruit courait que même pendant la célèbre l'affaire judiciaire de 1985, Hag Madbuli vendait des exemplaires d'*Alf Layla wa Layla*. Plus tard, il fournit à Diwan les ouvrages qu'il publiait. Il était habitué aux plaisanteries pleines d'esprit d'Amir et à ses grosses commandes. Aussi étonné qu'il ait été par ma visite et ma quête singulière de ce jour-là, il fut à la hauteur. Je repartis de son magasin triomphante, avec une version en arabe non expurgée dans un sac en plastique noir, comme une cliente qui cacherait un paquet de serviettes hygiéniques au sortir d'une pharmacie.

L'édition en question contenait un autre sujet de controverse : elle mélangeait le *Fus'ha*, l'arabe littéraire, et l'*Amiyya*, l'arabe dialectal. Les « vrais » classiques ne pouvaient être écrits qu'en *Fus'ha*, la langue du Coran. Or, dans cette édition, les passages sur les rapports sexuels décrits en arabe dialectal se mêlaient à des considérations didactiques en *Fus'ha*. Même si la frontière entre la langue « châtiée », reliée à de nobles actions, et celle de la langue « vulgaire », pour des actes terre à terre, était clairement délimitée, les deux se côtoyaient dans une proximité trop dangereusement proche au goût de certains.

D'autres lecteurs, en particulier les jeunes, connaissaient les contes par le biais d'adaptations plus commerciales, comme la version Disney d'Aladin. *Alf Layla wa Layla*, dans ses itérations modernes, avait suivi deux trajectoires parallèles : une littérature jeunesse et une littérature pour adultes avec un A majuscule. Cette polarisation consolida davantage les suppositions des gens. Soit le livre était pour les enfants, soit il ne devait pas être mis entre toutes les mains.

Une autre épopée égyptienne, *al-Seera al Hilaliya*[1], occupe une place plus prestigieuse dans notre imaginaire culturel, même si ses origines ne diffèrent pas beaucoup de celles des *Mille et Une Nuits*. Ce poème épique d'amour et de guerre n'a été publié que récemment, alors qu'il enchantait les Égyptiens depuis six siècles. Transmis oralement par des bardes qui sillonnaient les villages de Haute et Basse-Égypte et accompagnaient leurs récits à la *rababa*, une lyre en bois à deux cordes. Il fallait parfois jusqu'à sept mois pour le déclamer en entier. Ces conteurs, qui tenaient leur art de leur père et de leur grand-père, adaptaient le récit à leur public, et la fin dépendait du lieu où il était conté – à l'est ou à l'ouest du Nil. *Al-sira al-hilaliya* a survécu en partie grâce à son accessibilité et à son caractère inclusif – tout le monde peut l'écouter. Dans aucune des versions qu'il m'a été donné de voir je n'ai trouvé la moindre scène de sexe.

À certains égards, on estime qu'*al-Seera* est l'équivalent égyptien de l'*Iliade* et l'*Odyssée*. Peut-être à cause du sujet traité. À l'instar d'Homère, les conteurs anonymes de la *Sira* décrivent des épopées sur la guerre et le pouvoir. Bien sûr, quiconque a lu l'*Illiade* sait que le texte regorge aussi de chagrins personnels et d'intrigues matrimoniales. Et l'*Odyssée* célèbre les choses du cœur par le truchement de Pénélope et de son indéfectible

1. Ou l'épopée des Bani Hilal : récit de la migration d'une tribu des Bédouins de la péninsule Arabique à l'Afrique du Nord au Xe siècle.

loyauté pendant l'absence de son mari, ou d'Ulysse lors de sa liaison avec la magnifique nymphe Calypso. En revanche, on considère *Les Mille et Une Nuits* comme un recueil captivant, bien que populaire, de contes fantastiques. Pour moi, ces ouvrages ne sont pas vraiment différents. La ruse de Pénélope, qui tisse un linceul pour le père de son mari et le défait secrètement la nuit, ressemble à celle de Shéhérazade – les deux femmes déjouent les plans démoniaques d'hommes insatiables en tissant leur toile au sens propre comme figuré.

La réputation d'immoralité des *Nuits* éclipse toutes ses autres qualités. Aux yeux des critiques conservateurs, l'érotisme du sujet exprime les plus bas instincts des êtres humains. D'autres hypersexualisent le texte avec des objectifs différents en tête. Je le compris le soir où, en route pour chez moi, je m'arrêtai à Zamalek, après être passée à Héliopolis et à Maadi. Je déambulais entre les rayonnages, me rappelant le bonheur simple de ranger et trier les livres pendant ces débuts. C'était une forme de méditation, encore une tâche pour laquelle le temps me manquait. À chaque nouvelle succursale, Hind, Nihal et moi nous retrouvions dans la situation épineuse d'un parent avec un nouveau-né : comment partager équitablement son temps et son attention entre les membres d'une famille qui s'agrandit ? Nous avions repéré une tendance. Les nouveaux magasins réduisaient les ventes des existants, sans jamais les surpasser. Laissés sans surveillance, les anciens magasins commençaient à se dégrader : étalages, performances des employés, gestion globale basculaient dans le désordre. Malgré nos efforts concertés pour nous répartir entre Zamalek, Héliopolis, Maadi, l'université du Caire et les boutiques des centres commerciaux Carrefour City de Maadi et d'Alexandrie afin de soutenir et diriger le personnel, trouver un équilibre se révélait impossible. Les employés des anciennes librairies se plaignaient parce qu'on mettait les nouveautés dans les dernières-nées, qui, elles, attribuaient leurs mauvaises ventes à l'insuffisance de leurs stocks. Chacune s'estimait victime d'un système injuste qui privilégiait ses rivales. Personne ne prenait la responsabilité de quoi que ce soit ni ne tenait compte du paysage économique qui les entourait.

Néanmoins, la courbe générale des ventes gardait le cap. Le système fonctionnait du fait de notre investissement personnel. Dès que nous cessions de nous occuper d'une succursale ou la négligions, les choses cédaient à la loi de la pesanteur à une vitesse insensée. Étant nulle en maths, je mis longtemps à comprendre que le problème résidait dans la nature même de notre gestion. Notre activité commerciale intense, exigeant une main-d'œuvre de qualité, ne lésinait pas sur les moyens, ce qui engendrait des frais généraux exorbitants. Ceux-ci augmentaient à un rythme que les ventes n'atteindraient jamais.

Debout dans la librairie de Zamalek, je passais en revue les livres empilés sur les tables lorsqu'un homme distingué d'un certain âge m'aborda. Il portait un *taub*, la longue tunique blanche des Arabes du Golfe, et un keffieh rouge et blanc, un étalage ostentatoire pour masquer une tentative vulgaire de paraître plus jeune. Il me demanda les nouveautés en arabe ; après lui avoir fait quelques recommandations, j'enrôlai Ahmed, mon meilleur libraire, qui passait désormais son temps entre les magasins pour former les nouveaux employés. Je battis en retraite du côté de mes rangements en cours et, au bout d'un moment, le client s'approcha de nouveau pour me demander quel était mon classique préféré de la littérature arabe. Sans réfléchir, je répondis : « *Alf Layla wa Layla.* » Il pria Ahmed de l'ajouter à sa sélection.

« Vous, les Égyptiennes, vous êtes une force qu'il ne faut pas sous-estimer. Ahmed m'a dit que vous étiez l'une des propriétaires de Diwan.

– Effectivement.

– Ce ne doit pas être facile de gérer une entreprise pareille.

– Il y a des hauts et des bas.

– Un jour, les femmes de mon pays ressembleront aux femmes du vôtre.

– Je n'en doute pas. Bonne fin de visite. N'hésitez surtout pas à faire appel à Ahmed ou à moi si vous avez besoin de quoi que ce soit d'autre. »

Je retournai vaquer à mes occupations. Après le départ du client chargé de ses livres, Ahmed me rejoignit et me remit un bout de papier.

« Il m'a demandé de vous donner ceci », expliqua-t-il, non sans hésitation.

Je le remerciai. Il attendit que je le lise. S'agissait-il d'une réclamation ? Je dépliai le billet. Un mot griffonné en arabe était écrit au-dessus de quatre chiffres. Ahmed, de très grande taille, pouvait tout voir par-dessus mon épaule. Je fixai le gribouillis, essayant de le déchiffrer.

« C'est le numéro de sa chambre d'hôtel », marmonna Ahmed.

Je sentis des picotements sur mon cuir chevelu. Ahmed tourna ses paumes en un geste d'apaisement.

« Ce fils de pute ! sifflai-je, déchirant le bout de papier en mille morceaux. Si tes collègues t'interrogent, tu diras que c'était un message de félicitations.

– Bien sûr », acquiesça-t-il, les yeux rivés au sol.

Ce soir-là, tandis que je rentrais chez moi en voiture, je regardais le chaos de la circulation dans un état d'hébétude. Sans se laisser décourager par mon absence de réaction, Samir bavardait, résumant avec gaieté les événements et observations de sa journée. Moi, je repassais dans ma tête le dialogue avec le client. Quelque chose dans mon comportement devait l'avoir encouragé. Citer *Alf Layla wa Layla* comme l'un de mes livres préférés avait été une erreur. Cela avait sans doute eu un double sens. Il était plus facile de m'en vouloir à moi-même plutôt que d'essayer de comprendre un geste aussi présomptueux. Il devait être coutumier du fait : entrer dans une boutique et laisser son numéro de chambre, convaincu d'être irrésistible. Qu'il s'arroge ce droit me mettait hors de moi. J'étais surtout furieuse qu'il ne m'ait pas laissé la possibilité de répondre, sinon dans mon for intérieur.

Vers cette époque, je commençai à soupçonner Dïwan d'avoir développé une personnalité capable de s'affranchir des plans que Hind, Nihal et moi avions pour elle. Je sais que cela semble dingue, mais je croyais vraiment que la librairie avait ses idées et qu'elle était susceptible d'accepter ou de rejeter les nôtres. Nos innovations numériques lui posaient problème. Nous lui avions créé un site Internet, et cela marchait plutôt correctement. En revanche, nos tentatives de proposer des applications et de ventes d'e-books échouèrent lamentablement. Nous n'étions fidèles ni au projet initial ni à nous-mêmes (et sérieusement mises au défi en matière de technologie) : nous étions adeptes des magasins traditionnels, de la civilisation du papier et de l'encre. Dix ans plus tôt, des spécialistes du secteur avaient prédit la mort du livre physique. Aujourd'hui, ces mêmes experts se félicitent du retour des libraires indépendants. Même si tout, de la production jusqu'à la vente, à l'exception de l'objet lui-même, est devenu électronique, le papier et l'encre subsistent.

« Vos rayons ont du pouvoir, utilisez-le à bon escient » : l'injonction du Dr Medhat lors de notre dernier échange m'incita à examiner le rayon Classiques proposé par Hind. Si les épopées embrassant les époques dominaient la mienne, la sienne proposait surtout de la poésie.

Sa collection s'étendait sur plusieurs siècles, de la période *Jahiliyya* (préislamique) en passant par les débuts de la période islamique, jusqu'à l'âge d'or de l'islam (du VIIIe au XIVe siècle), qui correspondait à l'âge des ténèbres en Europe. Je demandai à Hind pourquoi presque aucun classique en prose n'y figurait.

« Il ne s'agit pas d'un catalogue exhaustif des chefs-d'œuvre de la civilisation islamique. Bien sûr, il y a eu des textes écrits en prose sous forme de traités et de pamphlets, mais ils étaient plus scientifiques que littéraires. »

Elle passa à l'étagère suivante. « Puis ça a été la renaissance littéraire égyptienne des années 1800 lorsque la traduction depuis l'arabe, et vers l'arabe, s'est emballé. Et la fin du XIXe siècle a marqué l'essor des presses d'imprimerie arabes, s'adressant à un public plus vaste et aux goûts plus variés. Des traditions autochtones se sont mélangées à de nouvelles formes occidentales, comme le théâtre et le roman. » Hind laissa courir ses mains le long du rayonnage. « À la fin du XIXe siècle, un autre mouvement en faveur de la poésie a été initié par Ahmed Chawqi, le prince des poètes, qui a incarné l'ère néoclassique…

– La poésie, ce n'est pas mon fort, l'interrompis-je en lui faisant signe d'avancer.

– Mais si, voyons. C'est le *Fus'ha* qui te rebute, poursuivit-elle avant que je ne puisse protester. Tu adores les chansons d'Oum Kalthoum. Les plus merveilleux poètes du XXe siècle ont rivalisé pour composer ses paroles. Voilà pourquoi les gens s'en souviennent encore, même si ses airs datent de plus de soixante-dix ans. C'est de la poésie mise en musique.

Pendant la formation des employés au service clients, passer en revue le rayon Classiques de Hind n'était pas vraiment nécessaire. La plupart avaient étudié les poètes arabes en classe. Le programme des écoles publiques, depuis la jeunesse de mon père dans les années trente jusqu'à nos jours, comprend beaucoup de poésie arabe. Sa rigueur, ses formes, sa métrique illustrent les règles de grammaire et la syntaxe. Les élèves doivent apprendre par cœur et citer des centaines de strophes, les contextualiser à la manière d'un manuel scolaire. Les opinions indépendantes et interprétations personnelles sont malvenues. Loin d'être un art, la poésie est un exercice et un mode d'éducation. En théorie, ce programme promet de faire apprécier la langue. En pratique, il crée des élèves réticents qui prennent en grippe la poésie conventionnelle, à l'instar de la poétesse Marianne Moore.

Dans la deuxième moitié du XXe siècle, alors que les mouvements religieux conservateurs se généralisaient, des changements subtils se produisirent dans le curriculum scolaire. Les cours non religieux intégrèrent davantage de phrases coraniques comme exemples de la langue arabe. On accorda moins d'attention à la littérature arabe, plus souple tant dans l'expression que dans la forme.

Fus'ha est la langue du Coran, une langue morte rarement employée au quotidien. Elle est conservée, figée dans le temps par Al-Azhar, l'une des plus anciennes universités islamiques du monde, fondée en 970 après J.-C. et centre d'enseignement pour les musulmans sunnites. Au début du XXe siècle, Salama Musa, journaliste partisan de la laïcité et du socialisme, avait fait pression pour que la langue officielle passe du *Fus'ha* (l'arabe littéraire) à l'*Amiyya* (l'arabe dialectal). Il voulait rendre la langue écrite plus accessible aux masses. Son initiative avait même été soutenue par des membres de l'Institut de la langue arabe, créé par décret royal en 1932 dans le but de préserver et d'étudier la langue. Al-Azhar, soucieuse de défendre le caractère sacré de la langue et la source de son pouvoir, avait mené une lutte à mort contre cette initiative.

Les classiques de Hind n'étaient pas tous des poèmes. Son rayon présentait aussi les grands auteurs des œuvres égyptiennes en prose du XXe siècle : Ihsan Abdel Koddous, Tawfiq al-Hakim, Yahya Haqqi, Taha Hussein, Youssef Idriss, Soheir al-Qalamawi, Naguib Mahfouz, Youssef al-Sebai et Latifa al-Zayyat. Étudiante, j'avais lu leurs romans et leurs nouvelles écrites en une version plus libre de l'arabe littéraire. Loin d'être vernaculaire, leur langue était cependant bien moins rigide – leur écart par rapport aux conventions ouvrit la voie à de futures expérimentations.

Parmi ces écrivains, certains s'étaient fait un nom dans l'université où nous avions un point de vente, comme Taha Hussein (1889-1973). Né dans une famille de la petite bourgeoisie, il était le septième d'une fratrie de treize enfants. Très jeune, il avait contracté une infection oculaire qui, faute de traitements médicaux adéquats, l'avait laissé aveugle. On l'avait envoyé dans une *kuttab*, une école où les enfants apprenaient à lire, à écrire, et étudiaient le Coran. Il était ensuite entré à l'université Al-Azhar, l'institut de théologie, où il s'était heurté à l'administration conservatrice. Malgré sa cécité et sa pauvreté, il avait été accepté par la suite à l'université du Caire, où il avait obtenu son premier doctorat avant de devenir professeur. Comme le Dr Medhat, Hussein était un adepte du pharaonisme, une idéologie qui dissociait l'Égypte de l'histoire arabe, dont les tenants croyaient que la véritable renaissance du pays ne pourrait survenir qu'à condition de réhabiliter l'héritage préislamique. Bien qu'il soit l'auteur de nombreux romans, de nouvelles et d'essais, il est surtout connu pour son ouvrage de critique littéraire de 1926, *De la poésie préislamique*, où il contestait les idées dominantes sur la poésie et posait des questions subtiles sur le Coran en tant que texte historique. Al-Azhar, son ancien établissement, fit pression pour une action en justice. Le procureur, prenant en compte la tolérance du climat culturel, refusa. Le livre de Hussein fut provisoirement interdit jusqu'à la publication l'année suivante d'une version modifiée, intitulée *De la littérature préislamique*. Hussein perdit son poste à l'université du Caire en 1931, mais il fut nommé en

1950 ministre de l'Éducation. Il préconisa l'accès à l'éducation gratuite pour tous. Entre 1949 et 1965, il fut nommé à quatorze reprises pour le prix Nobel de littérature.

L'histoire se répète avec des conséquences différentes. Soixante-neuf ans plus tard, en 1995, Nasr Hamid Abu Zayd, un professeur de l'université du Caire, publia *Critique du discours religieux*, qui provoqua la colère de ses collègues islamiques plus conservateurs, dont l'un le dénonça dans un sermon à la mosquée ʻAmr ibn Al-ʻAs. Des procès lui furent intentés, l'accusant d'apostasie. Après des années de tourmente judiciaire, sa femme et lui s'exilèrent à Leiden, aux Pays-Bas. Je l'ai rencontré en 1999 lors d'une conférence à l'université d'Oxford, intitulée, non sans pertinence, « Repenser l'islam ». Il me demanda si je retournais au Caire. J'acquiesçai. « Dites à la ville qu'elle me manque », enchaîna-t-il. Une fois que suffisamment de temps se fut écoulé et que les accusations contre lui eurent sombré dans l'oubli, il rentra dans sa patrie, où il mourut en 2010, la même année où, dans un cas d'injustice poétique, *Alf Layla wa Layla* fut confrontée à la possibilité d'une nouvelle interdiction.

Le Dr Medhat avait raison. Comme les langues, les livres vivent et meurent. Les œuvres de littérature classique continuent d'être inaccessibles à la plupart des Égyptiens. Si des traductions de ces textes se multiplient dans le monde, les lecteurs du Moyen-Orient sont rares, à cause du niveau d'analphabétisme et de l'inaccessibilité de la langue. On ne les réécrit pas en arabe dialectal. Nos rapports au passé sont tendus et souvent superficiels, notamment parce que les portes de l'histoire sont verrouillées. Et je n'étais pas sûre qu'une librairie, voire quatre, puisse les forcer.

« C'est tout simplement scandaleux !

– Pardon ? »

Je me retournai pour faire face à *Doktora* Ibtisam, l'une des plus désagréables clientes de Diwan, qui avait migré de Zamalek à la succursale de l'université du Caire, où elle était professeure. En arabe littéral, son nom signifie « sourire » – aucun ne se dessinait jamais sur ses lèvres, et elle ne donnait à personne envie de lui en adresser un.

« Qu'est-ce qui vous contrarie aujourd'hui, *Doktora* ? demanda Hind avec une amabilité forcée.

– Je n'arrive pas à croire que vos livres soient aussi chers ! Les librairies comme la vôtre rendent les éditeurs cupides. Ils fixent les prix de ces livres bien au-delà de ce que la majorité des gens peuvent se permettre. Tous les lecteurs n'ont pas les poches cousues d'or tels vos fans de Zamalek et de Maadi.

– J'aurais pensé que vous, en tant que professeure de littérature, vous seriez en faveur d'un investissement dans la nôtre et dans notre culture.

– Ce n'est pas un investissement, c'est de l'arnaque. Comment pouvez-vous promouvoir la lecture si personne ne peut se payer vos livres ?

– Ne connaissant pas aussi bien la littérature arabe que vous, poursuivit Hind avec une humilité sincère, je ne vais pas parler en tant que lectrice mais en tant que libraire. Quand j'ai commencé à organiser les rayonnages de Zamalek, nous n'avions que de vieilles éditions qui pourrissaient dans des entrepôts. Vous vous souvenez ? Papier horrible, taches d'encre, couvertures affreuses, sans dos, pages reliées par des agrafes rouillées. Même si elles ne coûtaient que quelques livres égyptiennes, on ne les lisait pas beaucoup. À présent, moins de dix ans plus tard, les éditeurs indépendants attirent un flot de clients qui apprécient la qualité et sont prêts à dépenser pour l'obtenir. Ces éditeurs ont acheté les droits disponibles. Ils ont réimprimé tout ce qui était tombé dans le domaine public. Regardez les reliures, la composition impeccable des caractères, les jolies jaquettes. Les œuvres complètes de Naguib Mahfouz ont été publiées en plusieurs volumes, chacun constituant une magnifique contribution à toute bibliothèque. Les grands écrivains ne sont pas seulement lus, ils sont chéris et relus, transmis aux générations suivantes. L'investissement dans la qualité n'empêche pas les gens de lire ni d'acheter des livres. Combien de librairies se sont ouvertes depuis Diwan ? Combien de nouvelles maisons d'édition ?

– Eh bien, je veux un rabais sur ce livre, dit Mme Ibtisam, désignant un volume de poèmes soufis qui venait de paraître.

– Comme vous le savez, ce n'est pas la politique de Diwan d'accorder des remises. Je vous suggère de vous rendre dans une bibliothèque. »

Au début des années 2000, tandis que les maisons d'édition existantes se développaient et que des nouvelles élaboraient leur catalogue, elles dépassèrent le stade des réimpressions et se mirent à publier une plus grande variété de littérature moderne arabe. Il y eut un regain d'intérêt pour les écrivains égyptiens, dont beaucoup avaient été reconnus dans les années quatre-vingt et quatre-vingt-dix, mais qui n'obtinrent que récemment toute leur place : Ibrahim Abdel Meguid, Radwa Ashour, Ibrahim Aslan, Salwa Bakr, Gamal al-Ghitani, Sonallah Ibrahim, Mohamed Mansi Qandil, Edwar al-Kharrat, Abdel Hakim Qasim et Bahaa Taher, pour n'en citer que quelques-uns. Loin de se contenter de ce qui était égyptien et disponible localement, Hind avait cherché et stocké d'autres auteurs arabes encensés par la critique, comme Hoda Barakat (Liban), Mohamed Choukri (Maroc), Rabee Jaber (Liban), Sahar Khalifa (Palestine), Abdelrahman Munif (Arabie Saoudite) et Tayeb Salih (Soudan), qui figurèrent sur nos listes de meilleures ventes. Avant Diwan, les lecteurs égyptiens ne pouvaient se procurer ces ouvrages que pendant le Salon international du livre du Caire, où les éditeurs arabes présentaient leurs écrivains à succès. Qui sinon étaient ensevelis sous les gravats des circuits de distribution défaillants. Ayant trouvé leurs éditeurs, Hind importa leurs œuvres de l'ensemble du monde arabe. À la fois fière de ma sœur et un peu jalouse, je me promis de chercher les traductions anglaises de ses romans. Hind n'avait pas mon esprit de compétition, elle tenait avant tout à faire découvrir aux bons lecteurs de bons écrivains.

Moins de deux ans après son ouverture, les mauvaises ventes, l'augmentation du loyer et des frais généraux nous obligèrent à fermer notre magasin de l'université du Caire. Sans doute y avait-il du vrai dans les griefs de *Doktora* Ibtisam. Ma vision utopique de l'emplacement s'était heurtée à la cruauté de la réalité : les étudiants désiraient simplement un lieu où traîner. Les bénéfices du Café dépassaient de loin ceux de la librairie.

Voir grand ou renoncer, c'était la devise de Hind. En l'occurrence, il fallut renoncer. Le jour du départ, la stoïque Nihal surveilla l'équipe d'agents d'entretien qui mit les livres dans des cartons, démonta les étagères, les éclairages et la partie Café. Le tout serait entreposé puis expédié dans notre future succursale, notre prochaine tentative. Après avoir fait disparaître toute trace de Diwan du local, Nihal remit les clés à l'administration du campus. Je fus incapable de l'accompagner. Elle me rappela que savoir c'était pouvoir, que nous avions appris de nos erreurs. La perception des attentes et des refus de la clientèle nous permettrait d'avancer. Je lui répondis que la leçon nous avait coûté cher.

Hind m'encouragea à prendre du recul. Je réfléchis aux faits essentiels, à la situation d'ensemble. Je me remémorai que nous avions créé Diwan dans une culture où les gens avaient cessé de lire. Notre système éducatif prônait l'apprentissage par cœur et décourageait la liberté de pensée. S'il restait de l'argent pour les loisirs, les gens ne le consacraient pas à l'achat de livres. Ceux qui le pouvaient et le faisaient, comme Hind et moi, avaient fréquenté des écoles où l'enseignement était donné en langue étrangère, ce qui coupait les élèves de leur langue maternelle. Les lecteurs étaient perdants à tous les niveaux. La production culturelle était dans un état d'atrophie. Pourtant, contre toute attente, un changement était survenu. Des lueurs d'espoir.

Notre vaisseau amiral était devenu un point de repère de Zamalek. La librairie de Héliopolis marchait correctement. Celle de Maadi battait un peu de l'aile, mais je savais que l'échec était une facette normale et nécessaire de toute expérience. On pouvait compter sur la rentabilité de nos points de vente des centres commerciaux Carrefour City. Nous nous développions dans des lieux touristiques : l'hôtel Marriott de Zamalek et la galerie marchande de Hurghada sur la mer Rouge. Les mois d'été, Diwan suivait les Égyptiens qui migraient sur la côte et créait une succursale éphémère au bord de la Méditerranée. Tout n'était peut-être pas perdu.

Puis notre compte créditeur vira au rouge, une situation inédite pour nous. Nous étions dans les affres d'une récession mondiale. J'avais conscience de faire partie d'une économie internationale : même si je ne pouvais vraiment le voir, son impact sur nos ventes le prouvait. Confrontés à une baisse de revenus, les gens avaient peur de l'avenir et s'efforçaient d'économiser les ressources en leur possession. Le budget loisirs passait dans les comptes épargne et les factures mensuelles. Nous cherchâmes de nouvelles sources de revenus pour compenser l'anémie des ventes. Le Caire est une ville qui livre : pharmacies, boucheries et même McDonald's. Les livreurs font également office d'acheteurs pour particuliers : ils prennent un paquet de cigarettes ou autre chose dans une boutique en cours de route. Je décidai de lancer un service de livraison pour nos librairies. Minou conçut un nouveau sac et des marque-pages assortis pour l'occasion. Afin de promouvoir cette initiative pendant le déroulement de la paperasserie administrative, j'exposai dans la vitrine de Zamalek l'une des motos de livraison que Minou avait imprimée sur ses sacs avec des motifs stylisés.

Nous avons commencé à chercher des solutions pour réduire les coûts. Les sacs Diwan. Nous ne pouvions vraiment plus nous permettre de les produire et de les donner gratuitement. Je ne supportais pas l'idée de nous priver d'un autre petit plaisir au nom de la rentabilité. Quand je finis néanmoins par aborder le sujet avec Minou, elle me prévint que la suppression des sacs serait une erreur que je regretterais pendant des années. Cela ne m'empêcha pas de le faire et de lui dire d'aller se faire foutre. Minou avait raison – comme toujours. À ce jour, elle ne m'a pas pardonné, et je ne me suis jamais pardonné. Dans ma tête, le développement de Diwan était lié à la marque et je craignais qu'en cessant de produire des sacs nous ne signalions que nous battions en retraite. Nos sacs voyageaient partout ; leur bonne qualité garantissait une vie plus longue que les objets qu'ils transportaient ; ils étaient devenus des classiques à part entière. Comme les *Nuits* me l'avaient enseigné, tous les classiques ne survivent pas, et ceux qui y parviennent subissent parfois une réincarnation qui transforme leur essence même. J'observais la transformation de Diwan : celle d'un établissement assez petit pour être contrôlable en une entreprise bien plus lourde à gérer. Si le premier point de vente que nous perdîmes fut celui de l'université du Caire, ce ne serait pas le dernier. Au demeurant, je savais que nous survivrions, ne serait-ce qu'en nous réinventant.

« Docteur Medhat, j'ai réfléchi à ce que vous avez dit, essayai-je d'intervenir.

– Ta sœur a au moins le bon sens de ne pas inclure *Alf Layla wa Layla*, fulmina-t-il avant de s'éloigner.

– Ne vous inquiétez pas, il reviendra », affirma Ahmed.

Les bras chargés de livres, il suivit des yeux le Dr Medhat, qui se dirigea vers la sortie et disparut de notre vue.

7

Art et Design

« Cela vous surprendra peut-être, mais *The Fireplace Book*[1] de Miranda Innes est l'un des titres que je vends le mieux au Moyen-Orient, m'informa Stephen, un représentant de l'éditeur d'art Thames & Hudson.

– C'est l'une des régions du monde où il fait le plus chaud. Pourquoi diable commander – ou acheter – un livre sur les cheminées ? ironisai-je.

– N'avez-vous pas vendu assez de livres pour savoir que vous vendez bien plus que des livres ? »

Il embrassa du geste notre environnement comme pour enrôler le témoignage des ouvrages. Nous nous tenions au milieu du rayon Art et Design de Diwan à Mohandessin, le dernier magasin en date. « Vous vendez une image, un style de vie chic, une réalité parallèle. »

1. *Le Livre des cheminées*, Miranda Innes. Non traduit en français.

Nous avions créé ce rayon pour rassembler des livres sur l'esthétique qui étaient d'un format supérieur aux romans ou aux documents habituels. Une nouvelle catégorie qui s'était rapidement subdivisée en sous-rayons comprenant l'art et les artistes, l'architecture, la décoration d'intérieur, le design, la photographie. Nous étions bien loin des débuts de Diwan, quand nous ne vendions que quelques livres d'art et de design en anglais et en arabe, publiés localement et tous axés sur le patrimoine de l'Égypte ancienne ou islamique. Ils se vendaient plutôt bien, en raison sans doute de leur sujet traditionnel ; nous les rangions au rayon Essentiels d'Égypte. La nouvelle partie consacrée à l'art et au design correspondait à l'intérêt mondial croissant pour l'art de la région. Un plus grand nombre de galeries d'art moderne s'étaient ouvertes au Caire. Sotheby's et Christie's, désormais installés à Dubaï, organisaient des enchères saisonnières d'art proche et moyen-oriental. Des amateurs privés constituaient des collections. Une série d'ouvrages sur les artistes et l'art contemporain tant égyptiens qu'arabes fut publiée. Des collectionneurs achetaient des livres pour contextualiser leurs acquisitions. Les Égyptiens découvrirent une nouvelle source de fierté nationale, au-delà des œuvres de l'Égypte ancienne. Cette lame de fond et la demande de plus en plus grande qu'elle alimentait valaient bien de nouvelles étagères dans les sections réservées à l'arabe et à l'anglais des librairies Diwan.

Conjointement à ces tendances contemporaines, il y avait pléthore de livres de photos sur l'Égypte de la fin du XIXe jusqu'au début du XXe siècle, avant la révolution de 1952 qui mit fin à la monarchie. Malgré les bouleversements politiques considérables dus au colonialisme et aux deux guerres mondiales, les clichés de cette période dégagent un calme surprenant. De rares voitures à cheval ou quelques automobiles ponctuent des rues larges et propres. Des images du centre-ville du Caire, calqué sur celui de Paris, mettent en valeur les immeubles de la Belle Époque aux façades ornées. Les gens y sont bien habillés et respectables. J'avais beau percevoir ce que ces photos dissimulaient – le tumulte et le chaos de la vie, la pauvreté et la profonde hiérarchie de classes –, je les trouvais réconfortantes. Elles me remettaient en mémoire l'Égypte des récits de mes parents, le lieu lointain où ils avaient grandi. Je me mis à collectionner ces ouvrages.

Les beaux livres sont intrinsèquement décoratifs. Ceux qui les achètent ont du temps libre pour regarder des images et recevoir des invités. Ces albums ont également une qualité au quotidien. En effet, ils nous habitent et nous environnent, comme des meubles. Leur popularité nouvelle dans les premières années de Diwan révéla une modification générale des habitudes de lecture : on ne concevait plus seulement les livres pour leur fonction, mais aussi pour leur aspect. C'étaient des objets d'art à part entière.

« Je finalise la déco de ma maison et je souhaiterais une sélection d'ouvrages sur l'art et le design égyptiens. »

C'est ce que j'entendis une cliente dire un après-midi à Hussein, notre nouveau chargé de clientèle. Debout derrière le comptoir, je nettoyais sous la caisse. Où des produits abîmés puis oubliés côtoyaient des reliefs de déjeuner, des porte-clés protégeant du mauvais sort et autres objets appartenant aux employés. La cliente, une femme élégante d'une trentaine d'années, arborait un sac Louis Vuitton monogrammé – avec foulard assorti, évidemment.

« Quelle époque vous intéresse ? » demanda Hussein. Il avait été formé par un certain nombre de chargés de clientèle expérimentés dans différents Diwan avant qu'on ne le laisse travailler dans le dernier en date, celui du quartier de Mohandessin.

Mohandessin, qui se traduit par « ingénieurs », fut construit sur des terres agricoles bradées par le gouvernement au profit de cette profession dans les années cinquante. On s'inspira de ces plans pour des terrains voisins, afin de créer des quartiers destinés aux journalistes, professeurs et médecins. Autant de professions gratifiantes pour la collectivité, particulièrement valorisées après la révolution de 1952, attachée à l'instauration d'une Égypte moderne et indépendante. Dans les années quatre-vingt-dix, à la suite d'une spectaculaire explosion démographique, ces quartiers se transformèrent ; les villas d'origine et les immeubles aux appartements spacieux furent abattus et remplacés par des tours, collées les unes aux autres. Mohandessin devint particulièrement fréquenté : labyrinthe de boutiques, de restaurants et de cafés, c'était l'une des destinations préférées des Arabes aisés du Golfe qui passaient l'été au Caire.

Le quartier, connu pour ses bouchons et son urbanisme inexistant, était constellé d'imposantes structures en béton, d'un ensemble hétéroclite de commerces, avec une omniprésence d'enseignes et de panneaux publicitaires. Bref, il n'avait aucun charme. Même si nous craignions que la masse critique des lecteurs cultivés, pour qui Diwan était un tiers lieu, ne fasse défaut à Mohandessin, nous savions que c'était une destination prisée par les touristes arabes. À chaque nouvel emplacement, nous nous efforcions d'apprendre de nos victoires, comme Héliopolis, ou de nos échecs, comme l'université du Caire. Nous modifiions un peu notre formule dans l'espoir de convenir au groupe social que nous venions d'adopter, du moins d'amorcer un dialogue avec ses membres. Mais nous avions un problème : notre vaisseau amiral de Zamalek était une aberration et avait complètement faussé nos perspectives. Le local de Héliopolis était trois fois plus grand que celui de Zamalek, aussi avions-nous estimé qu'il générerait le double de ventes. Jusqu'à présent, les résultats de Héliopolis ne correspondaient pas à nos attentes. Nous n'avions pas compris qu'il serait impossible de reproduire la composition de la clientèle de Zamalek – Égyptiens passionnés de littérature, touristes, diplomates, expatriés et francophiles – et son emplacement privilégié, celui de la rue du 26-Juillet. Notre expansion était fondée sur un critère d'appréciation erronée, un coup de chance. Sans en avoir conscience sur le moment, nous tentions de renouveler une coïncidence. Conscientes en revanche que notre croissance augmenterait inéluctablement nos dépenses, nous avions misé sur les résidents aisés de Mohandessin pour équilibrer notre budget. La femme en face de moi avait le physique de l'emploi.

« Des couleurs vives, aucun dos noir ou marron, voilà mes spécifications – je ne crée pas la bibliothèque nationale. Je veux une hauteur maximale de trente-cinq centimètres, mais aussi éviter la monotonie visuelle. Je peux en empiler un certain nombre et mettre un plateau dessus, ce qui en ferait un guéridon. »

Manifestement déconcerté, Hussein hésitait. Je m'interposai :

« Hussein, va chercher tous les volumes sur l'art moderne ainsi que les autres sur l'Égypte des deux derniers siècles. Et peut-être quelques titres concernant l'Égypte ancienne, mais seulement ceux avec des couvertures aux couleurs vives et gaies. »

Je m'adressai à la cliente : « Souhaitez-vous venir avec moi au Café afin que nous discutions de l'esthétique qui vous intéresse ? Je crois qu'il faudrait poser les plus grands livres en premier et les disposer à l'horizontale. Ceux que vous préférez, mais qui ne correspondent pas à votre palette de couleurs, pourraient être disposés sur la table basse.

Ce serait un bon sujet de conversation avec vos invités. »

Le sourire qu'elle me lança montrait sa satisfaction. Je poussai mon avantage. « Je sais que vous avez expressément demandé des livres d'art et de design égyptiens, nous avons cependant un volume qu'une femme de goût comme vous est susceptible d'apprécier. » Je m'approchai de l'un des présentoirs réservés aux ouvrages d'art et de design, un cube en bois ouvert, doté de nombreux séparateurs en Plexiglas. Je sortis un énorme volume, *L'Univers de l'ornement*, publié en 2015 par Taschen, la maison d'édition allemande spécialisée en ouvrages d'art. J'exagérai le mal que j'avais à le porter afin de rendre son poids encore plus impressionnant. « Nous ne le commandons que pour des clients singuliers. Il pèse un peu plus de quatre kilos et mesure près de quarante centimètres de haut. C'est une pièce maîtresse. Je vous garantis que peu de personnes l'auront déjà vu. Il raconte l'histoire de l'ornement et est agrémenté de magnifiques illustrations, alors si le design vous intéresse... » Au cours des séances de formation, j'expliquais à mes employés que le meilleur moyen de vendre un livre était de le mettre entre les mains du lecteur. Ce que je fis. Elle poussa un petit soupir étonné. Percevant la ligne d'arrivée, je posai le dernier appât : « C'est un investissement important, il coûte mille deux cent cinquante livres égyptiennes, alors prenez votre temps pour vous décider.

– C’est tout à fait dans mon budget. Je le prends, décida-t-elle avec enthousiasme. Vous avez des livres sur la décoration intérieure égyptienne ?

– Je n’en ai malheureusement que deux, aussi étonnant que cela puisse paraître, étant donné le nombre d’ouvrages sur le style et la décoration intérieure marocains. Les aménagements intérieurs de l’Égypte contemporaine n’ont pas bénéficié du même degré d’intérêt international. » J’allai chercher un volume au format de poche, également publié par Taschen, intitulé *Egypt Style*, qui se vendait bien parce qu’il était à la fois bon marché et beau, regorgeant de luxueuses photos d’intérieurs, un rêve d’égyptophile. Je le lui tendis.

« Il est trop petit. Il sera perdu au milieu des autres. »

Sans l’ouvrir, elle le posa sur une table voisine. Je plaçai l’autre titre, *Egyptians Palaces and Villas*, devant elle, l’ouvris et me mis à le feuilleter tout en discourant sur un ton professoral.

« J’ai l’impression que celui-ci vous plaira. Il présente tous les somptueux palais et les maisons de campagne construits depuis le règne de Méhémet Ali jusqu’à l’âge d’or de l’Égypte en tant que destination touristique internationale. La richesse esthétique et culturelle de notre pays à l’époque du canal de Suez, des industries du chemin de fer et du coton était simplement extraordinaire. C’est un incontournable. »

Elle acquiesça. « Nous oublions la splendeur de notre pays. Tout ce béton nous rend amnésiques et aveugles. »

Je me rappelais la réaction des gens la première fois qu'ils entraient dans notre magasin phare. Nombre d'entre eux supposaient que nos livres seraient trop chers, disant que nous avions dépensé trop d'argent pour l'aménagement intérieur. D'autres considéraient que le design empêchait de se concentrer, qu'il ne fallait pas dissimuler la fonction de notre librairie par des décorations superflues. La beauté était perçue comme un luxe inutile.

« Mon mari travaille dans l'une des plus importantes sociétés d'agents de change, poursuivit-elle. Cela fait des années que je lui conseille de collectionner des œuvres d'art. Il n'est tombé d'accord avec moi que récemment, depuis qu'il s'est rendu compte que c'était un bon investissement puisque ses copains courtiers en achetaient.

– Alors que pour vous, c'est une passion, n'est-ce pas ? »

Je lui souris. J'aimais bien sa sincérité. Elle hocha la tête :

« J'ai fait des études à l'école des Beaux-Arts de Zamalek. Je rêvais d'être sculptrice. Avant cela, je voulais être architecte, mais mon père m'en avait dissuadée parce qu'il estimait que c'était une profession d'homme. » Elle fit une pause avant de continuer : « En réalité, combien de femmes peuvent trouver un équilibre entre les exigences d'un mari, celles des enfants et une carrière, sans perdre la tête ?

– Hum. » Je pivotai. « Il n'y a aucune femme dans les livres que vous achetez. Il y a eu quantité de designs d'avant-garde en Égypte à partir des années trente, mais montrer et défendre les artistes féminines était trop radical pour l'époque. »

Je ne savais trop si je cherchais à être réconfortante ou critique, en revanche je tenais à garder ma vie privée et mes opinions par-devers moi.

Elle me scruta : « Mon père avait peut-être raison. Ou tort, ce qui est impardonnable.

– Le problème actuel va au-delà du manque de femmes architectes. C'est le manque d'architectes, point final. Ils sont remplacés par des ingénieurs civils, des designers avec une expertise technique mais sans aucun sens esthétique.

– Et c'est ainsi que nous nous retrouvons avec des quartiers comme Mohandessin, se désola-t-elle.

– Exactement. À présent, je vous confie au très compétent Hussein. »

Sur ces mots, je la conduisis vers la pile de volumes aux couleurs éclatantes rassemblés d'une manière spectaculaire au dernier niveau des présentoirs que Hussein avait vidé à cette fin. Il apprenait vite. Nihal avait hésité à l'embaucher parce que, au cours de son entretien, il avait avoué ne rien connaître aux livres car il venait du secteur hôtelier. Puis il s'était vanté d'être capable de deviner le désir d'un client avant même que celui-ci ne l'ait formulé. Nihal en avait conclu qu'il ne disait que des conneries. Un avis partagé par Hind, qui avait suggéré que c'était précisément la raison pour laquelle nous devions le prendre à l'essai à Mohandessin, un nouveau territoire pour Diwan. Il nous fallait des employés capables de réagir avec à-propos, susceptibles de réussir auprès d'autres personnes que notre clientèle habituelle (cultivée et passionnée de littérature). Que Hussein ne connaisse pas grand-chose au bout de plusieurs semaines de formation était moins important que son amabilité, sa faculté à comprendre et à séduire un large éventail de gens.

Tandis que je regardais la femme sortir de la librairie, je réfléchis à ce qu'elle avait demandé. Avait-elle été satisfaite ? À en juger par ses précisions sur la couleur et les dimensions, elle achetait les livres pour en faire des objets de décoration, des œuvres d'art. Elle avait toutefois révélé que son intérêt n'était pas seulement esthétique : les livres représentaient les aspirations auxquelles elle avait dû renoncer à cause des directives de son père. À l'évidence, son mari utiliserait sa future collection comme une extension symbolique de sa fortune et de son raffinement. Connaissait-il les ambitions de jeunesse de sa femme, lui avait-il posé des questions à ce sujet ?

Il manquait un genre au rayon Art et Design : les livres sur le bricolage, très prisés par les maisons d'édition américaines. L'activité n'existe pas en Égypte. Nous engageons des hommes à tout faire, des menuisiers, des électriciens, des plombiers, dont le savoir-faire se transmet de génération en génération, ou bien s'acquiert par l'apprentissage et un réseau de compagnonnage. Plusieurs maçons et entrepreneurs avec qui j'ai travaillé avaient commencé leur vie professionnelle dans un métier puis, grâce à l'expérience, ils s'étaient sensibilisés à d'autres professions et étaient devenus des entrepreneurs prospères, sans être gênés par des directives ou des organisations qui auraient contrôlé ou supervisé leur travail.

Leurs homologues artistiques sont des artisans qui suivent un processus de formation similaire. Autrefois, les tisserands, les chaudronniers, les fabricants de tentes, les nacriers, les potiers et les peintres formaient une importante couche sociale. De même que pour les factotums, des maîtres transmettaient leur savoir-faire à des apprentis, créant un réseau fermé qui garantissait la qualité et le contrôle des connaissances. Contrairement aux travailleurs dont les activités sont plus concrètes ou plus commerciales, les artisans deviennent extrêmement rares : incapables de réaliser des bénéfices ou de rivaliser avec les importations bon marché, ces façonniers et leurs métiers sont en voie de disparition. De temps en temps, un groupe ou une collectivité tentent de les sauver en ouvrant de nouveaux magasins destinés aux touristes – autant d'efforts qui ne sont jamais parvenus à inverser réellement le cours des choses.

L'un des plaisirs de commander et de stocker des ouvrages d'art et de design, c'était de faire saliver Hind en prenant l'avantage. Le profit net d'un ouvrage d'art haut de gamme importé, superbement édité, dépassait ce que nous rapportait la vente de deux douzaines de livres arabes. Hind et moi avions circonscrit nos champs de bataille à nos sections. La culture environnante réintroduisait d'une manière perturbante ces disparités entre l'arabe et l'anglais. Le prix de certains livres étrangers que vendaient nos employés égyptiens dépassait parfois leurs modestes salaires. Des asymétries que je commençais à voir partout. Même le papier-monnaie égyptien concrétisait la dichotomie entre l'Occident et l'Orient. Au recto, la valeur du billet en anglais est entourée d'illustrations de Khéphren, le bâtisseur de la pyramide de taille moyenne de Gizeh ; de Ramsès II sur son char de combat ; du temple de Horus d'Edfou ; du masque funéraire de Toutankhamon. Au verso, la version égyptienne, les lettres arabes et les chiffres sont entourés d'images de la mosquée Al-Rifa'i, où est enterré le shah d'Iran ; de Méhémet Ali ; d'Ibn Touloun ; du sultan Hassan. Un côté réducteur cachant l'Égypte préislamique, celle d'avant les Arabes.

Si mes employés et moi vivions dans la même ville, nos villes ne se ressemblaient pas. Depuis la seconde moitié du XXe siècle, l'exode rural avait dépassé la capacité d'accueil du Caire. Tandis que les villes étaient présentées comme le lieu des opportunités et d'accès aux aides gouvernementales, et provoquaient une énorme migration, les inégalités entre les communautés et les classes s'aggravaient. Des images de rêve nous environnaient. De part et d'autre des autoroutes, des panneaux d'affichage faisaient à la fois la publicité des cabanes à lapins et celle de somptueux palais. Des réalités opposées se côtoyaient. Les *'ashwa'iyat*, les lotissements non planifiés, surgissaient sur des terres affectées à l'agriculture pour loger des millions d'êtres pleins d'espoir venus des campagnes (où les services publics étaient moins accessibles et les occasions en matière d'emploi plus limitées). Les citadins fortunés s'éloignaient des bidonvilles de plus en plus nombreux pour s'installer dans des résidences sécurisées avec piscines, jardins, terrains de golf. Les livres de design vendus aux riches proposaient des images de mondes sublimes, coupés de tout et de tous. Ainsi, ils rendaient ce mode de vie plus naturel, moins étranger. Les élites étaient stratifiées en sous-ensembles, dont les membres faisaient des choix esthétiques et commerciaux distincts mais similaires. L'argument du représentant sur la popularité du livre sur les cheminées me revint à l'esprit comme exemple du fantasme bizarre que je vendais. Quant aux ouvrages d'art et de design, ce sont des indicateurs à la fois d'opinions et d'aspirations. Je pouvais presque les entendre murmurer à l'oreille de leurs fidèles consommateurs.

Jusqu'à quel point les livres onéreux et les clients aisés frustraient et démoralisaient mes collègues moins privilégiés ? Ces ouvrages évoquaient une réalité qu'ils pouvaient à peine se représenter, encore moins vivre. Les possibilités de mobilité sociale étaient dérisoires. La fauche était permanente à Diwan, autant de la part des clients que de celle des employés. Étant donné le décalage effarant entre les niveaux de vie, les moyens financiers et l'accès aux produits de base, j'étais sincèrement étonnée qu'ils ne soient pas plus nombreux à nous voler. Il était plus facile de pardonner aux employés qu'aux clients. Les étrangers ne semblaient jamais éprouver de remords quand on les prenait en flagrant délit, ils prétendaient systématiquement que la culture, l'un des droits humains élémentaires, devait être gratuite pour tous, ce qui n'était pas sans rappeler la déception des premiers lecteurs découvrant que Diwan n'était pas une bibliothèque. On installa des caméras, des détecteurs de métaux, et on embaucha des agents de sécurité. Les clients améliorèrent leur stratégie, notamment pour piquer des supports multimédia avant que l'ère numérique ne les rende obsolètes. Ils subtilisaient des CD et des DVD, les emportaient dans les toilettes, déchiraient le film plastique, enlevaient le disque du boîtier avant de remettre discrètement ce dernier sur les étagères.

Je faisais aussi face à des formes de vol moins littérales. Une fin d'après-midi, je téléphonai à Youssef, le responsable de l'entrepôt. Je me souviens de l'avoir supplié : « Youssef, où en es-tu avec la livraison ? Nous sommes mercredi et il faut que les livres soient sur les rayons avant le week-end.

– On travaille énormément, *Ustazah*, mais c'est une cargaison de six tonnes et on doit saisir les données, apposer les codes-barres…

– Donne-moi juste une idée. Combien de temps ? » Me servant d'un nouveau logiciel de surveillance, je fis apparaître l'écran informatique de Youssef sur le mien, même si nous étions dans des bâtiments différents.

« On aura sans doute terminé au milieu de la semaine prochaine », répondit-il d'un ton distrait.

Je détestais qu'on me prenne pour une imbécile, alors quel plaisir de me montrer plus astucieuse que lui ! « Permets-moi de faire une suggestion. Cela peut contribuer à ta productivité. Arrête de jouer au solitaire en ligne. De toute façon, on dirait que tu perds. » Silence. Je lui envoyai un crochet du gauche : « Je fais une retenue sur ton salaire pour avoir gaspillé le temps et l'argent de la société, et pour l'exemple merdique que tu donnes. Tu as jusqu'à la fin de la journée de demain pour terminer. Sens-toi libre de bosser toute la nuit. » Je raccrochai en me disant que si mes employés s'autorisaient à jouer aux cartes au lieu de travailler, j'avais le droit de porter atteinte à leur vie privée, afin d'être sûre d'obtenir le travail pour lequel je les rémunérais.

Quelques heures après l'incident, je passai devant la cuisine du siège de l'entreprise où manifestement les membres de l'équipe affectée à la saisie des données boudaient, sirotant leur thé et parlant avec des voix anormalement basses. Omar, le responsable de l'informatique, toujours là d'ordinaire avec eux, était absent. Je me dirigeai vers son bureau, j'entrai sans frapper, fermai la porte derrière moi. Il se leva.

« Il y a eu du rififi au paradis ce matin, lançai-je.

– *Ustazah*, quand j'ai installé le logiciel espion, vous m'aviez promis de ne pas en parler au personnel.

– Je dois parfois montrer qui est le chef, Omar. Ta couverture est intacte. Ils ont plus besoin de toi que toi d'eux. »

Il me regarda poliment. La courtoisie d'Omar me plaisait autant que sa compétence en matière de logiciels. C'était un jeune homme équilibré qui disciplinait ses cheveux bouclés d'un noir de jais avec une pellicule de gel, portait toujours un pantalon noir impeccable et une chemise blanche bien repassée.

Plus tard, Omar facilita ma transition d'un logiciel espion à des webcams détectrices de mouvement dans l'entrepôt, dont le flux se connectait automatiquement à mon ordinateur ainsi qu'à ceux de Hind et de Nihal. Elles ne le regardaient jamais. Les employés se doutaient, avec raison, que je les observais. Je me suis peut-être inspiré de l'ère Nasser pour affronter l'héritage laissé par l'ère Nasser. Je me rappelle avoir entendu des histoires sur les agents de sûreté de l'État de Nasser suspendant des micros aux balcons d'appartements pour entendre les opinions politiques des invités à une réception. Je devins systématique dans ma contestation du legs socialiste de Nasser – éducation gratuite et emploi de la fonction publique pour tous –, un legs qui avait mal tourné et engendré l'employé apathique. Beaucoup d'Égyptiens souhaitaient devenir fonctionnaires, un statut associé à moins d'heures de travail, un salaire dérisoire (susceptible d'être amélioré par des moyens plus créatifs) et la garantie d'un boulot indépendamment des résultats (les lois de Nasser compliquaient énormément la mise à pied d'un fonctionnaire). Les entreprises privées comme Diwan n'avaient pas bonne presse. Nos salaires étaient plus élevés mais nous exigions huit heures de travail par jour, évaluions le rendement des gens et licenciions ceux qui ne répondaient pas à nos critères. Les Égyptiens étaient tiraillés entre la solution de facilité et un territoire non balisé avec son potentiel de gains plus importants.

Depuis l'Antiquité, le Nil fournissait l'eau, la nourriture, le transport. Lors de la crue du fleuve, le limon fertile qu'il déposait permettait une agriculture sans efforts. Le philosophe grec Hérodote a écrit : « L'Égypte est un don du Nil. » Cela dépend des points de vue, on peut néanmoins considérer le régime abondant du Nil comme une malédiction pour l'Égypte moderne puisqu'il perpétue une culture de l'inaction.

Quand un client dépensait mille livres égyptiennes à Diwan, sa fidélité était récompensée par un chèque-cadeau de cent livres. Mais à cause de failles dans cette pratique, Diwan fit face à une ronde de voleurs sortis tout droit d'*Ali Baba*, l'un de mes contes préférés des *Mille et Une Nuits*, dans lequel Morgana, l'esclave astucieuse d'Ali Baba, déjoue les plans des brigands cherchant à tuer son maître qui a découvert la caverne de leurs trésors. J'eus de nombreux Morgana.

Omar, mon plus fidèle complice, captait des images d'une netteté surprenante avec sa dernière trouvaille. De même que le Nil se déversait dans ses différents affluents, l'argent circulait entre les succursales de Diwan. Maged et Omar produisaient régulièrement des rapports pour surveiller ces mouvements. Ils avaient pointé du doigt la succursale de Maadi pour un usage inexplicablement fréquent de chèques-cadeaux, lequel se passait inexplicablement le matin, quand l'activité était calme. Afin d'approfondir la question, je transférai à Héliopolis Hany, le caissier timide et charmant de l'équipe du matin. Le lendemain, je me rendis dans cette librairie au prétexte de discuter des présentoirs et d'en vérifier l'organisation générale. À l'insu de tous, je m'empressai de placer mon nouveau stylo caméra espion – un jouet reçu d'Omar – sur l'angle de l'une des étagères contiguës à la caisse. Je demandai à Samir d'embaucher pour l'après-midi son riche cousin, comptable dans une multinationale, qui allait servir de client mystère. Grâce au stylo-espion, je regardai le cousin de Samir en train d'acheter le gros volume des *Star Wars Archives: 1977-1983*, vendu un peu plus de mille livres égyptiennes. Or, Hany ne lui proposa pas de chèque-cadeau. Dès le départ du cousin, Hany parcourut des yeux la librairie, imprima le bon d'achat, l'agrafa au ticket de caisse de *Star Wars*, encaissa le montant et glissa le billet de cent livres sous sa chemise bleu marine, l'aplatissant sur son ventre. Après de précédents incidents, Nihal avait cousu les poches des pantalons d'uniforme avant de les remettre aux membres du personnel.

Plus tard ce jour-là, lorsque je me rendis au bureau de Maged, j'aperçus Hany en train d'attendre patiemment devant sa porte. Je baissai la tête et fis mine de fouiller dans mon sac, la bouche sèche. Nous étions une famille. Mais je connaissais la musique. J'avais participé assez souvent à ses entretiens. Maged exposerait l'information d'un ton léger et enjoué, et enrôlerait Hany pour mener l'enquête, feignant la perplexité. Omar expliquerait les multiples et bizarres coïncidences en exagérant son jargon de spécialiste. Maged demanderait alors à Hany s'il avait une idée permettant de comprendre le problème des chèques-cadeaux. Face à cette simple allusion à un délit, Hany prendrait un air horrifié, le contesterait vigoureusement en jurant sur l'honneur de sa mère. Maged acquiescerait et activerait la vidéo. Les poils de la nuque de Hany se hérisseraient.

Maged lui donnerait le choix. Soit il démissionnait en signant une déclaration selon laquelle la société avait rempli toutes ses obligations envers lui et en s'engageant à ne pas déposer plainte contre elle (une clause ajoutée après que de précédents voleurs effrontés ne s'en étaient pas privés), et faisait plusieurs chèques pour rembourser le montant estimé des larcins. Soit Hany décidait de nous laisser appeler la police ; dans ce cas, il serait emmené au commissariat où il serait interrogé et accusé en fonction d'aveux faits de son plein gré ou obtenus par des méthodes peu orthodoxes. Il en sortirait brisé, accablé sous le poids de la honte de ce qui lui était arrivé. À cause de son casier, il serait inemployable, et rien ne l'attendrait sinon une vie de délits.

Hany n'opposerait qu'une faible résistance et crierait grâce. Maged lui préciserait que c'en était déjà une. Hany demanderait de parler à la plus gentille dame de Diwan – Nihal. Maged continuerait à le réprimander. Épuisé, tremblant, Hany signerait la déclaration. Omar exulterait. Samir, le chauffeur le plus loquace au monde et le plus critique de son employeur, aurait bien du mal à ne pas divulguer son rôle dans ce drame. Maged éprouverait un sentiment de triomphe, mais peut-être serait-il déçu de ne pas être allé assez loin. Quant à moi, je refoulerais la rage sourde que m'inspirait cette nation offrant à ses citoyens tellement peu d'autres possibilités de sécurité et de stabilité que le vol. Les Hany que j'ai rencontrés et employés ne pourront jamais épargner, contracter un prêt hypothécaire (le financement immobilier n'a officiellement commencé qu'en 2001 et n'en est encore qu'à un stade embryonnaire), ni se construire une existence convenable, même en travaillant dur pendant des années. Ils espéreront avoir un cube de béton où élever leur famille et vivre endettés. Qu'aurais-je fait si j'avais été confrontée à la trajectoire de Hany ? Convaincues de leur sens moral, Hind et Nihal étaient inflexibles dans leur décision de châtier les voleurs. Elles savaient qu'elles n'auraient jamais volé si elles s'étaient trouvées dans la même situation. Je m'aperçus, non sans une certaine déception, que ma clémence ne provenait pas d'une bonté innée mais plutôt d'un manque de confiance dans ma fibre morale. Quel genre de connard faut-il être pour poursuivre Jean Valjean en justice ?

Dehors, de la vapeur s'échappait de l'asphalte brûlant. Adossé contre une aile de la voiture, Samir plaisantait gaiement avec les portiers assis à proximité, majestueux dans leurs *galabeya* blanches. Dès qu'il me vit sortir de l'immeuble, il leur indiqua d'un geste que leur conversation reprendrait à son retour. Ayant hâte de prendre de la distance par rapport à la situation critique de Hany, je gardai les yeux rivés sur le siège passager en espérant que ma démarche était plus posée que ce que j'éprouvais.

« J'ai vu Hany entrer dans le bureau. Il a signé ou il vous a pris au mot ? demanda Samir, empoignant le volant sous l'effet de l'impatience.

– Tu ne devrais pas te réjouir du malheur des autres.

– Du vôtre ou du sien ? Dans l'entreprise, nous savons tous que vous n'appellerez jamais la police. Alors, chaque voleur tente sa chance : si on le chope, il rembourse. » Samir démarra, glissa quelques billets au gardien du parking.

« Un voleur doit être puni. Mais le précipiter dans l'injustice de notre système judiciaire, c'est mettre un terme à sa vie, rétorquai-je.

– Si on a la faiblesse de voler, on assume les conséquences. Vous vous sentez coupable parce que vous avez de l'argent et pas lui », certifia Samir.

Nous nous rendions à Sun City Mall, notre dernier point de vente et le premier dans une galerie marchande. Avant d'ouvrir les précédents, nous avions discuté pendant des mois, voire des années. Sur le quartier, le coût, la marque, la mission, la responsabilité. À ce stade, nous avions résolu de voir grand (non de renoncer), de sorte que nos délibérations n'avaient pas duré aussi longtemps malgré l'importance de l'investissement. Que cela nous plaise ou non, les centres commerciaux représentaient l'avenir et il fallait que Diwan y soit. D'autant que nous tentions toujours de joindre les deux bouts – sans succès, mais nous avions l'espoir que la nouvelle librairie comblerait le trou qui ne cessait de se creuser.

Je regardais les toits hérissés d'antennes paraboliques, de compresseurs de climatisation et de câbles détachés, tandis que nous roulions lentement sur le pont du 6-Octobre. Ce viaduc autoroutier tenait son nom de la date d'entrée de l'Égypte dans le Sinaï occupé, à la faveur de la fête de Yom Kippour en 1973. L'ironie de la chose, c'est qu'on l'avait conçu comme un observatoire pour que les Égyptiens profitent de la vue sur les monuments et sites de la ville pendant leurs trajets : la tour du Caire, le Nil, le siège Maspero de la télévision (baptisé d'après Gaston Maspero, l'égyptologue français), le Musée égyptien, la gare. Au lieu de quoi on voyait les fenêtres d'appartements et de bureaux situés juste à côté de l'autoroute, et on apercevait la vie de gens qui n'avaient jamais imaginé qu'on construirait le viaduc devant leur évier de cuisine ou leur bureau. Je me réjouissais que la chaleur d'août ait provoqué l'exode annuel du Caire jusqu'aux eaux cristallines de la côte nord. La ville était déserte, j'étais libre de la traverser à toute allure. Le soleil implacable ne me gênait pas, il m'apaisait. Comme s'il pouvait entendre mes pensées, Samir lança soudain :

« Quand allez-vous sur la côte ? Je ne supporte plus cette chaleur. » Il poussa la climatisation à fond.

« Quand j'aurai terminé ce que je dois faire, répondis-je, baissant ma vitre.

– Quand les filles seront plus grandes, leurs besoins l'emporteront sur les vôtres, dit-il en éteignant l'air conditionné. Elles ont le droit de respirer l'air de la mer et de manger des crèmes glacées sur la plage. Vous ne pouvez pas les enfermer tout l'été dans un appartement à cause de votre travail. »

Samir conduisait à la *masri* (à l'égyptienne) : il empiétait sur deux voies pour empêcher une voiture de le dépasser, donnait des coups de Klaxon intempestifs pour rappeler sa présence. Je lui demandai de choisir une voie. Il me suggéra de faire pareil : me concentrer sur la vente de livres et lui laisser le volant. Nous avons traversé les vingt kilomètres du pont du 6-Octobre pied au plancher, continué jusqu'au bas du viaduc, franchi les rails de l'ancien tramway jusqu'à la rue Salah-Salem. De gros nuages gris planaient sur la ville que nous laissions derrière nous.

« L'épouse du propriétaire de l'immeuble Baehler vire les commerçants du magasin kitsch situé un peu plus loin. Le bail expire dans un mois et ils ne peuvent pas payer le nouveau loyer. C'est une bonne opportunité pour Diwan. » Je ne réagis pas. « Le cireur de chaussures de votre immeuble vient de prendre sa retraite, il refile le secteur à son neveu. Vous ne voulez pas lui faire faire un essai ?

– Il n'y a pas de souliers à cirer chez moi.

– Peut-être qu'il y en aura un jour », lança malicieusement Samir, toujours plein d'espoir. S'il était convaincu que j'étais l'une des rares personnes capables de survivre sans homme, il me rappelait à l'envi sa préférence pour que l'intérim entre Numéro Un et le début d'une nouvelle ère avec Numéro Deux (je ne l'avais pas encore rencontré au moment de cet échange) soit de courte durée. Il coupait mes tentatives de silence à la manière d'un tailleur suivant les lignes de son patron. « Il cherche un boulot à mi-temps. Pouvez-vous l'embaucher comme veilleur de nuit au magasin de Zamalek ? J'ai entendu dire que la femme de 'am Abdu le pousse à démissionner parce qu'elle en a assez qu'il soit dehors toute la nuit, ajouta Samir en rigolant.

– Je ne mélange pas travail et plaisir, et tu devrais en prendre de la graine. »

Sur ce, j'allumai la radio, escomptant mettre ainsi fin à son inventaire d'annonces immobilières et d'offres d'emploi. Introduire ma vie de famille dans mes affaires me déplaisait. Vu la prégnance de l'interdépendance au Caire, mes efforts pour séparer ces deux mondes étaient toutefois vains. Un brouillage de frontières qui n'ennuyait pas Hind, une taiseuse réaliste. Abbas, son chauffeur, avait très tôt fait travailler quatre de ses cousins à Diwan – un nombre qui augmenta d'une façon exponentielle au fil du temps. Abbas conduit toujours Hind, et nos enfants le vénèrent. Il y a quelques années que Samir et moi nous sommes séparés.

L'aéroport international du Caire surgit du Sahara sur notre gauche. Samir continua sur la route al-Nasr, la dernière partie de notre trajet. C'était la frontière entre Le Caire que je connaissais et celui que j'ignorais. Les nouvelles autoroutes et périphériques étaient un défi pour mon sens de l'orientation limité. Conscient et ravi d'être de plus en plus indispensable, Samir en rajoutait sur les choix tactiques qu'il faisait pour m'emmener à bon port. Tandis que je contemplais le désert infini dans le lointain, une pensée familière me traversa : en l'espace d'un rien de temps, cette étendue vide serait méconnaissable. J'étais indignée par l'extension de la ville qui balayait les dunes de sable et se déversait dans le désert : des ensembles résidentiels sécurisés et des maisons somptueuses semblables à des pièces montées. Soudain, des dalles grises apparurent : cages à poules inachevées, financées par le gouvernement pour loger des familles des classes moyenne et inférieure. Les espaces verts étaient clairsemés et marron. Le désert s'imposait encore. Ma ville était en mode survie, et ce depuis les dernières décennies. Moubarak et sa valse de cabinets s'étaient révélés incapables de concevoir des plans ou de les concrétiser. Leur nature les prédisposait à la laideur tant morale qu'esthétique.

Les centres commerciaux symbolisaient ces crises. Comme les classes aisées du Caire se repliaient dans des banlieues nouvellement conçues, les centres commerciaux apparurent pour répondre aux besoins de ce nouvel afflux de clients. La publicité tapageuse sur les prix défiant toute concurrence de Carrefour Market avec ses interminables rayonnages bourrés de produits identiques menaçait les échoppes et petits magasins familiaux, dignes et discrets. Les rues commerçantes devenaient moins essentielles. La plus grande perte était le sentiment d'appartenance qu'elles avaient autrefois généré. Je pensais à la relation que la jeune génération aurait avec son environnement, elle qui grandissait dans des résidences et des lotissements fermés. J'ai du mal à imaginer cultiver un sens du devoir civique et d'appartenance derrière des murs aussi hauts. Je me souviens avec tendresse de Hind et moi, enfants, qui accompagnions nos parents dans les boutiques et les stands de la rue du 26-Juillet à Zamalek. Je voyais de modestes échanges s'épanouir en profondes affinités. Marchands et clients se connaissaient même sans se connaître.

Il me suffit de fermer les yeux pour qu'apparaisse la rue du 26-Juillet. À un coin du trottoir au revêtement inégal, Magdy exposait dans son kiosque journaux et magazines, locaux et étrangers, maintenus par des épingles à linge. Avec un pan de sa chemise à carreaux flottant hors de son pantalon, Magdy passait la matinée à bicyclette pour livrer des journaux. En son absence, il était convaincu que personne ne le volerait, et c'était le cas. L'agence gouvernementale Al-Ahram Distribution Agency avait un monopole sur la fourniture et la distribution de tous les magazines et journaux. Elle escroquait Magdy en falsifiant les dates de retour ; il compensait ses pertes en les répartissant parmi ses clients. Quand ma mère l'interrogeait sur les fluctuations des factures mensuelles, Magdy se grattait une aile du nez avec son ongle – long mais soigneusement limé – avant d'expliquer que c'était la volonté du gouvernement et de Dieu. Ma mère le réprimandait, lui promettait d'aller ailleurs, puis réglait la facture majorée. Ce dialogue se répétait à la fin de chaque mois.

Umm Hanafi était accroupie à côté du kiosque de Magdy, c'était une *fellaha*, une paysanne, très fière, aux dents semblables à des perles et au dos plus droit qu'un palmier. Elle portait toujours une *galabeya* noire impeccable et un fichu à fleurs coincé derrière ses oreilles et noué sur la nuque. Des anneaux pendaient à ses lobes. Les trois traits verts verticaux et parallèles sur son menton confirmaient son origine bédouine. Un enfant tétait parfois son sein. Tous les matins, elle marchait des kilomètres jusqu'à Zamalek, un plateau en osier en équilibre sur la tête, pour vendre des piles de pain *baladi* tout frais. Suivant les directives de notre mère, c'est auprès d'elle que nous nous en procurions et non pas au bout de la rue dans le four subventionné par le gouvernement.

Madbouli, le marchand des quatre-saisons, aux chairs débordant du fauteuil en plastique placé au coin de sa boutique, était un pilier du quartier. Mon père lui achetait des fruits et des légumes, discutant sans cesse de leur qualité ; ses prix faisaient sourciller ma mère. Une fois adulte, quand je faisais mes courses, triant et humant les mangues de l'imposante pyramide en devanture avant de les choisir, il en mettait une ou deux trop mûres en guise de châtiment. Madbouli avait troqué sa *galabeya* pour un pantalon et une chemise, moins aimables envers sa corpulence. Autant de magasins et de propriétaires qui firent partie de mon enfance, et qui sont toujours là d'une façon ou d'une autre. Magdy, qui a encore perdu quelques dents, a un apprenti qui parcourt à vélo les rues de Zamalek pour distribuer les journaux. Le carré de trottoir d'Umm Hanafi est désert. La famille élargie de Madbouli l'a rejoint pour servir au magasin. Plus bas, une boutique de téléphones portables a remplacé la boulangerie.

La disparition de la rue des petits commerces et l'émergence des centres commerciaux en simultané auraient dû entraîner une révolution à part entière, l'occasion de repenser nos rues et nos attentes en matière d'espace public. Au lieu de quoi les Égyptiens cédèrent sans protester au chant de la galerie marchande. Cinémas. Starbucks. McDonald's. Zara. Mango. Patinoires. Pendant que les lieux publics s'amenuisaient, les galeries marchandes présentaient des répliques fastueuses et privatisées des places et des parcs. Dans un confortable environnement climatisé, les familles s'étonnaient du prix d'articles importés qu'elles ne pouvaient s'offrir. Les couples non mariés profitaient d'un lieu où ils pouvaient se tenir la main sans être importunés, regardant les vitrines des magasins d'ameublement et partageant des sodas bon marché. On nettoyait régulièrement les W-C publics, alimentés en savon et papier hygiénique, ce qui n'était le cas nulle part ailleurs au Caire. Le bien-être et les toilettes sont essentiels, mais personne n'a pris le temps de réfléchir aux conséquences. L'absence d'échanges personnels entre commerçants et clients. Le clivage croissant entre le quartier où nous habitions et celui où nous investissons. Il n'y a rien qui vaille la peine dans un centre commercial. Même sa perfection a une artificialité qui l'enlaidit.

Une fois à Sun City, je sortis de la voiture et demandai à Samir de m'attendre au parking. L'idée qu'il m'accompagne dans le nouveau Diwan et fasse des commentaires non sollicités sur ce que nous avions fait et ce que nous aurions pu faire de mieux m'était insupportable. J'avançai à pas comptés sur le nouveau sol en marbre poli, de crainte de glisser. Air pur, palmiers artificiels, vaste escalier en spirale sous une coupole peinte en trompe-l'œil, pâle imitation d'un style Renaissance, sur un ciel d'un bleu improbable, se conjuguaient pour suspendre la réalité. Je repérai le logo familier de Diwan en face de l'entrée du cinéma. Je longeai la vitrine de la nouvelle librairie, vérifiant qu'il n'y ait pas de rayures sur le verre, examinant la présentation des livres en arabe et en anglais. À l'intérieur, j'aperçus Nihal avec le nouveau directeur du magasin, les caissiers, les employés chargés de la clientèle, du Café et de l'entretien. J'imposai silence à mes doutes et poussai la longue poignée chromée de la porte, la même que celle du magasin de Zamalek. L'atmosphère était chargée en potentialités, comme une voiture neuve : étagères rangées à la perfection, livres bien disposés sur les tables, caisses et employés encore impeccables.

Par la bienveillance de son regard, Nihal apaisait les craintes des nouveaux employés, tandis que ses paroles étaient empreintes de la douceur inflexible avec laquelle elle dirigeait les gens. Elle désigna la pile de vêtements pliés, chacun enveloppé de plastique, sur la table près d'elle, tout en débitant ses instructions. « Vous les porterez quand vous travaillerez pour les librairies Diwan et vous vous conduirez en fonction de nos règles. Ah, et les uniformes sont tous pareils, quel que soit l'échelon. » Le directeur fronça les sourcils, les agents d'entretien sourirent. « Votre statut est précisé sur votre badge. » Dès que le silence retomba dans la pièce, Nihal continua : « Les poches des pantalons sont cousues pour éviter toute tentation ou fausse accusation. Vous pouvez laisser vos effets personnels dans vos casiers lorsque vous vous changez au début de votre service. »

La plupart des employés vivaient dans des *'ashwa'iyat*, les quartiers situés à la périphérie de la ville. Par un procédé illégal, des citoyens avaient occupé des terres agricoles où ils avaient construit des habitations sans permis. Dans un acte de déni délibéré, le gouvernement n'y installa aucun service de base, telle l'électricité. Les propriétaires la volèrent dans des lotissements proches ou se débrouillaient pour utiliser des générateurs. Le temps s'écoula, ces dispositions devinrent permanentes et le gouvernement dut à contrecœur accepter l'état de fait. Résidents et bureaucrates œuvrèrent de conserve pour créer un *no man's land* : on ne le reconnaissait pas vraiment, on n'y installait aucun service public, mais il n'était pas sous la menace d'éviction. Des communautés entières de millions de gens logés dans des conditions inhumaines s'entassaient dans ce genre de faubourgs.

« La propreté s'apparente à la foi », poursuivit Nihal. Les hommes acquiescèrent. « Nous connaissons tous la chaleur, les bus bondés, les bouchons de la circulation. À votre arrivée ici pour commencer votre travail, c'est comme si vous aviez couru un marathon. Diwan est notre oasis, nous avons nos méthodes et nous nous tenons à nos règles, indépendamment du monde extérieur. » Je fus rassérénée par ce discours familier – et de faire partie du public. Je croisai le regard de Nihal. « Je tiens aussi à mettre l'accent sur quelques éléments supplémentaires du code de conduite destiné aux employés de Diwan. » Sur ces mots, elle sortit des coupe-ongles de son sac. « Chez Diwan, on ne tolère pas les ongles longs parce qu'ils ne correspondent pas à notre image – surtout celui du petit doigt. » J'entendis des murmures. La plupart des hommes de la classe ouvrière se distinguaient des paysans en laissant pousser l'ongle de leur petit doigt, signe de l'impossibilité de se livrer au travail de la terre. Bruits de pieds. Nihal sentit le vent de la rébellion. « Vous représentez Diwan. Nous avons notre façon de faire les choses. Nous apprenons les uns des autres. Nous n'obligeons à rien, nous recommandons. » Elle adoptait l'attitude d'une mère exhortant ses enfants. Les hommes se passèrent les coupe-ongles. Des cliquètements firent office de bruit de fond, tandis que Nihal énumérait ses autres exigences.

Mon tour approchait. Nihal m'avait demandé de venir pour le dernier acte de cet accueil. Au terme de son soliloque, elle dirigea les hommes vers moi. Je m'éclaircis la voix avant de me présenter en quelques mots : « Je m'appelle Nadia, je suis l'associée de Nihal, responsable du service Finances, Marketing, Achats en anglais, et je suis fière d'être un membre de la famille Diwan. Ainsi que nous l'enseigne l'islam, le travail est l'une des formes les plus pures de la dévotion, déclarai-je ensuite. C'est pour cette raison que nous n'autorisons pas la prière dans nos locaux. Si vous souhaitez prier, trouvez une mosquée et rappelez-vous que le temps que vous y consacrerez sera retranché de vos pauses. L'entreprise vous paye pour vos heures et vos efforts – les gaspiller correspond à voler la main qui vous nourrit. Et les voleurs seront poursuivis en justice. » Le silence s'alourdit. Tels des enfants désorientés, les hommes tournèrent la tête vers Nihal.

« Bienvenue dans la famille », conclut celle-ci en souriant.

8

Développement personnel

Tous les livres ne sont pas égaux ; certains sont plus égaux que d'autres. Même si le rayon Développement personnel connaissait la plus forte croissance de Diwan, ces ouvrages ne m'intéressaient pas. Depuis toujours, je comptais sur la littérature pour me remettre en question, approfondir mon introspection ou ma présence au monde. Le développement personnel faisait exactement le contraire : il rejetait la nuance. Il prescrivait. Du moins le pensais-je à ce moment-là.

Jusqu'à ce que Hind et moi rencontrions Nihal et que nous ouvrions Diwan, je n'avais pas touché un livre de développement personnel, encore moins lu l'un des titres du rayon.

« Si je bois la saloperie que tu mélanges à mon eau, tu me promets d'arrêter de placer cette connerie devant moi ? » Je me souviens d'avoir marchandé avec Nihal, qui glissait un exemplaire de

La Prophétie des Andes de James Redfield sur la table, dans ma direction.

– Comment sais-tu que c'est de la connerie si tu ne l'as pas lu ? répondit-elle, un demi-sourire aux lèvres.

– Je le sens.

– Pourquoi traverser la vie aveuglée par ta propre arrogance ?

– Pourquoi ? Tu fais pareil. Nos sources sont peut-être différentes, mais notre arrogance est identique.

– Comment nourris-tu ton âme ? m'interrogea Nihal, non sans commisération.

– Je travaille dur.

– J'ai préparé une salade d'épinards aux pommes et raisins secs avec un assaisonnement à base de curry pour le déjeuner. Tu en veux ? proposa-t-elle chaleureusement en me présentant le saladier.

– Non merci, je suis au régime. »

Au moment même où je refusai, ma résolution vacilla. Je regardai la salade, dont la sauce luisante me faisait de l'œil.

« Ne succombe pas à la mentalité des régimes, c'est comme ça qu'on prend du poids.

– La ferme ! Tu parles comme l'un de tes putains de bouquins de développement personnel ! »

Je savais que j'étais une garce. Nihal se fiait à ses solutions et remèdes d'où qu'ils viennent. Des potions homéopathiques. Des indices énigmatiques donnés par les cartes de tarot. Dans les pages des nombreux livres de développement personnel qu'elle insistait que nous ayons en stock. Nous suivions un scénario : Nihal recommandait l'achat de nouveaux livres de développement personnel à succès. *Le Pouvoir de la pensée positive, Le Pouvoir du moment présent, L'Éveil de votre puissance intérieure, Transformez votre vie, Le Chemin le moins fréquenté, Un premier bol de bouillon pour l'âme* – peu importe. Je me moquais d'elle. À intervalles réguliers, elle ne manquait pas de me demander si je les avais commandés. Je finissais par me laisser fléchir. Et ils se vendaient invariablement très bien. La modeste Nihal ne se targuait jamais ouvertement de sa victoire.

« Tu devrais te procurer les nouveaux titres de ces auteurs. Ils ont des lecteurs vraiment fidèles, suggérait-elle d'un air candide.

– Cela signifie qu'ils ne tiennent pas leurs promesses, non ? Si un livre n'a pas résolu le problème, comment le suivant pourrait-il y prétendre ?

– Les lecteurs assidus apprennent tout le temps, même si cela signifie aborder le même sujet sous des angles différents.

– Ça ne t'est jamais passé par la tête que c'était de l'arnaque ? Dans la pharmacie de l'âme, peut-être que tu succombes à l'effet placebo, non ?

– Je sais pourquoi je les aime. Est-ce que tu sais pourquoi tu les détestes ? »

La subtilité est l'une des plus grandes qualités de Nihal. Sa remarque, en fait un défi déguisé en question, me fit beaucoup réfléchir. Nos librairies de Zamalek, Héliopolis, Maadi, Mohandessin, Alexandrie, voire celle ouverte depuis peu dans la galerie marchande de Sun City, semblaient être des sanctuaires dédiés au développement personnel, ce qui donnait raison à Nihal. Seule celle de la zone duty-free de l'aéroport avait été épargnée puisqu'elle contenait surtout des Essentiels d'Égypte destinés aux voyageurs. Nous avons eu beau agrandir ces rayonnages, les diviser en sous-rayons consacrés aux rapports humains, aux régimes, à l'épanouissement individuel, la guérison, la spiritualité, cela ne satisfaisait jamais la demande. Pour chaque nouveau titre et nouvelle collection, Nihal esquissait un sourire entendu. Hind choisit de ne pas entrer dans la bataille et se mit calmement en quête de traductions en arabe.

La montée en flèche des ventes m'obligea à analyser ma répugnance pour le développement personnel. Je voulais comprendre les désirs de mes clients. Au début, je croyais que le snobisme était la cause de mon aversion ce n'était pas de la littérature. Mais je me sentais un peu obtuse, incapable de comprendre ce que d'autres comprenaient à ces textes. Auparavant, j'avais été moins critique. Je me souviens que j'affirmais : « Ce que vous lisez m'est égal du moment que vous lisez. » À présent, j'y attachais beaucoup d'importance.

Je cherchai la source des textes de développement personnel. Samuel Smiles, un auteur largement oublié, est peut-être le premier contemporain du genre. Son recueil de récits intitulé *Self-Help*, publié – à juste titre – à compte d'auteur, détaille la vie d'hommes laborieux (d'aucune femme) qui triomphent de leur situation difficile. Paru en 1859, la même année que *L'Origine des Espèces* de Darwin, il s'était mieux vendu que tous les autres ouvrages à l'exception de la Bible. Cette année-là, Smiles était devenu une célébrité en avance sur son temps, un gourou de l'antimatérialisme, le père ironique d'une industrie de plusieurs milliards de dollars.

Ainsi que je ne tardais pas à le découvrir, le genre précède de beaucoup Smiles et, vous l'avez sûrement deviné, il est étroitement lié aux anciens Égyptiens. Le *Sebayt*, littéralement « instruction » ou « enseignement », était une littérature de l'époque pharaonique. On estime généralement que le plus vieux livre de développement personnel qui existe, les *Maximes de Ptahhotep ou l'Enseignement de Ptahhotep*, fut sans doute écrit entre 2500 et 2400 avant J.-C. Il ne fut pas découvert avant le milieu du XIXe siècle. Vizir sous le règne d'Isôsi (le pharaon de Haute et Basse-Égypte et l'avant-dernier souverain de la cinquième dynastie), Ptahhotep était un homme âgé au seuil de la retraite, soucieux de laisser sa charge à son fils. Une succession que le roi, qui ne souhaitait pas décevoir son loyal sujet, approuva avec une certaine hésitation, à condition que le sage transmette ses connaissances à son fils sans expérience. Ptahhotep nota ses préceptes sous forme d'une lettre où il prônait les vertus du silence, de l'à-propos, de l'honnêteté, et examinait l'importance des relations et de la bienséance. Des scribes copièrent ses sentences et les diffusèrent à grande échelle. Sa lettre faisait partie d'un genre en plein essor où l'on recommandait aux lecteurs de se conformer à la loi de Maat, l'ancienne déesse égyptienne qui régissait les astres et les saisons, et modérait les actions des mortels comme celles des divinités. Elle personnifie les concepts de vérité, d'équilibre, d'harmonie, de loi, de moralité et de justice (elle me fait penser à Nihal). L'envie de revendiquer le *sebayt* comme l'ancêtre du développement personnel me poussa à en chercher des recueils pour les mettre dans le rayon Essentiels d'Égypte.

Dans ce dernier, nous avions donné au moins treize façons de voir notre pays. En ce qui concernait le développement personnel, j'espérais que la preuve de sa lignée philosophique rétablirait une partie de sa complexité et de ses nuances. Je pensais que la conscience de son illustre passé, axé sur la transmission de la sagesse et sur la noble aspiration d'aider les lecteurs dans leur quête de sens, contribuerait peut-être à contrebalancer le matraquage de bas étage des adaptations télévisées, des sous-produits ridicules et des franchises sans âme qui affligeaient le marché moderne du livre de développement personnel.

Les préceptes pour bien vivre semblent avoir été un projet essentiel de la plupart des civilisations une fois qu'elles étaient parvenues à survivre aux périodes glaciaires et aux bêtes féroces. Les textes des anciens Grecs abondent en méditations, aphorismes et maximes sur l'eudémonisme ou le bonheur comme but de l'existence humaine. Depuis le ve siècle avant J.-C. jusqu'à la période hellénistique, les philosophes grecs abordent des questions liées à l'amélioration du moi afin de mener une vie meilleure. Platon insiste sur les devoirs de l'être humain pour le bien commun. Socrate préconise de s'interroger sur sa propre existence. Aristote croit qu'une personne vertueuse excelle à être humaine. Zénon de Kition, le fondateur du stoïcisme, suggère que nous pouvons mener une vie vertueuse, une vie heureuse, en étant en harmonie avec la nature, avec notre environnement. Des intellectuels aux ignorants, de la philosophie au développement personnel, la principale préoccupation des êtres humains, une fois leur survie assurée, est de s'épanouir, de faire et d'être meilleur. Considérer le développement personnel comme la prolongation de cette quête a quelque peu atténué mon animosité à son endroit.

Le genre littéraire « Miroir aux princes », inspiré des écrits de Xénophon, historien de la Grèce antique, consiste en récits édifiants de l'époque médiévale sur les exploits de rois et de nobles comme source d'émulation. Après l'invention de l'imprimerie, ces traités eurent un plus vaste public. *Le Livre du courtisan* (1528) de Baldassare Castiglione et *Galatée ou l'Art de plaire dans la conversation* (1558) de Giovanni Della Casa ont ouvert l'ère des livres de *savoir-vivre**, qui expliquent aux gens comment se conduire. Quant au *Prince*, le tristement célèbre traité politique et philosophique de Niccolò Machiavelli de 1513, il se vend encore très bien à Diwan – au rayon Philosophie. *L'Art de la guerre* de Sun Tzu, un traité de stratégie militaire chinois écrit aux environs de 500 avant J.-C., est devenu un succès parmi nos ouvrages sur l'entreprenariat. Je me suis toujours interrogée sur l'origine de la popularité de ces livres à cette époque particulière dans notre région du monde. J'ai lu que *Pensées pour moi-même* de Marc Aurèle était un best-seller en Chine. La promesse d'action contenue dans ces livres doit fasciner ceux d'entre nous qui se sentent impuissants, politiquement ou personnellement. Les Romains de l'Antiquité transcrivaient des textes plurivalents sur le développement personnel. Cicéron, traducteur en latin de la philosophie grecque et l'un des auteurs les plus prolifiques de l'époque de Jules César, a écrit *De Amicitia* (*De l'amitié*), *De Senectute* (*De la vieillesse*) et De *Officiis* (*Des devoirs*), des textes où il donne des conseils aux Romains sur la manière de vivre et d'être à différentes étapes de leur existence et dans différentes situations. Autant de sujets qui sont toujours d'actualité. Mes amitiés, mes responsabilités me préoccupent ainsi que la façon de prendre soin de moi et des autres à mesure que je vieillis. D'autres personnes ont les mêmes inquiétudes puisqu'elles achètent des livres qui promettent de les guider.

Certes, il n'y a rien de nouveau sous le soleil. Ni sous la couette. *Ars Amatoria* (*L'Art d'aimer*) et *Remedia Amoris* (*Remèdes à l'amour*) d'Ovide prouvent que notre obsession de l'amour, des rapports humains et de la sexualité est une histoire ancienne. *Ars Amatoria*, un poème didactique en trois parties, fait la part belle à la séduction et à l'érotisme. Dans la première partie, Ovide explique aux hommes comment séduire une femme, et dans la deuxième la manière de la retenir. La troisième s'adresse directement aux femmes, à qui il explique comment trouver un homme et ne pas le perdre. Dans *Remedia Amoris*, Ovide, conscient que tout est éphémère dans ce bas monde, enseigne à ses lecteurs les façons de mettre fin à une histoire d'amour. Ces ouvrages ont fait l'objet d'un intérêt extraordinaire du vivant d'Ovide, et pendant de nombreux siècles ensuite. Dans ces échantillons tissés de l'histoire, des fils relient les *sebayts* d'Égypte, les philosophes de l'Antiquité grecque et romaine et le développement personnel de l'époque moderne, objet de mon mépris. Les thèmes sont constants, mais la forme évolue au fil du temps. En tant que libraire, j'apprends de mes clients. En revanche, en tant qu'étudiante en lettres, je n'étais pas sûre de pouvoir mettre mes préjugés de côté pour apprendre quoi que ce soit. Là encore, pour reprendre une formule de mon amie Yasmin : « Pourquoi la vie se bornerait-elle à te donner un coup de coude si elle peut t'assommer avec une massue ? »

« Prends ça. Quand tu les auras lus, nous en discuterons, m'intima Nehaya, notre acheteuse Multimédia et papeterie, et, dans la pure tradition de Diwan, la cousine cadette de Nihal.

– C'est quoi ces bouquins, bordel ? Et pourquoi tu me les donnes maintenant ?

– En fait, je les ai achetés pour toi. Tu es dans un état catastrophique ! Tu as besoin d'aide. »

Elle posa deux livres sur mon bureau et sortit. J'examinai son cadeau : *Les Règles – Secrets pour capturer l'homme idéal* et *Pourquoi les hommes adorent les chieuses*. Je parcourus la quatrième de couverture puis la table des matières. Bien sûr, je n'étais pas dans mon assiette, mais qualifier mon état de catastrophique semblait injuste. Numéro Un et moi avions divorcé un an plus tôt. Merde ! C'était il y a trois ans, en fait. Sauf que c'était le dernier avec qui j'étais sortie, et c'était arrivé avant que je n'aie un portable. Depuis, je m'étais consacrée à l'expansion de Diwan. Je travaillais tout le temps – ma stratégie pour réparer mon cœur brisé et combler le vide laissé par la fin de mon mariage –, j'étais vraiment devenue Mme Diwan. Je rêvais bénéfices nets. Je voyais du rouge partout. Pendant la journée, je réfléchissais à notre plan marketing annuel, supervisais l'achat et le renouvellement des titres anglais tout en élevant deux enfants de cinq et sept ans. Rencontrer des hommes était au-delà de ma bande passante.

Mais il était impossible d'échapper à la persévérance de Nehaya. En ce sens, elle ressemblait à

Nihal. Son prénom signifie littéralement « la fin », ou « qui se termine ». Son caractère avait quelque chose d'inflexible, d'impatient. D'une nature agressive, elle était impénitente et avait toujours le dernier mot. Ses cheveux châtains étaient épais, un piercing lui ornait le nez tandis que son regard menaçant était parfait pour toiser les fournisseurs et les collègues. Elle était systématique dans son efficacité et résiliente dans sa vie.

Un soir, quelques jours plus tard, Nehaya m'invita à prendre un verre de façon ostensiblement spontanée.

« Parle-moi de tes progrès. » Elle aborda le sujet sans préliminaires, supposant que je comprendrais aussitôt sa question, ce qui, il faut bien l'avouer, fut le cas.

« Je les ai feuilletés.

– Ça ne suffit pas. Tu dois vraiment les lire. Et obéir aux consignes. Tu ne peux pas être aussi sceptique ni manquer de conviction. Tu dois respecter leurs règles.

– Ta cousine et toi, vous êtes incroyables ! » Nehaya resta de marbre. « La dernière fois qu'on m'a offert un livre de développement personnel, j'ai divorcé. »

C'était vrai : je n'avais jamais cherché le moindre livre de ce genre, pourtant on m'en imposait sans arrêt pour je ne sais quelle raison. Au cours des dernières années de notre vie conjugale, Numéro Un m'avait offert un exemplaire de *Ne vous noyez pas dans un verre d'eau, 100 conseils pour vous simplifier la vie !* parce qu'il estimait que Diwan apportait trop de stress dans notre mariage. D'abord offensée, j'avais fini par le lire. Et j'en avais compris l'intérêt – à ma grande fureur. Je n'arrivais pas à retrouver le moment où j'étais devenue une maniaque du contrôle. Je redoutais depuis toujours les aléas de l'existence. Le contrôle était une illusion utile. Il procurait un sentiment d'action. D'après Carlson, les êtres soucieux de tout maîtriser, comme moi, sont perfectionnistes en raison de la fragilité de leur ego. Nous ne tolérons pas d'avoir tort, d'être critiqués ou faibles. Nous perdons notre discernement si bien que tout a la même importance à nos yeux : le linge sale, les impôts, les fractures des membres, les ruptures de canalisation. Le moindre écart par rapport à nos plans se mue en catastrophe. Le livre préconisait de petits changements, comme de faire une chose à la fois. Il fournissait des outils mentaux pour les situations pénibles, par exemple imaginer les gens qui vous exaspéraient en bébés porteurs de couches. Pendant la période où j'ai été consciente de mes pensées et de mes actes, les conseils de Carlson m'ont servi. Puis, à l'instar de la plupart des gens ayant recours à ce genre de livres, j'ai cessé d'être attentive et les conseils ont cessé de fonctionner. Cela marche toutefois suffisamment longtemps pour nous convaincre de leur efficacité et de notre potentiel.

« Tu n'as pas divorcé à cause de ça. De toute façon, cela remonte à plusieurs années, commenta Nehaya, peu coopérative.

– Nehaya, je suis féministe, je ne peux…

– La ferme. Je m'en fiche. Moi aussi, je suis féministe. Et tu sais quoi ? Aucun putain de manifeste n'interdit de lire des livres sur comment draguer les mecs.

– Je ne suis pas l'une de ces femmes incapables de vivre sans homme.

– Je n'ai pas dit que tu l'étais. Mais le monde des rencontres amoureuses n'est plus ce qu'il était. Pourquoi ne lis-tu pas sur ce sujet de façon à mieux le contrôler ? » Elle poursuivit. « Ces livres ont changé ma vie. Ils t'aideront à rompre avec tes mauvaises habitudes et ton comportement désastreux.

– Tu sais que je me méfie de la sagesse facile d'accès.

– Passe à autre chose et prends-toi en main.

– Et si j'étais irrécupérable ? » plaisantai-je à moitié, me levant pour remplir nos verres.

Je ne pouvais avouer ce que je redoutais vraiment : nous étions tous, moi compris, irrécupérables. Le développement personnel avait été conçu pour dédramatiser et occulter l'aliénation profonde de la vie sous le capitalisme, le patriarcat et tous les autres systèmes dysfonctionnels. L'épanouissement individuel est un antidote trompeur contre la rupture de plus en plus évidente de nos relations avec la nature, la famille, la collectivité. Je n'en suis pas moins sensible au plaisir de la consommation, même si je suis consciente que cela ne réglera pas mes problèmes plus importants. Mon armoire à pharmacie déborde de compléments alimentaires garantissant souplesse des articulations, solidité des ongles et renforcement du système immunitaire. Je n'ai pas encore avalé un seul de ces comprimés.

Les adeptes du développement personnel réclamaient tous à la librairie des titres promettant une guérison indolore. Un dialogue me revient précisément en mémoire. « Je suis ravie de ne plus devoir rapporter ces livres d'Amérique. Mon mari adore Diwan parce qu'il n'est plus obligé de payer un excédent de bagages quand nous voyageons », s'enthousiasma une cliente qui parcourait des titres de la collection *Chicken Soup*. Ahmed, toujours l'un des meilleurs libraires de Diwan et récemment promu responsable du service clients, se tenait à deux pas d'elle, les mains croisées dans le dos. Je voyais les yeux de cette femme voilée passer d'une couverture à l'autre des volumes disposés sur la table. Elle finit par constater : « Je les ai tous lus. Vous avez d'autres titres disponibles ?

– Un instant, je vais vérifier », répondit Ahmed, l'air contrit. Quand un client partait les mains vides de Diwan, il le prenait comme un affront personnel.

« Je vais essayer de vous faciliter la vie, reprit la femme. Je possède la totalité de ceux publiés jusqu'en 2008.

– Vous êtes une lectrice assidue.

– En effet. Je suis quelqu'un qui va au fond des choses. Mon mari dit que j'ai un goût sûr en matière de livres.

– Votre mari est un homme perspicace. Cependant, si je puis me permettre, vous devriez partager ces lectures avec plus de personnes. Elles sont réparatrices et, quand on découvre quelque chose qui guérit, c'est de notre responsabilité de relayer l'information. »

J'écoutais Ahmed, tandis qu'il persuadait avec douceur la cliente que c'était son devoir civique de partager avec son entourage les intuitions de *Chicken Soup*. « Au lieu d'apporter des confiseries ou des fleurs lorsque vous rendez visite à quelqu'un, vous devriez leur offrir de bonnes ondes. Les gens vous seront redevables à jamais. »

De ma cachette derrière l'étagère voisine, je fus saisie d'une sorte d'admiration. Une fois qu'il eut escorté la cliente enchantée avec ses achats jusqu'à la caisse, Ahmed revint au centre de la librairie et m'adressa un simulacre de salut.

Au fur et à mesure de l'essor de Diwan, une équipe d'acheteurs m'avait remplacée. Plutôt que de commander et de vendre des livres, je les supervisais. Ahmed servait de filtre et de fournisseur. Il parlait aux clients, évaluait leurs besoins, les titres qui manquaient, les nouvelles tendances, les modes en déclin, et communiquait ses conclusions aux acheteurs. Il suggéra que nous augmentions les commandes d'ouvrages de développement personnel. Je le rembarrai : « Tu veux qu'on se procure un divan, qu'on fasse venir un psy et qu'on change notre licence de librairie pour celle d'un cabinet médical, c'est ça ? »

Plus tard, de retour dans mon bureau, je cherchai les titres de *Chicken Soup*. Je m'aperçus qu'il ne s'agissait pas que d'une simple collection de livres. C'était un empire. Deux cent cinquante titres s'étaient vendus à plus de 110 millions d'exemplaires, brochés et en poche, rien qu'aux États-Unis et au Canada. J'appris qu'aucune édition de poche n'avait eu autant de succès. L'empire avait d'humbles origines. En 1993, ses fondateurs, deux conférenciers inspirés, avaient entrepris de recueillir et de publier les récits de gens ordinaires ayant surmonté l'adversité. Au fil du temps, ce projet avait muté et s'était développé, se diversifiant dans une pléthore de produits de la marque, générant plus de 2 milliards de dollars. En 2004, il existait même une boîte d'aliments pour animaux domestiques.

Les textes étaient plutôt inoffensifs : un prêchi-prêcha complaisant mais anodin. En revanche, la croissance exponentielle de la marque me perturbait. Cela semblait complètement contradictoire avec les histoires folkloriques apaisantes que vendaient ces livres. L'éventuel franchisé refusant de me serrer la main me revint en mémoire. Il nous avait fait la description de mini-Diwan, de cafés indépendants, de librairies phares dans des centres commerciaux, de points de vente dans les universités, de commerces saisonniers. Nous l'avions congédié, mais peut-être concrétisions-nous sa vision. *Chicken Soup* paraissait symboliser le résultat pervers, au demeurant rentable, d'une telle expansion. Leur cible avait beau être une multitude de publics – amoureux de la plage, spectateurs de courses NASCAR, femmes ménopausées, golfeurs, pratiquants de religions essentiellement occidentales –, ces gens n'avaient jamais publié une collection destinée aux hindous, aux bouddhistes ou aux musulmans. La femme voilée le savait-elle, s'en souciait-elle ?

Parfois, lorsque je parcourais les allées de Diwan, je regardais nos ouvrages avec l'optique du développement personnel. *Orgueil et Préjugés* devenait un manuel décalé sur la façon de draguer un mec. L'*Illiade* était un conte moral du genre « Miroir aux princes ». *Les Mille et Une Nuits* était, au sens propre, un guide de survie. Le contexte fait tout. Prenez l'une des meilleures ventes de Diwan, un mélange de fiction et de développement personnel : *L'Alchimiste* de Paulo Coelho. Cet auteur m'agaçait. Ses livres *à la* Chicken Soup* – se prêtaient à la multiplication de produits de marque et de babioles, calendriers, journaux intimes, minilivres de poche de citations sentimentales, qu'on nous bombardait à toutes les vacances. Nihal l'adorait – bien sûr. Je le méprisais encore plus – évidemment. Les clients ne cessaient d'acheter ses livres, ce qui m'obligeait à augmenter mes commandes et suggérait que je ne connaissais peut-être ni mes clients ni mon marché aussi bien que je le croyais. Avec l'idée d'apprendre des autres et de savoir pourquoi on en faisait tout un plat, je décidai de le lire.

Comme pour mon achat du livre sur la grossesse, je niai avoir le moindre rapport avec *L'Alchimiste*, revendiquant de nouveau mon statut d'acheteuse professionnelle auprès du caissier. Rentrée chez moi, je dînai avec Zein et Layla, je leur relus leur épisode préféré de *Capitaine Superslip*, les bordai tandis qu'elles en réclamaient un autre à cor et cri, puis je m'installai pour ma lecture programmée du soir. J'ouvris le livre, en feuilletai les premières pages, hésitant à sauter la préface. Je décidai de la lire en diagonale et m'interrompis aux mots suivants : *Au fil de ces pages, je transmets tout ce que j'ai appris.* Je craignis d'avoir affaire à des confidences excessives. Je voulais juste parcourir l'ouvrage afin de comprendre le sens du battage médiatique. Personne ne m'avait prévenue qu'il s'agirait de révélations cataclysmiques ou d'une exploration bouleversante.

L'Alchimiste raconte l'histoire de Santiago, un jeune berger andalou qui fait un rêve récurrent. Une gitane diseuse de bonne aventure interprète ce songe : elle lui annonce qu'un trésor l'attend dans les anciennes pyramides d'Égypte. On suit Santiago dans son voyage tant physique que spirituel au terme duquel il prend conscience que son rêve, ou sa légende personnelle, relève de quelque chose d'infiniment plus vaste : l'âme de l'univers.

Dans l'esprit des confessions gravées sur les parois des tombes – traditionnellement écrites sous forme de négations –, le livre ne me déplut pas. Il est instructif, simple, redondant. Le recours prolifique de Coelho à *mektoub*, la croyance au destin et au déterminisme, se traduisant littéralement par « C'est écrit » me ravirent, de même que le dénouement : le trésor de Santiago se trouvait dans l'ancienne pyramide de Gizeh. Et pareille au *khamsin*, le vent du Sahara, la fierté que tout ce qui était égyptien inspirait à mes clients souffla sur moi et balaya mon scepticisme.

J'avais abordé le livre, forte de convictions développées depuis l'enfance. Mes parents m'avaient inculqué que plus je travaillerais, plus je serais quelqu'un de bien, mentalement, spirituellement, émotionnellement, physiquement, financièrement. Aussi avais-je conçu du dédain pour la facilité. L'espace d'un moment, le livre abolit cette façon de penser en décrivant « le langage de l'enthousiasme, des choses que l'on fait avec amour, avec passion, en vue d'un résultat que l'on souhaite obtenir ou en quoi l'on croit ». Je n'avais jamais trouvé une meilleure explication pour Diwan. Le secret du succès de Hind, Nihal et le mien, était notre amour, notre passion, notre désir réel, sincère et partagé de créer quelque chose qui nous correspondait. Une passion dont j'avais à peine eu conscience tandis que je parcourais le magasin, empilais des livres, présentais aux lecteurs les nouveaux auteurs qui deviendraient leurs préférés. À présent, je m'en rendais compte car cette passion avait disparu. La frénésie de l'essor, du développement, l'avait engloutie. Inéluctablement, l'essence s'était diluée. Toutefois, au cœur de cette effervescence, j'avais compris que notre engagement pour propager la culture au sens le plus large avait été créatif et audacieux. Nous avions essayé un nombre incroyable de formats différents dans nombre de lieux différents. Nous ne renoncions que lorsque nous y étions obligées.

Lorsque je terminai le livre, le charme était rompu. Je l'avais lu pour mieux comprendre les lecteurs de Diwan et le marché mais, à la fin, je me sentais toujours étrangère aux deux. Pour moi, les bons livres doivent interroger, suggérer, sonder nos idées toutes faites sans nous en donner de nouvelles. Étudiante en lettres, j'avais adoré *Le Loup des Steppes* de Hermann Hesse et *Ulysse* de James Joyce. Une littérature substantielle et enrichissante. Les textes de développement personnel sont comparables aux chips Pringles, on y prend plaisir sans aucun effort. D'où leur popularité. Une autre de nos meilleures ventes, *Passing Time in the Loo*[1] de Steven W. Anderson, un recueil de résumés de textes classiques, permettait également au lecteur de tricher et de sacrifier la nuance au profit de la facilité. Ce qui m'était égal pour ce texte, car il n'y avait pas de promesse de guérison spirituelle ni de conseils ; il ne dissimulait pas son objectif. En tant que libraire, mon devoir était d'apporter du grain à moudre aux lecteurs et d'élargir leur horizon. En tant que femme d'affaires, mon devoir envers mes associées était de réaliser les plus grosses marges et les meilleures ventes. En tant que lectrice assidue, j'avais un droit de séjour dans les latitudes de l'amour et de la haine.

1. Littéralement : *Passer le temps au petit coin*. Non traduit en français.

Le fait que j'aie rencontré Paulo Coelho des années auparavant n'aidait pas. En 2005, il était venu en Égypte pour donner une conférence à l'université du Caire. Des photos le montrant assis près de Naguib Mahfouz avaient colonisé les journaux. Diwan, sa librairie attitrée, l'escortait à chaque événement et vendait des centaines d'exemplaires de ses livres. Vers la fin de son séjour, je m'étais retrouvée à côté de lui à un dîner. Aussitôt, je lui avais confié le plaisir que j'avais éprouvé à écouter l'une de ses récentes conférences à l'université du Caire. Il n'avait pas été intéressé le moins du monde, trop habitué sans doute à être l'objet d'un culte pour que mon enthousiasme l'émeuve. Il s'était tourné vers sa voisine, et j'étais partie.

Comme la plupart des échanges qu'on a imaginés, celui-ci avait été décevant. En 2014, son livre était resté sur la liste des meilleures ventes du *New York Times* pendant plus de trois cent quinze semaines, avait été traduit dans quatre-vingts langues et détenait selon le *Guinness World Records* la palme du livre le plus traduit d'un auteur vivant. En 2014, cela faisait plus de dix ans que j'approvisionnais et que je rangeais ses ouvrages sur les étagères des dix magasins Diwan. Je n'en pouvais plus. J'envoyai un mémo au service des achats pour interdire qu'on présente sur nos tables *L'Alchimiste* et tous les autres titres de Paulo Coelho, hormis une nouveauté. J'en avais assez de tomber sur *Veronika décide de mourir* ou *Onze minutes*, ou *La Sorcière de Portobello* dès que j'entrais dans une librairie

Diwan. Je craignais que mes lecteurs ne deviennent paresseux. Ils étaient censés soutenir et défendre la mission de Diwan, qui était de surprendre et d'enchanter nos clients avec de nouveaux livres. Les livres de Paulo finissaient par symboliser la solution de facilité : ils assenaient des certitudes dans un monde incertain.

« Qu'est-ce que ça fiche ici ?

– Ne hausse pas le ton, nous sommes dans une librairie », siffla Dalia, les mains levées en un geste d'apaisement.

Dalia, l'acheteuse principale de Diwan, avait été encadrée et formée par la redoutable Nehaya, pas de doute là-dessus.

« Je me calmerai si tu m'expliques cette abomination ? »

Nous nous trouvions dans le nouveau magasin de Maadi, situé sur la route 254. Nous l'avions ouvert en 2013, quelques années après la fermeture du premier, un échec lamentable. Au cours de notre phase d'expansion, nous avions fait de grosses erreurs : nous avions ouvert des succursales dans des emplacements qui n'avaient rien d'idéal, puis nous les avions fermées trop vite ou les avions laissées ouvertes trop longtemps. Ce qui avait augmenté les pertes sur notre bilan dans les deux cas de figure. Nous n'hésitions pas à faire une croix dessus tout en surévaluant les leçons que nous en tirions. De même que pour nos succès, Hind, Nihal et moi partagions avec équité la responsabilité des catastrophes. Nous nous préoccupions trop des sentiments des unes et des autres pour y porter atteinte. Je savais que des hommes d'affaires sérieux n'auraient pas été aussi attentifs. Mais nous n'étions ni sérieuses ni des hommes.

« Tu parles de ton mémo ? Selon ta consigne, on peut le mettre sur les tables de présentation puisque c'est un nouveau titre.

– Dans notre secteur, un livre sorti depuis cinq mois n'est plus une nouveauté ».

Alors que nous continuions à nous disputer, je me rappelai que j'avais cédé une bonne partie de mon pouvoir à Dalia et à son équipe d'acheteurs. J'avais renoncé à ce que j'aimais le plus. Cela faisait une décennie que Dalia travaillait à Diwan, elle avait gravi les échelons et occupait à présent l'un des postes administratifs cruciaux. Consciente qu'elle était plus douée pour les chiffres et les tableurs que moi, je n'en tenais pas moins à regarder par-dessus son épaule à tout bout de champ, à vérifier ses copieux bilans.

« J'estime que tu devrais mettre plus d'auteurs originaux en avant, insistai-je.

– Plus que ce je fais déjà ? » Dalia parcourut un tableau. « Voyons voir. On n'a vendu que dix exemplaires du *Conseiller* de Hilary Mantel sur les cinquante que j'ai commandés au cours de ces neuf derniers mois.

– Peut-être parce que tu as parié sur le relié ? Tu sais que notre clientèle n'achète pas les grands formats, lançai-je inutilement.

– Tu ne peux pas nous donner un budget et des objectifs, puis nous empêcher de les atteindre.

– Dispose-les sur la table centrale et briefe les vendeurs pour qu'ils les recommandent à la clientèle. »

À ce stade, j'en étais venue à supplier.

« Nehaya m'a appris que chaque titre a un loyer pour rester sur mon étagère. S'il ne le paye pas, il est expulsé », riposta Dalia, tandis que Sayed, son assistant, nous rejoignait. Son regard navigua de l'une à l'autre ; il n'avait manifestement pas l'intention d'intervenir entre sa patronne et la patronne de sa patronne. « Ce n'est pas parce qu'il a remporté le Man Booker Prize qu'il intéresse nos lecteurs, conclut Dalia.

– La vente des livres, c'est comme le mariage ou le football. Si un certain savoir-faire est indispensable, le destin et la chance jouent un rôle plus important qu'on ne veut bien l'admettre. »

Je lui proposai un marché : « D'accord pour Paulo si tu es d'accord pour Hilary juste à côté de lui.

– Marché conclu. Ils ont droit à un mois, ensuite ils disparaîtront de la table. » Dalia fit signe à Sayed qui nota dans son carnet, avec la sérénité d'un scribe, notre concession réciproque.

Les livres de développement personnel ont tendance à refléter les difficultés des époques pendant lesquelles ils ont été écrits. Après le krach de 2008 et la dépression subséquente, les livres de gestion financière proliférèrent. La gourou du désencombrement, Marie Kondo, eut un succès fou pendant la période de consumérisme et d'abondance qui suivit. Malgré ma rancœur envers ce genre, je crois vraiment que les livres nous aident. Au cours de la décennie précédant la révolution égyptienne, les ventes d'ouvrages de développement personnel explosèrent. Que ce soit en raison d'une corrélation ou d'une causalité, ces ventes sans précédent semblaient liées à la promesse du genre de vous donner la capacité d'agir et de résoudre les problèmes. Las d'attendre des coups de main du gouvernement, les Égyptiens cherchaient des pistes pour s'aider eux-mêmes. Cela valait mieux que l'inaction.

Pendant les dix premières années de Diwan, les clients qui s'attardaient dans la partie réservée aux œuvres en arabe de nos librairies achetaient des ouvrages pragmatiques et pédagogiques pour améliorer leurs compétences de membres dynamiques du monde du travail. Ces livres renforçaient la conviction que notre vie peut évoluer si nous travaillons davantage. La traduction en arabe des *7 habitudes de ceux qui réalisent tout ce qu'ils entreprennent* de Stephen Covey se vendit remarquablement bien. Les lecteurs de Diwan avaient-ils la même ambivalence que moi envers ces textes occidentaux visiblement destinés à un public dont nous ne faisions pas partie ?

J'avais renoncé à m'y plonger. À la place, suivant les recommandations de Nihal, je lisais sur la pensée positive, essayant de m'exprimer, de visualiser, de me concentrer. À la fin de chaque trimestre, je souhaitais intérieurement que le suivant soit plus réussi. Ce n'était jamais le cas, quoi que nous fassions. Nos cycles de succès, d'échecs, de profits et de pertes étaient difficiles à briser. Alors qu'on s'enfonçait de plus en plus dans le rouge, Hind, Nihal et moi discutions des moyens qui nous permettraient de revenir dans le vert. Nihal estimait qu'il fallait fermer plus de magasins. Hind considérait que nous devions continuer jusqu'à ce que nous parvenions à joindre les deux bouts. Pour ma part, je ne savais que penser. J'étais fatiguée. Mon rêve était lointain et ingérable. J'avais le sentiment que Diwan était un albatros autour de mon cou. Je craignais que Diwan ne se venge de nous parce que nous avions été trop exigeantes, trop voraces. Néanmoins, nous nous maintenions mutuellement à flot. Certains jours, Nihal sentait que c'était sans espoir, d'autres, c'était moi. Hind nous rappelait le côté éphémère de toute chose.

Tout comme nous nous étions développées, nous commençâmes à nous atrophier brutalement. Nous dûmes fermer des magasins et remercier des employés. Payer des pénalités et des indemnités de licenciement anticipé. Le premier magasin à disparaître fut celui de Mohandessin. Je n'y étais pas trop attachée, cela ne me blessa donc pas autant que celui de l'université du Caire qui avait été un échec, impossible de le qualifier autrement. Je continuai à regretter de ne pas avoir imaginé le local différemment, par exemple en n'en faisant simplement qu'un café avec des articles de papeterie abordables. Ma vision étroite m'avait empêchée de voir la réalité. Ensuite, il y eut les plus petits points de vente, tel le Diwan pour enfants du Gezira Sporting Club (encouragés par le nombre croissant de librairies potentielles, les propriétaires avaient décidé de doubler le loyer), puis ceux des centres commerciaux. Le Diwan de l'aéroport du Caire avait dépéri sous la bureaucratie : la réglementation gouvernementale nous avait empêchées de faire notre boulot. Nous avions le droit de livrer nos produits dans leurs entrepôts mais pas celui de réapprovisionner directement notre magasin. Au lieu de quoi nous devions nous fier aux employés des boutiques duty-free qu'il fallait sans cesse harceler et cajoler pour qu'ils agissent.

Finalement, on élabora un plan : nous allions simplifier les magasins existants. Nous ne pouvions revoir notre concept pour chaque quartier ou chaque nouvelle clientèle. Nous devions créer une formule et nous y fier. Mais rien ne perturbe autant un business plan bien ficelé que de grands remous politiques. À l'instar d'un accident de voiture, ce fut à la fois soudain et vécu au ralenti. Le 25 janvier 2011, les Égyptiens envahirent les places. Les promesses non tenues depuis cinq décennies avaient suscité une frustration palpable. Dans les premiers jours, avant qu'on ne puisse qualifier le mouvement de révolution, il eut une succession de manifestations de plus en plus importantes, que la police réprima à coups de balles en caoutchouc et de gaz lacrymogènes. Je téléphonai à ma mère.

« Maman, ce n'est pas prudent que tu restes seule. Viens t'installer chez nous, au moins jusqu'à ce qu'on voie comment les choses vont évoluer.

– Tu me rappelles ton père, ma chérie. Toujours à s'inquiéter. Je suis soulagée qu'il ne soit plus parmi nous. Ce désordre lui aurait donné une attaque, et j'aurais dû l'écouter fulminer.

– Je répète que tu ne devrais pas rester seule.

– Je ne le suis pas, et l'Égypte non plus. *Masr Mahrousa*. L'Égypte est bénie. Elle l'a toujours été, elle le sera toujours. Tout est pour le mieux. Tout finira par s'arranger.

– Regarde par ta putain de fenêtre, maman ! Tu ne vois pas les gaz lacrymogènes ?

– Tu te fies trop à ce que tu vois, c'est ça ton problème. »

Une révolution est un cataclysme. Les émotions sont exacerbées. Le mécontentement et l'espoir fleurissent côte à côte. D'anciennes lignes de faille se fracturent. Rien n'est ordonné. Rien n'est clair. En tant qu'Égyptienne observant les événements de 2011, j'étais d'un optimisme prudent. En tant que cheffe d'entreprise, je redoutais le coût de l'anarchie. À moins d'avoir la volatilité d'un indice boursier, l'instabilité ne rapporte rien. Et les mois de turbulences qui suivirent furent destructeurs à la fois sur le plan émotionnel et financier. Défilés et manifestations se produisirent dans toutes les villes. Nous nous efforcions de préserver le moral de notre personnel et de garder intacte la structure de nos magasins. Pour les sept qui restaient et les

108 employés, les manifestations, couvre-feux, blocages de rues ajoutaient à l'incertitude. Nous perdions de l'argent chaque jour. Nous ne pouvions ouvrir. Les gens achetaient des denrées alimentaires, pas des livres. Conscientes de notre responsabilité en tant qu'employeurs, on continua à régler les salaires sans tenir compte de la trésorerie ou des mauvais bilans, alors que d'autres les différaient ou ne les versaient pas.

Telle une agnostique qui prie Dieu en cas de besoin, je me surpris à souhaiter qu'il existe un livre de développement personnel susceptible de m'orienter dans mon tumulte émotionnel. Sous le gouvernement de Moubarak, l'injustice régnait en Égypte, mais nous y étions habitués. À présent, nous craignions l'inconnu. À mesure que les troubles continuaient, les manifestations devenaient *millionyat*, des marches d'un million d'hommes. La place Tahrir en était le centre. Je la connaissais bien. Je la traversais tous les jours quand j'étais étudiante. J'avais sauvé *The Naked Chef* au Mogamma, le bâtiment administratif situé à proximité.

Ils étaient si nombreux, ceux qui y restaient nuit et jour ! Ils formaient un microcosme utopique. S'aidant les uns les autres. Rêvant d'un pays différent. J'avais eu le même rêve dans les années quatre-vingt-dix, protestant contre les mutilations génitales féminines. Cette fois, je ne bougerais pas. Je ne me rendis pas place Tahrir parce qu'aucune des factions ne représentait ce que j'espérais pour l'Égypte. Je ne comprenais pas ce que chacun défendait.

Et j'avais une entreprise à gérer. Même si nous ne générions pas de bénéfices, nous étions toujours un tiers lieu. Nos magasins se muèrent en confessionnaux. Les gens s'y rassemblaient, discutaient, comparaient leurs expériences. Diwan était un refuge dont on pouvait s'échapper ou vers lequel on pouvait revenir, en fonction de ce qui se passait à l'extérieur. Je me posais des questions difficiles. Quel était le rôle de Diwan dans tout ceci ? Comment allions-nous nous adapter pour survivre ? Il y avait une interrogation que je n'osais même pas formuler : Diwan survivrait-elle ?

Au bout de dix-huit jours et dix-huit nuits de manifestations, le président Hosni Moubarak démissionna, mettant fin à son règne de trente ans. Une euphorie accueillit l'avenir radieux qui s'annonçait. En 2012, après un an de gouvernements de transition, de naïveté politique (nous aurions dû lire plus attentivement *Le Prince*) et de chaos, on se retrouva entre le marteau et l'enclume. On finit par retourner aux urnes, contraints de choisir entre deux candidats provenant des sphères habituelles : un membre des Frères musulmans et un ex-général. À la manière de la Terre qui tourne, nous étions de retour à la case départ.

Le 30 juin 2012, presque un an et demi après les premières manifestations, Mohamed Morsi, le candidat des Frères musulmans, prêta serment en tant que premier président d'Égypte démocratiquement élu. Il serait le président de certains. Pas de tous.

Mes employés et moi-même n'étions pas du même avis. Ils prenaient le parti des Frères pour des raisons pratiques à défaut d'être religieuses. La plupart avaient grandi dans des quartiers où les associations communautaires de la Société des Frères musulmans proposaient des services en matière d'éducation et de santé dépassant de loin les services publics plutôt minables. J'en voulais aux gouvernements précédents d'avoir livré le peuple aux islamistes faute de répondre à ses besoins les plus élémentaires.

Dans un autre contexte, j'aurais ravalé ma salive et enduré en silence. Un ou deux mandats, puis il s'en irait. Ce n'est malheureusement pas le mode de fonctionnement des dirigeants égyptiens. Ils n'abdiquent que sous la pression, celle de la main de Dieu ou de la botte de l'homme. Je redoutais des décennies de gouvernement islamiste. J'avais conscience de mon impuissance à changer l'inéluctable. Une fois de plus, je n'avais de contrôle que sur moi-même. Je planifiai mon exode. Lorsque, un an plus tard, une révolte populaire soutenue par l'armée évinça Morsi et ses sbires, j'avais déjà fait mes plans. J'entendais les plaisanteries dans les couloirs de nos bureaux, les employés musulmans qui, « blaguant » avec leurs collègues coptes, espéraient qu'on ne leur imposerait pas la *jizya*, un impôt historiquement payé par les non-musulmans à leurs dirigeants musulmans. Moi, cela ne me faisait pas rire. Je devais choisir entre l'avenir de Diwan et celui de mes enfants. Je choisis le second. Diwan m'avait déjà pris les quinze dernières années.

Nos clients lisaient plus que jamais. Si les ventes de mes ouvrages en anglais chutaient – les acheter semblait presque antipatriotique –, celles des livres en arabe de Hind proliféraient. Les premières années de la révolution fournirent une matière infinie pour le sarcasme, la satire, l'absurde, qui s'épanouirent dans le désordre et l'absence de censure. Les émissions-débats surfaient sur la vague. Tout le monde avait une opinion et tenait à l'exprimer, de sorte que les gens parlaient sans écouter. Puis, aussi rapidement que cette tornade de l'hyper-expression avait balayé l'Égypte, elle se consuma, se dilua jusqu'à être réduite à néant.

En 2014, les habitudes d'achat se modifièrent tandis qu'une lassitude collective s'installait, finissant par laisser place à la désillusion. La demande d'ouvrages spirituels s'accrut d'une manière significative. Notre déception me faisait aussi souffrir. Les livres, surtout ceux sur la transcendance, étaient des antidotes au burn-out. Nous avions trop regardé les informations pendant les années fébriles qui avaient succédé à la révolution. Un sentiment d'échec imminent planait. Le Printemps arabe avait débouché sur un interminable hiver, celui de notre mécontentement. Soudain, tout le monde achetait la traduction arabe de 2008 du *Secret* de Rhonda Byrne, un ouvrage sur la réalisation de ses désirs grâce au pouvoir de la pensée. Après mon rendez-vous, tout sauf galant, avec Paulo, je lus les premières pages du *Secret* sur ordre de Nihal et compris instinctivement sa promesse. La Bible nous proposait la même dans l'Évangile de Luc : « Car quiconque demande reçoit, celui qui cherche trouve, et l'on ouvre à celui qui frappe. » *L'Alchimiste* et *Le Secret* évoquaient une habitude essentiellement humaine : rêver. Nous voulions que nos rêves deviennent réalité. Mais que se passait-il ensuite ? Notre rêve se réalisait, ne correspondait pas à ce qu'on avait imaginé, alors quoi ? Il y a un problème de classification. Un rêve ne peut pas se concrétiser, sinon ce n'en est plus un. Peut-être que l'entéléchie pour le rêve se nommerait « perte ».

Nous voulions nous recréer. Nous voulions remodeler notre pays. Nous voulions nous connaître les uns des autres. Nous avons gardé la foi malgré les impondérables. Nous avons refusé l'amertume. La lecture est l'expression d'une conviction, voire l'acte de développement personnel par excellence.

« J'ai un cadeau pour toi, dis-je à Nihal en plaçant un exemplaire de *Vous pouvez être ce que vous voulez être* de Paul Arden entre ses mains.

– Je croyais que tu haïssais les livres de développement personnel, commenta-t-elle, les yeux pétillants sous l'effet de la surprise.

– Haïr est un bien grand mot. D'autant que ce titre vient du rayon Art et Design. C'est un gourou de la publicité qui l'a écrit... Un charlatan qui, comme tous ses confrères, sait qu'il est un charlatan. Le genre de personnes chères à mon cœur. » Je savais que je devais convaincre Nihal. Je repris le livre, me mis à le feuilleter en lisant à voix haute quelques passages. « L'idée de l'endroit où vous voulez être et qui vous voulez être est votre plus grand atout. » C'est fabuleux ! « Sans but, il est difficile de marquer. » C'est génial ! « La perosnne – faute d'orthographe intentionnelle – qui ne fait pas d'erreurs a peu de chance de faire quoi que ce soit. » Rien de plus vrai ! Nous en sommes la preuve vivante. Et ma putain de préférée : « Échoue. Échoue de nouveau. Échoue mieux. » Je rendis le livre à Nihal, complètement emballée.

Le dernier fragment était tiré d'une nouvelle, *Cap au pire*, de Samuel Beckett, mon pessimiste favori : « Déjà essayé. Déjà échoué. Peu importe. Essaie encore. Échoue encore. Échoue mieux. » Cette citation, qui semble avoir sa vie propre, est tatouée sur le bras d'un célèbre joueur de tennis et apparaît sur nombre de CV des nerds de la Silicon Valley. Au cas où vous vous poseriez la question, elle s'applique à tout, au meilleur comme au pire de cette vie : l'amour, le mariage, les affaires, l'amitié, la révolution – et même l'espoir.

Épilogue

À mon départ du Caire, brisée et vaincue, je me remémorais sans arrêt l'époque où Diwan était plus simple. Où Hind, Nihal et moi étions des énergies positives dans nos existences respectives. Où je n'étais pas paralysée par la culpabilité d'avoir abandonné tout le monde et tout ce qui m'était cher. Chaque fois qu'on me félicitait pour ce que nous avions construit, j'avais le sentiment d'être une usurpatrice. L'argent n'est peut-être pas le plus important symbole de réussite, mais en affaires, il l'est. En vérité, Diwan n'est pas une entreprise. C'est une personne, et ceci est son histoire.

Si j'avais la possibilité de repartir de zéro, je ne privilégierais jamais les recettes au détriment de l'impact. À tout prendre, je préférerais une librairie qui se démarque à une qui fait des bénéfices. Nous avons commis bien des erreurs afin d'en tirer des leçons. Nous avons payé cher pour avoir osé ce qui n'avait jamais été tenté auparavant. Peut-être aurions-nous dû nous contenter d'un seul magasin. Sauf que Zamalek s'est toujours révélé trop petit pour nous toutes.

Les cinq premières années ont été chaotiques. En un sens, les choses ont évolué en fonction d'un plan que nous n'avions même pas élaboré. Les cinq années suivantes, les plans que nous avons élaborés ont fait de sacrées embardées. Quant aux cinq années d'après, elles ont simplement été pénibles. Nihal, épuisée, prit congé de Diwan. Hind et moi l'avons imitée. Mais nous ne pouvions pas laisser Diwan orpheline. Nous avons essayé de l'apaiser. Nous avons créé une équipe de direction de cinq personnes issues des différents secteurs. Ce ne fut pas une réussite. Nous avons embauché un directeur général. Le résultat fut pire.

En fin de compte, les planètes s'alignèrent d'une manière qui convint à Diwan. Nihal était restée très proche de deux ex-Diwaners. La première, Amal, avait pris la relève de Shahira comme directrice de la librairie de Zamalek pendant quelques années, et la seconde, Layal, avait été directrice adjointe de celle de Héliopolis. Même après avoir quitté Diwan, elles avaient continué à retrouver Nihal dans les Cafés Diwan de la ville. Elles évoquaient le bon vieux temps. Elles se demandaient « Et si ? ». Et peu à peu, une nouvelle trinité se constitua. Leur vision commune, tournée vers l'avenir plutôt que vers le passé, galvanisait Nihal, l'éternelle adepte des partenariats. Ce fut une heureuse coïncidence où l'amitié s'allia à la passion. En 2017, Nihal, Amal et Layal siégèrent au conseil d'administration de Diwan. L'année suivante, pour laisser la place à cette nouvelle orientation, Hind et moi avons présenté notre démission. Pour la première fois depuis la création de Diwan en 2001, nous n'étions plus membres du conseil d'administration.

Où sont-ils tous à présent ? Nous en avons perdu certains. Au début, nous avions choyé nos employés et leur ego fragile. Au fil du temps, nous étions devenues moins tolérantes. Si l'un d'entre deux menaçait de démissionner, nous mettions sa menace à exécution séance tenante. Même si nous déclarions avec insistance que nous faisions tous partie de la famille Diwan, nous leur rappelions que personne n'était indispensable. Après dix ans passés à être mon chauffeur, Samir a brandi la menace de son départ. Je ne me souviens pas précisément de ce qui l'avait poussé à bout. Il avait d'ordinaire le cuir épais, qui le protégeait de ce que je pouvais dire ou faire. Il n'en a pas moins formulé sa menace. J'ai coupé le cordon. Ce que j'aurais évidemment dû faire depuis longtemps. Il téléphone à chaque Noël pour prendre des nouvelles de Zein et de Layla. Il me conseille de trouver un équilibre entre affection et discipline envers mes filles, car il sait que je peux parfois être un tantinet brutale. Il m'assure que les années Diwan ont été les plus gratifiantes de sa vie.

Il y a aussi Amir, extraordinaire acheteur de livres. Premier employé de Diwan, il a gravi les échelons jusqu'à diriger le service Achats des ouvrages en arabe, développant son réseau d'assistants et d'analystes de données. Au bout de quinze ans, il est parti créer sa maison d'édition. Une nouvelle qu'il nous a annoncée à Hind, Nihal et moi en l'accompagnant d'une flatterie propre à lui. « C'est votre victoire. Vous m'avez tout appris. Je continue votre œuvre. » Nous lui avons souhaité bonne chance. Il eut un geste qui défiait les conventions sociales, de genre et de classe, en nous embrassant l'une après l'autre sur le front. J'ai pleuré. Hind a interprété son geste comme la promesse d'un fils de ne pas laisser tomber sa mère. Notre mère, à qui nous en avons parlé plus tard, a estimé que c'était Judas et Jésus. J'étais allée à son premier mariage, ainsi qu'au second, et je lui ai présenté mes condoléances à la mort de son père. Nous n'avions cependant jamais transcendé notre dynamique patronne/employé. Je le connaissais très bien et je ne le connaissais absolument pas.

Les lecteurs ont laissé des vestiges sur nos étagères. Ils emportaient aussi des parties de Diwan sous forme de livres et de sacs. Si la pénible fin des sacs a modifié notre relation à Minou et moi, nous sommes restées amies. Elle a continué de se consacrer à sa passion pour la photographie et les techniques mixtes. Elle a exposé ses œuvres sur la scène internationale plusieurs fois : le Victoria and Albert Museum de Londres et le Tropenmuseum d'Amsterdam ont acquis certaines de ses créations. Elle a vécu entre Londres et Le Caire pendant plusieurs années avant de décider de retourner définitivement au Caire, constatant qu'elle était incapable de créer hors d'Égypte. Le pays est sa muse.

La perte est un processus naturel, il arrive même que ce soit positif. Au cours de son travail d'acheteuse de produits Multimédia et de papeterie, Nehaya rencontra Dany, le directeur général d'une société de distribution. Animé d'une *joie de vivre** inextinguible, il parvenait à parler plus que la sociable Nehaya. J'avais assisté à leur première rencontre, où il s'efforçait de lui vendre des articles et où elle exigeait une meilleure remise. Ils se rendirent compte qu'aucun n'intimiderait l'autre. Je sortis de la pièce. J'envoyai Dalia, l'assistante de Nehaya, chercher celle-ci sous le prétexte d'une « une urgence en matière de tarifs ».

« Il te drague, lui affirmai-je.

– Quoi ?

– Flirte en retour. Il est charmant. Il est drôle. Il n'a pas peur de toi.

– Je n'ai pas de temps pour ces conneries, lança Nehaya en levant les yeux au ciel.

– Moi non plus, mais cela ne t'empêche pas de me filer des bouquins sur comment trouver un mec. Putain, mets en pratique ce que tu préconises. » Je la reconduisis jusqu'à la porte en l'avertissant : « N'oublie pas que je t'ai à l'œil. »

Ils se sont mariés un an plus tard. Dany a décroché un emploi en Arabie Saoudite. Nehaya a quitté Diwan pour le rejoindre. J'ai organisé un dîner pour fêter leur mariage.

« Que Dieu vienne en aide à ce pauvre mec, a commenté Hind qui regardait Nehaya et Dany de l'autre côté de la pièce.

– Pour son déménagement ou son mariage ? ai-je demandé.

– Pour épouser Nehaya. Il va avoir besoin de Dieu et de toute son armée », est intervenu Nihal, tandis que nous trinquions.

L'Égypte m'a quittée quand je l'ai quittée. Comme j'essayais de trouver un travail dans une librairie, j'ai découvert qu'une libraire du Caire était exotique pour peu qu'elle reste au Caire et commande des ouvrages en anglais destinés aux autochtones. Son expérience n'était pas transposable. Le marché anglais était apparemment bien plus sophistiqué. Moi qui croyais que les lecteurs étaient les mêmes partout, je fus écœurée, furieuse.

« Ma chérie, ce que je vais te dire te rassérénera et te libérera, a déclaré ma mère avec une gravité lugubre. Tu n'es rien. Accepte-le. Saisis cette chance.

– Maman, tu sais que je me sens déjà comme une merde.

– Réjouis-toi que des portes se ferment. D'autres s'ouvriront. Sois humble. Accepte qu'on te fasse mordre la poussière. Lâche prise. Tu n'es rien, et tout vient du rien.

– J'ignore quel genre de foutaises tu lis en ce moment, mais s'il te plaît, arrête.

– C'est un livre fabuleux que m'a donné Nihal. »

À propos de portes fermées : Numéro Deux et moi nous étions rencontrés en 2009. Cette fois, j'étais sûre de ne pas m'être trompée. Nous nous sommes mariés en 2010. Au bout de cinq ans, nous nous sommes retrouvés dans une relation à distance à cause de ma récente installation à Londres et de son travail à Dubaï. Notre mariage a survécu un an. Puis, pendant l'été 2016, il a suggéré que nous divorcions alors que nous sortions d'un concert de Bruce Springsteen. (Fan inconditionnelle du chanteur jusque-là, je ne peux plus écouter que deux de ses chansons.) Il est retourné à Dubaï. Zein et Layla rentraient en avion de leurs vacances d'été aux États-Unis avec Numéro Un. J'ai vérifié l'heure, attendant qu'elles soient montées à bord avant de lui téléphoner, avec l'intention de discuter sur la meilleure manière de le leur annoncer.

« Je suis content que tu m'aies appelé. Je dois te parler de quelque chose, a lâché Numéro Un.

– Moi aussi. Qu'est-ce qui se passe ?

– Je divorce. Je dois le dire aux filles.

– Encore ? Bordel, tu es sérieux ? Moi aussi. Merde. Merde. Merde !

– Il y a des choses pires qu'un divorce.

– Tu te rends compte qu'à nous deux on en totalise six ? Quatre pour toi. Deux pour moi. Quel exemple est-ce qu'on leur donne ?

– Celui de la résilience. De l'endurance. Peu importe. L'essentiel pour Zein et Layal, c'est que nous allions bien. Maquille-toi légèrement, peut-être mets des talons, va les chercher à l'aéroport et affiche une expression heureuse. Sois heureuse. Fais-moi confiance, je sais de quoi je parle. » Numéro Un avait raison.

Une semaine plus tard, j'ai pris l'avion pour Dubaï. J'ai retrouvé Numéro Deux au consulat d'Égypte et j'ai signé les papiers du divorce. Je suis rentrée à Londres par le prochain vol, à temps pour emmener Zein et Layla voir *Aladin* joué dans le West End. J'aurais aimé remettre le génie dans la lampe. Je ne voulais pas d'un second divorce. C'était le chiffre qui me posait problème, pas le fait. Je pouvais justifier le premier : je n'avais aucune expérience. Mais le second ? Soit quelque chose clochait chez moi, soit j'étais vraiment nulle en matière de mariage Après deux grossesses, je m'étais fait ligaturer les trompes. Après deux divorces, je me suis juré : plus jamais. Numéro Un s'est juré la même chose. Quelques années après la révolution, il est retourné aux États-Unis, où il est devenu un serial monogame, a continué d'enseigner l'histoire, à jouer dans un groupe de rock et à être obsédé par la vie universitaire et sociale de ses filles. Il s'est mis à rédiger son premier roman. Après avoir lu *La Libraire du Caire*, il m'a certifié que j'avais écrit mon propre livre de développement personnel.

Au début, je n'avais pas envie de raconter l'histoire de Diwan. Hind était d'accord pour dire que c'était une mauvaise idée. Elle m'a suggéré de le faire quand même. L'écriture de ce texte m'a servi d'exorcisme en quelque sorte. Au bout de vingt ans passés à être Mme Diwan, j'espère avoir réussi à divorcer, ce qui, ai-je appris, n'est pas la même chose qu'échouer.

Si Zamalek se trouve sur une île au milieu d'un fleuve entouré d'un désert, l'Angleterre est aussi une île où règne un climat merdique. Où je ne me sens ni immigrante ni membre d'une diaspora. À seize ans, j'ai lu *L'Étranger* de Camus. Je me suis identifiée au titre. Aujourd'hui, la conscience de n'être de nulle part me libère. Sur les étagères de Diwan, les livres sont restés en place, ont bougé, ont été achetés et abandonnés. Je m'identifie à eux.

Londres est devenue mon foyer principalement parce que Hind s'y était installée. Après quinze ans dans les cuisines de Diwan en compagnie d'un trop grand nombre de cuisiniers et de trois chefs, elle y était venue suivre les cours d'une école de cuisine. Une fois diplômée de la Leiths School of Food and Wine puis de Cordon Bleu, des amis lui ont demandé si elle voulait être une femme cheffe; elle a modestement répondu qu'elle était cuisinière. Pensant à Fatma et à Abla Nazeera, je l'ai réprimandée de se dévaloriser ainsi.

Hind a évolué depuis Diwan. Lors de ses séjours au Caire, elle passe beaucoup de temps dans son jardin. Suivant inconsciemment le conseil de Voltaire, et sous le regard averti d'Abbas, son chauffeur des vingt dernières années, Hind a commencé à planter des herbes aromatiques puis des légumes. À Noël dernier au Caire, elle m'a présenté le fruit de son labeur : une pastèque de la taille d'une orange. Je lui ai suggéré « d'échouer mieux ». Ce qu'elle a fait. « Il faut cultiver notre jardin », nous rappelle Candide. La valeur du travail acharné que nous a inculquée notre père rend supportable cette vie jalonnée de déceptions.

Mes rapports avec Diwan sont plus fluides que ceux de Hind. Je chéris Diwan sans lui être attachée, exactement ce que je ressens pour Numéro Un. À l'instar de la maternité, Diwan m'a créée puis brisée. Le plus important : Hind, Nihal et moi avons gardé une relation en dehors de Diwan, indépendamment de Diwan. Nihal a lu les premiers jets de ce texte. Pour une fois, elle avait quelque chose en commun avec Minou. J'ai recherché leur bénédiction. Nihal a été fidèle à elle-même : « J'ai confiance en toi. Si c'est ainsi que tu as vu les choses, que tu les as senties, c'est ainsi que tu dois les décrire. » Minou aussi a été fidèle à elle-même : « Ce n'est pas parce que tu es une putain de salope de fasciste que je le suis. Dans la vie, on te dit ce que tu peux dire et ce que tu ne peux pas dire. Je m'en tiens à l'art. »

Cette histoire ne m'appartient pas, il ne s'agit que de mon point de vue.

Chaque fois que je retourne au Caire, je fais des courses à Diwan. Quand Ahmed me découvre dans l'un des étages du magasin, il se sent obligé d'essayer ses techniques de vente incitative. Je refrène mon instinct de vouloir modifier les présentoirs ou de réarranger les ouvrages par ordre alphabétique ;

je me garde d'intervenir. Je n'achète pas de livres dans mes anciens repaires : Hag Mustafa et Hag Madbouli sont décédés tous les deux. Leurs fils respectifs ont marché sur leurs traces, reprenant l'affaire familiale. Même le Mogamma, le palais de la mémoire du Caire, a fermé. Ses innombrables services sont désormais répartis dans différentes administrations de la ville et dans une nouvelle capitale construite à la périphérie du Caire. Le bruit court que le bâtiment sera reconverti en un hôtel de luxe. Des librairies ont ouvert et fermé. Des chaînes ont été construites et démantelées. Diwan est toujours là. Le 8 mars 2022, la librairie de Zamalek a eu vingt ans.

Je me demande parfois si le malheur est contagieux. Après le décès de mon père, je me suis mise à lui parler. Et je continue vingt ans plus tard. Le monde auquel il avait tenté de nous préparer déployait autant la laideur qu'il avait prévue que la beauté qu'il avait oubliée. Aussitôt après sa mort, nous avions ressenti une telle vacuité dans nos vies ! Nous avions cherché les moyens de la remplir. Diwan l'avait comblée. Les rayonnages de Diwan ont continué à nous donner ses leçons, ainsi que d'autres sur l'amour, la vie, les rêves.

Tous les ans, ma mère, Hind et moi allons sur sa tombe au pied de la colline de Mokattam, et nous répandons tubéreuses et roses rouges sur le sol devant le lieu où nous l'avons mis en terre. En chemin, je rassemble les histoires que j'ai envie de lui raconter : j'ai quatre librairies, j'ai sept librairies, il y en a dix désormais, il n'y en a plus que sept. Tu as deux petites-filles. Je ne crois pas être douée pour le mariage, en revanche, j'ai réussi le divorce. Deux fois. Ma mère sort son chapelet et prie pour son âme. Hind explique à Ramzi et à Murad où nous sommes et ce que cela symbolise. Je conseille à Zein et à Layla de partager leurs histoires drôles ; leur grand-père adorait entendre les récits de filles au franc-parler, qui rendent au monde la monnaie de sa pièce.

Diwan avait neuf ans en 2011, l'année de l'éruption au Caire. Onze ans en 2013, quand Mohamed Morsi, le premier président démocratiquement élu d'Égypte, fut écarté du pouvoir. Quinze ans au retour de Nihal qui, avec l'aide de deux associés, lui impulsa un nouvel élan. Ma mère avait raison. L'Égypte est bénie.

Remerciements

Il y a tellement de choses pour lesquelles je suis reconnaissante, tellement de personnes qui méritent ma gratitude…

Caroline Dawnay, super agente de United Agents, pour son goût du risque et sa résilience.

Kat Aitken de United Agents, la plus ardente avocate de ce livre.

Georgina Le Grice, Lucy Joyce, Alex Stephens et l'extraordinaire équipe d'agents des droits étrangers, grâce à laquelle tant de traductions de *La Libraire du Caire* ont été possibles.

Mitzi Angel de la maison d'édition Farrar, Straus and Giroux, qui a su voir un récit dans un tissu d'anecdotes et de souvenirs, et qui a cru au livre et en sa conteuse.

Molly Walls qui a revu *La Libraire du Caire*, m'a appris à écrire et, ce qui est plus important, à couper. Nos échanges vont me manquer dans les marges des innombrables versions. FM/AM.

Toutes les femmes impossibles qui ont pourtant rendu tant de choses possibles : les mentors, celles au caractère difficile avec lesquelles je me suis battue, et les amies. Vous vous reconnaîtrez.

Samer El-Karanshawy et Ragia Omran pour avoir répondu aux innombrables questions sur la langue, les lois, les mouvements politiques et l'histoire.

Amir al-Nagui, Shahira Fathy, Minou Hammam, Nehaya Nashed et Nihal Schawky pour s'être souvenues de tant de choses que j'avais oubliées.

Shahira Diab et Samir Tawfik pour leurs encouragements constants et pour avoir écouté mes nombreuses divagations.

Raphaëlle Liebaert et Léa Marty pour leur confiance en cette histoire. Sylvie Schneiter pour sa traduction méticuleuse et Florence Noblet qui l'a soigneusement éditée.

Marine Auger pour avoir relu cette traduction avec moi et pour son écoute.

Ma mère, Faiza, pour sa sagesse sereine et m'avoir toujours suggéré de persévérer.

Ma sœur, Hind, pour avoir été ma critique la plus virulente et pour m'avoir sauvée.

Mes neveux, Ramzi, le gardien de la grammaire de notre famille, et Murad, qui ne me laisse jamais me prendre au sérieux.

Mes filles, Zein et Layla, qui ont accepté de bonne grâce que mon travail m'éloigne d'elles.

L'Égypte, mon premier amour, et Diwan, mon dernier amour. Merci de m'avoir brisée et recréée.

À tous ceux qui ont fait Diwan – ses clients et ses employés –, merci pour tout.

Table

Préface 13
1. Le Café 21
2. Essentiels d'Égypte 55
3. Cuisine 85
4. Entreprise et Gestion 115
5. Grossesse et Parentalité 161
6. Classiques 199
7. Art et Design 235
8. Développement personnel 269
Épilogue 303
Remerciements 315

Cet ouvrage a été composé
par Belle Page
et achevé d'imprimer sur Roto-Page
par l'Imprimerie Floch à Mayenne
pour le compte des Éditions Stock
21, rue du Montparnasse, 75006 Paris
en juillet 2023

PAPIER CERTIFIÉ

Stock s'engage pour l'environnement en réduisant l'empreinte carbone de ses livres. Celle de cet exemplaire est de :
600 g éq. CO_2
Rendez-vous sur www.editions-stock-durable.fr

Imprimé en France

Dépôt légal : mai 2023
N° d'édition : 03 – N° d'impression : 102913
82-08-0127/3